W0293705

À PROPOS DE L'AUTRICE

Inspirée par les nombreux drames britanniques qu'elle a pris plaisir à lire et à relire sans jamais s'en lasser, Christy Carlyle est une autrice à succès, régulièrement célébrée par le *USA Today*. Cette ancienne enseignante diplômée en histoire se plaît à mettre en scène des héros tourmentés et des héroïnes au fort caractère dans un cadre Victorien. Son amour pour le passé et sa foi inébranlable en une fin heureuse, donnent à ses romances historiques un goût unique et fort savoureux.

Rhys

Collection : VICTORIA

Titre original :
NOTHING COMPARES TO THE DUKE

© 2020, Christy Carlyle.
© 2020, HarperCollins France pour la traduction française.

Ce livre est publié avec l'aimable autorisation de HarperCollins Publishers, LLC, New York, U.S.A.

Tous droits réservés, y compris le droit de reproduction de tout ou partie de l'ouvrage, sous quelque forme que ce soit.

Toute représentation ou reproduction, par quelque procédé que ce soit, constituerait une contrefaçon sanctionnée par les articles 425 et suivants du Code pénal.

Si vous achetez ce livre privé de tout ou partie de sa couverture, nous vous signalons qu'il est en vente irrégulière. Il est considéré comme « invendu » et l'éditeur comme l'auteur n'ont reçu aucun paiement pour ce livre « détérioré ».

Cette œuvre est une œuvre de fiction. Les noms propres, les personnages, les lieux, les intrigues, sont soit le fruit de l'imagination de l'auteur, soit utilisés dans le cadre d'une œuvre de fiction. Toute ressemblance avec des personnes réelles, vivantes ou décédées, des entreprises, des événements ou des lieux, serait une pure coïncidence.

Le visuel de couverture est reproduit avec l'autorisation de :
© ILONA WELLMANN/ARCANGEL

Réalisation couverture : L. SLAWIG (HarperCollins France)

Tous droits réservés.

HARPERCOLLINS FRANCE
83-85, boulevard Vincent-Auriol, 75646 PARIS CEDEX 13
Service Lectrices — Tél. : 01 45 82 47 47

www.harlequin.fr

ISBN 978-2-2804-4853-6 — ISSN 2493-013X

CHRISTY CARLYLE

Rhys

Traduit de l'anglais (États-Unis) par
Sarah Chanteau

Victoria

HARLEQUIN

À ma mère. Merci d'avoir toujours cru en moi. Ton amour et tes encouragements comptent énormément à mes yeux.

Prologue

Août 1843
Hillcrest, maison de campagne du vicomte de Yardley et de sa famille, comté d'Essex

Arabella Prescott se plaqua contre le mur du salon et retint son souffle jusqu'à ce que le valet de pied se soit éloigné. Son cœur battait si fort dans sa poitrine que toute la maisonnée devait l'entendre. Elle avait couru à l'étage depuis le jardin, ce qui constituait probablement son plus gros péché de la journée. Peu importait, aux yeux de sa mère, que Bella ne soit pas très douée en danse ou qu'elle passe son temps le nez plongé dans ses livres – elle tenait sa passion pour la lecture de cette dernière, après tout —, mais courir était un méfait impardonnable, surtout vêtue d'une robe perlée en taffetas rose créée par un grand modiste londonien.

Ce jour-là, plus que n'importe quel autre, Bella aurait dû faire montre des qualités raffinées de gente dame que ses précepteurs et gouvernantes s'étaient efforcés de lui inculquer au fil des ans. Bella connaissait les règles et elle savait les respecter. En tant que fille unique, elle était la seule à pouvoir rendre ses parents fiers et s'efforçait de leur faire plaisir. Mais elle n'avait pas besoin de leçons de bonne conduite pour savoir qu'il était inconvenant d'errer dans les salons alors qu'elle aurait dû être en train de s'occuper des invités venus célébrer son dix-huitième anniversaire.

Seulement voilà, le seul convive qui comptait à ses yeux avait disparu.

Après avoir jeté un coup d'œil furtif le long du couloir pour s'assurer que personne ne s'y trouvait, Bella souleva ses jupes et courut en direction de la bibliothèque.

Rhys Forester n'était pas aussi passionné de lecture qu'elle, mais la bibliothèque était devenue leur refuge sacré. C'était là qu'elle l'avait aidé à percer les secrets des livres qu'il avait tant de mal à déchiffrer depuis son enfance ; c'était là qu'il l'avait écoutée patiemment pendant qu'elle se creusait les méninges à la recherche d'une nouvelle devinette.

La pièce était suffisamment vaste pour qu'ils aient pu, chaque fois qu'ils l'avaient désiré, dénicher un recoin reculé où s'installer pour discuter en privé pendant des heures. Mais après en avoir inspecté chaque centimètre carré, Bella dut se rendre à l'évidence : Rhys n'était pas là. Debout devant l'une des hautes fenêtres, elle tira le rideau et baissa les yeux sur tout ce beau monde qui arpentait le jardin. Vue de haut, la fête champêtre avait un air élégant. Des tables surmontées de mets éclectiques et de saladiers remplis de cocktail fruité avaient été disposées autour d'une piste de danse délimitée avec soin par les domestiques. À l'écart, un carré de pelouse réservé aux parties de tennis avait été tondu spécialement pour l'occasion.

Pourtant, Bella savait pertinemment qu'en bas, au

milieu de la foule, l'atmosphère était beaucoup moins détendue et distinguée qu'il n'y paraissait. Les yeux rivés sur l'estrade installée à son intention, elle repensa au discours de remerciement qu'elle était censée prononcer devant les convives ayant répondu favorablement à son invitation et sentit son estomac se nouer.

Parler devant un public n'était pas son point fort, mais elle connaissait un homme qui excellait en la matière. Quelqu'un qui savait s'adresser à une audience avec aisance et naturel, et qui l'avait aidée à rédiger son allocution. Blottis dans le coin le plus reculé de la bibliothèque, sur un siège rembourré aménagé dans l'embrasure d'une fenêtre, ils avaient préparé le discours que Bella devait donner en ce jour particulier.

Et voilà que cet ami avait disparu.

Bella avait passé chaque salon au peigne fin, exploré la véranda et vérifié dans le boudoir de l'aile est appartenant à sa mère, au bureau de laquelle Rhys et elle s'étaient assis à plusieurs reprises quand elle l'aidait à écrire. Jamais il ne se serait réfugié à l'étage et il n'y avait aucun signe de lui dans les jardins.

— Est-ce moi que vous cherchez ?

La voix grave de Rhys dans son dos la fit sursauter et déclencha un petit frisson qui lui remonta le long de l'échine.

Elle pivota brusquement et le tissu de sa robe s'emmêla autour de ses chevilles.

— J'ai cru que, poussé par l'ennui, vous étiez rentré chez vous.

— Miss Prescott, annonça-t-il d'un air faussement dramatique, une main posée sur la poitrine. Votre manque de confiance en moi me heurte. Jamais je n'abandonnerais une amie dans le besoin. Je suis bien décidé à célébrer ce jour en compagnie de vos convives.

— Où étiez-vous passé ? s'enquit-elle en secouant l'ourlet de ses jupes pour libérer ses pieds.

— Je vous cherchais, pardi ! Vous êtes la reine de la journée.

Il sortit un objet de la poche de son gileten prenant soin de le couvrir de ses mains de façon qu'elle ne puisse pas l'apercevoir et le cacha derrière son dos.

— S'il s'agit là d'un cadeau pour mon anniversaire, vous étiez censé l'envelopper avant de me le donner.

Bella sentit son pouls s'emballer. Qu'allait-il lui offrir ? Elle baissa les yeux sur le tissu tendu de la chemise de Rhys qui peinait à contenir sa large poitrine, et sa respiration s'accéléra. Ces derniers temps, elle semblait prendre conscience de certains aspects concernant Rhys qui étaient jusqu'à présent passés inaperçus à ses yeux, à commencer par son corps. Elle remarquait des détails incongrus, comme le rayon de soleil qui venait justement de se refléter en un furtif éclat doré sur la barbe naissante de son menton, l'odeur d'air frais et de cannelle qui se dégageait de ses vêtements, semblable à celle des biscuits que Cook avait préparés pour la réception, ou encore cette autre senteur caractéristique, plus profonde, qu'elle lui connaissait bien.

— Je ne suis pas certain qu'il vous plaise, Arry. Vous êtes plutôt capricieuse.

« Arry » était le surnom dont Rhys l'avait affublée. Il était le seul à l'appeler ainsi. Il le préférait à « Bella », que tout le monde utilisait.

— Comment osez-vous ? Vous, l'homme le plus difficile à satisfaire de tout le village !

Elle le bouscula gentiment des deux mains sur sa poitrine, comme elle l'avait fait maintes fois par le passé. Pourtant, cette fois, la sensation fut différente.

Il n'était plus un petit garçon et elle n'avait plus rien d'une fillette. Le fait qu'il soit de quatre ans son aîné importait peu lorsqu'ils étaient enfants, mais, depuis l'été précédent, elle s'était mise à le voir comme un homme. Nul ne pouvait nier qu'il était devenu séduisant. Et beau. Les sentiments qu'elle éprouvait à son égard s'étaient mués en quelque chose de différent sur lequel elle avait encore peur de mettre des mots.

Un fait était certain néanmoins : bien qu'il se tienne debout à seulement quelques centimètres d'elle, elle n'avait aucunement l'envie de reculer. Était-ce la chaleur irradiant du torse de Rhys qui l'attirait ainsi ? Ou bien le désir de découvrir le présent qu'il dissimulait derrière son dos ? Probablement un peu des deux.

— Vous êtes si difficile qu'aucune fille de la région ne parvient à retenir votre attention, précisa-t-elle.

Bella sentit son cœur se serrer dans sa poitrine. Au fond d'elle, elle espérait être la raison pour laquelle il ne s'était jamais laissé tenter.

— Et vous avez mis plus d'un mois à choisir la couleur de la tenue que vous portez aujourd'hui, la taquina-t-il en retour.

— Mère affirme qu'il s'agit de la robe la plus importante de toute ma vie, du moins jusqu'au début de la saison, mais elle a tendance à exagérer quand il est question de mode vestimentaire.

Rhys éclata d'un rire contagieux. Bella avait toujours du mal à se retenir de se joindre à lui quand il s'esclaffait de la sorte, mais c'était la première fois qu'elle sentait le timbre grave de sa voix se réverbérer contre sa paume.

— Allez, montrez-moi, insista-t-elle en le poussant gentiment.

Rhys baissa le regard sur la main que Bella tenait toujours posée sur sa poitrine. Elle sentit son cœur battre plus vite. Quand il releva les yeux, ses pupilles d'un bleu glacé avaient pris une teinte plus sombre.

— Tournez-vous, ordonna-t-il d'une voix rauque.

Bella s'exécuta sans protester ni hésiter. Elle qui avait l'habitude de contester tout ce qu'il disait !

Elle retint sa respiration quand un bruit de tissu froissé lui parvint aux oreilles. Un petit couinement alla se perdre dans les hauts plafonds de la bibliothèque, semblable à celui d'une charnière en métal.

Une charnière ? Sa première pensée fut pour une boîte à bijou, et l'image d'une bague, ce secret inavoué enfoui au plus profond de son cœur, s'invita dans son esprit. On lui prédisait un grand succès à la prochaine saison, événement que sa mère planifiait depuis des mois, voire des années. Pourtant, depuis que ses sentiments envers son meilleur ami avaient pris un tour nouveau, son rêve s'était teinté d'une couleur indubitablement rebelle.

Au fond d'elle, elle espérait que Rhys la demande en mariage, rendant ainsi ses débuts à la Cour inutiles.

Ses parents ne s'y opposeraient pas : ils connaissaient Rhys depuis longtemps et le considéraient comme leur fils. Sans compter qu'il était l'héritier d'un duché. Comme le disait si souvent sa mère lorsqu'elles abordaient le sujet des célibataires pouvant constituer un bon parti, « il n'y a rien de tel qu'un duc ».

Personne, même Rhys, ne serait étonné d'apprendre

qu'elle éprouvait des sentiments tendres à son égard depuis des années. Mais ce qui n'était alors pour elle qu'un attachement amical était devenu une émotion beaucoup plus forte.

Bella sentit les doigts de Rhys lui effleurer le dos et elle laissa échapper un petit hoquet.

— Ai-je les mains froides ?

— Non, parvint-elle à balbutier.

Sa peau la chatouillait à l'endroit où il l'avait touchée et une vague de chaleur lui descendit dans le creux des reins.

Elle l'entendit bouger derrière elle et il tendit un bras, puis un autre, au-dessus de ses épaules. Un objet en métal froid vint se loger au creux de son cou et les doigts de Rhys reculèrent pour s'affairer derrière sa nuque, caressant furtivement les quelques mèches de cheveux qui s'étaient échappées de sa coiffure.

Un collier ! comprit-elle en sentant la chaîne lui caresser la peau.

— Et voilà, déclara-t-il d'une voix douce avant de reculer d'un pas.

Quand il lâcha l'attache, le pendentif descendit juste au-dessus de son décolleté. Bella le prit entre ses doigts et courba le cou pour l'observer. C'était une marguerite aux pétales d'opale entourant un centre en or gravé.

— J'espère qu'elle vous plaît. Les marguerites sont vos fleurs favorites, n'est-ce pas ?

— Je les adore, répondit-elle.

Ce n'était pas le cas – elle avait toujours eu une préférence pour le muguet – mais elle n'eut pas le cœur à le contredire.

Rhys la contourna pour venir lui faire face et lui prit la main.

— Elles sont aussi douces et charmantes que vous.

— Merci, murmura-t-elle en retour.

Pendant un long moment, elle ne put prononcer un mot. Le silence dura, tant et si bien que le sourire encourageant de Rhys s'estompa.

— Rhys…

— Arry, je sais que ce discours vous rend nerveuse. Ne vous inquiétez pas. Nous avons répété ensemble et votre performance était parfaite.

Il jeta un coup d'œil à l'horloge accrochée au mur dans son dos.

— Vous devriez redescendre. Il est presque l'heure.

— *Nous* devrions redescendre tous les deux, corrigea-t-elle.

Si elle était montée à sa recherche, c'était parce qu'elle ne pouvait s'imaginer grimper sur cette estrade et prendre la parole devant tous ces gens sans qu'il soit présent dans l'assemblée. Elle avait besoin de le voir parmi la foule, de se concentrer sur son visage.

Rhys lui prit le menton entre les doigts et lui inclina gentiment la tête en arrière en l'observant avec une tendresse qu'elle n'avait encore jamais vue dans ses yeux depuis dix ans qu'ils se connaissaient.

Elle retint son souffle. Son regard s'égara brièvement sur les lèvres de Rhys. Le moment était venu. Celui de son premier baiser. Avec lui – il n'existait aucun homme sur cette terre qu'elle ne désire embrasser autant que Rhys Forester.

— Vous êtes tellement plus que vous ne l'imaginez, prononça-t-il avec émotion. Plus intelligente, plus talentueuse, plus belle. J'espère que la saison venue, une douzaine d'hommes vous le répéteront sans relâche. Nombreux sont ceux qui rivaliseront pour obtenir votre main et gagner votre amour.

Non ! pensa-t-elle en son for intérieur. Elle n'avait que faire d'une douzaine de prétendants.

Il n'y en avait qu'un seul qui comptait à ses yeux. Lui.

— Ne brisez pas trop de cœurs, ma douce amie.

Il sourit de nouveau et se pencha en avant.

Bella l'imita et se dressa sur la pointe des pieds pour venir à sa rencontre.

Mais c'est sur son front qu'il déposa un baiser, avant de reculer d'un pas.

— Allez retrouver vos invités, l'encouragea-t-il avec douceur.

Il savait à quel point elle redoutait de retourner à cette fête. Sa main retomba et il se décala légèrement pour lui laisser la voie libre vers la porte de la bibliothèque.

— N'avez-vous point l'intention de m'escorter jusqu'au jardin ?

Les mots étaient sortis plus sèchement de sa bouche qu'elle ne l'aurait voulu, mais son âme saignait. Il y avait tant de choses qu'elle aurait voulu avouer, tant d'émotions qui brûlaient au fond de son cœur qu'elle craignait de ne plus jamais avoir l'occasion de les confesser.

— Je dois d'abord m'entretenir avec quelqu'un, puis je me joindrai à la célébration.

Il y avait parmi les convives au moins une demi-douzaine de personnes que Rhys connaissait personnellement. De qui pouvait-il bien s'agir ? Peut-être la cousine de Bella ou les jumelles Debley, qui idolâtraient déjà Rhys quand elles étaient enfants et ne semblaient pas s'être défaites de leur admiration depuis lors.

Bella hocha la tête et se dirigea à contrecœur vers la sortie.

— Si vous n'êtes pas de retour lorsque mère annoncera le début de mon discours, je reviendrai vous chercher.

Rhys s'esclaffa légèrement ; un rire superficiel, moins profond que celui auquel elle était habituée.

— Je n'ai aucun doute là-dessus.

— Venez, ma chère. Nous ne pouvons attendre davantage, déclara la mère de Bella en faisant signe à son époux de s'éloigner du saladier de cocktail fruité.

Son père adorait cette concoction citronnée, mais son estomac supportait mal le sucre.

— Nous avions annoncé que la fête prendrait fin à 15 heures et que vous diriez quelques mots avant que chacun rentre chez soi.

— J'arrive.

Bella tritura nerveusement la marguerite entre ses doigts et se hissa sur la pointe des pieds pour jeter un coup d'œil par-dessus les têtes des invités, en direction des sentiers piétonniers bordés de hautes haies de buis qui entouraient le jardin de Hillcrest. Ce n'était pas à proprement parler un labyrinthe, mais l'on y trouvait quelques recoins reculés où s'asseoir sur un banc à l'abri du soleil et des regards, et quelques convives s'y étaient installés pour discuter en privé au milieu des fleurs.

Elle avait aperçu Rhys sortir de la maison près d'une demi-heure plus tôt, mais engagée dans une conversation avec le pasteur Eames, elle n'avait pu se libérer pour aller le retrouver.

— Ma fille, la sermonna sa mère avec une irritation à peine dissimulée. Il est impoli de faire attendre les gens.

— Il faut que je trouve Rhys.

— Arabella… Quand la saison aura débuté, vous ne pourrez plus passer autant de temps en sa compagnie.

— Précisément, maman. C'est pourquoi j'ai l'intention de profiter de sa présence tant que c'est possible.

Et sans attendre de réponse de sa mère, Bella se dirigea vers les grandes haies de buis avec le pressentiment qu'elle y trouverait Rhys.

Assises sur un banc de pierre, les jumelles Debley relevèrent la tête à son approche, un air coupable sur le visage.

— Nous étions sur le point de retourner à la réception, Miss Prescott. Daisy était un peu fatiguée, expliqua l'une des deux jeunes filles en désignant sa sœur.

— Je me sens mieux, à présent, déclara l'intéressée.

— Tant mieux, répondit Bella en esquissant un sourire forcé. Auriez-vous aperçu Rhys Forester, par le plus grand des hasards ?

Les deux brunes échangèrent un regard, puis Dorothy prit la parole.

— Nous l'avons vu, il y a de cela un petit moment. Il est parti par là.

Bella n'eut pas besoin de chercher bien longtemps avant d'entendre des voix. Celle d'une femme d'abord, puis une autre, plus grave.

Un rire lui parvint à travers les feuillages de la haie, vibration profonde et contagieuse qui lui chatouilla le ventre.

Celui de Rhys.

Elle accéléra le pas, le bas de sa jupe dans une main

pour ne pas trébucher sur l'ourlet. Sur sa poitrine, la marguerite rebondissait à chaque enjambée. Alors qu'elle se rapprochait, un gémissement féminin se fit entendre. Quand elle tourna au coin du sentier, Bella ne put réprimer un hoquet de stupeur et le sang se mit à battre si fort dans ses tempes qu'il bloqua momentanément tous les sons environnants.

Rhys bondit du banc sur lequel il se tenait un instant plus tôt, allongé au-dessus de Lady Nelson. La jeune veuve aux cheveux roux s'empressa de redescendre sa robe et se mit à arranger sa coiffure. Les yeux rivés sur Rhys, elle n'osa pas jeter un regard en direction de son hôtesse.

Les jambes flageolantes, Bella fit un pas en arrière, une main sur la gorge, le souffle court.

— Arry…

— Non. Ne m'appelez plus jamais ainsi, le coupa-t-elle. C'était un surnom ridicule, de toute manière.

— Quelle enfant idiote je dois paraître à vos yeux.

Il leva une main vers elle.

— Jamais je n'oserais penser de vous que vous êtes idiote.

— Une enfant, alors ?

Elle jeta un coup d'œil à Lady Nelson, qui s'était redressée sur le banc.

— Non plus.

Quand Rhys s'avança vers elle, Bella fit volte-face. Il fallait qu'elle s'enfuie le plus loin possible de lui. Le regarder était une torture ; entendre sa voix, un supplice. Elle ne voulait ni explication ni excuses. Seulement mettre le plus de distance entre eux deux. Et oublier.

Elle trébucha sur le sentier de pierre. Les larmes lui

brouillèrent la vue, mais pas suffisamment pour voir que les sœurs Debley avaient quitté leur banc. Quand elle se fut essuyé les joues et le nez du revers de la main, elle aperçut une silhouette qui lui faisait signe au loin. Debout au bout du chemin, sa mère agitait le bras dans sa direction.

Un sanglot s'échappa de ses lèvres et une boule se forma dans sa gorge. Jamais elle ne pourrait réciter son discours devant tout le monde alors que son cœur venait de se briser en mille morceaux.

Ignorant les appels de sa mère, Bella bifurqua vers la maison, mais à peine avait-elle franchi la moitié de la distance la séparant de la porte d'entrée que des pas précipités retentirent dans son dos et qu'on lui agrippa le poignet.

— Arabella, je vous en prie, s'écria Rhys. Écoutez-moi.

Se retourner pour lui faire face lui demanda un effort incommensurable. Elle craignait qu'en le regardant dans les yeux elle n'ait plus la force de s'éloigner de lui.

— Je sais ce que vous devez penser de moi, dit-il en lui lâchant le bras pour se passer une main dans les cheveux. Et de Lady Nelson.

— Je n'ai que faire de Lady Nelson.

— Je sais, mais…

— Laissez-moi.

Ces deux mots, prononcés d'une voix sèche, s'enfoncèrent dans son cœur comme un couteau.

— Arry…

— Allez-vous-en ! Partez !

Ce ne fut que lorsqu'il recula brusquement en lançant des regards inquiets autour de lui que Bella se rendit compte qu'elle avait crié.

Elle ne supportait plus de le voir devant elle, de le savoir si proche, alors que tout son être lui intimait de se jeter dans ses bras, même après avoir reçu la preuve irréfutable qu'il n'en avait rien à faire d'elle, qu'il se fichait comme d'une guigne de sa propre réputation et était tout le contraire d'un gentilhomme honorable.

En dépit de ces constats, elle le désirait toujours avec autant de force et rêvait encore de voir ses sentiments s'avérer réciproques.

Rhys inclina la tête en signe d'assentiment et s'éloigna.

Les bras enroulés autour de sa poitrine, Bella serra les dents pour refouler la vague de frissons qui s'était emparée d'elle. Le soleil brillait dans un ciel sans nuages et l'après-midi était chaud, mais, au fond d'elle, elle était glacée. Vide.

Elle releva les yeux en entendant les pas de Rhys ralentir sur le gravier. Debout au milieu du sentier, il s'était retourné et la fixait.

— Au revoir, Bella.

Elle ne répondit pas. Qu'y avait-il à ajouter ?

Elle dut prendre sur elle et lutter contre ce que son cœur lui dictait pour le regarder s'éloigner sans l'appeler ni lui courir après. Sa raison semblait s'être volatilisée. Elle était face à un casse-tête impossible à résoudre. Malgré toute la douleur et la confusion qui lui brouillaient les sens, quelque chose en elle lui disait qu'il ne se contentait pas de quitter la fête.

Rhys Forester venait de sortir de sa vie.

Pour toujours.

Chapitre 1

Juillet 1848
Place de Belgrave, Londres

Rhys Forester, duc de Claremont, était un homme chanceux.

Telle fut la pensée qui lui traversa l'esprit alors qu'une lame fendait l'air et passait à un cheveu de sa joue droite dans un éclat de métal argenté. Une traînée de chaleur s'attarda sur sa peau et son cœur manqua un battement tandis que le poignard s'enfonçait dans la planche de bois juste à côté de son oreille.

La foule de fêtards amassée dans l'opulent salon privé du Lyon's Gentlemen's Club laissa échapper un soupir de soulagement. Tournant le regard vers la noble assemblée qui se dressait devant lui, Rhys esquissa un sourire canaille. L'un des lords invités à la soirée resserra le bras qu'il avait enroulé autour des épaules de sa compagne.

L'inquiétude du jeune homme était justifiée.

Rhys avait passé des années à se forger une réputation scandaleuse, inspiré par l'un des plus grands maîtres en la matière. Feu le duc de Claremont était bien connu pour ses goûts décadents et son absence de morale. Rhys n'avait jamais été très proche de son père, mais il s'était habitué à entendre sur son passage les mêmes propos que suscitait son géniteur, de son vivant.

Ses aventures éhontées lui avaient valu d'être mentionné à plusieurs reprises dans les colonnes des journaux à scandale et avaient donné lieu, à sa connaissance, à au moins deux ruptures de fiançailles. Sa bonne fortune aux jeux lui attirait souvent des accusations de tricherie, mais il était surtout célèbre pour les réjouissances nocturnes qu'il organisait quasi quotidiennement. Des festivités si débridées qu'elles se terminaient régulièrement en débauches et altercations où l'on voyait souvent les poings voler et parfois même se dérouler un ou deux duels illégaux.

Pendant des années, l'infamie l'avait nourri. Il adorait ces nuits sans fin, l'attention des jolies femmes, l'envie des autres hommes, les rires des convives qui résonnaient à ses oreilles. Rhys excellait en peu de choses, mais il était un hôte remarquable. Et il savait procurer du plaisir. Il aimait rendre les gens heureux, leur donner une occasion de s'amuser, et remplir ses soirées de frivolités, repoussant au lendemain les responsabilités auxquelles il devrait faire face une fois le soleil levé.

Récemment, ces dernières avaient une fâcheuse tendance à s'empiler si haut que même les célébrations les plus folles ne semblaient pas en mesure de les tenir à distance. Mais cela ne l'empêchait pas d'essayer. À présent qu'il avait hérité du duché, Rhys était déterminé à faire de chaque réception un événement encore plus grand que celui de la veille.

Toutefois, si obstiné et entêté soit-il, il ne pouvait plus ignorer le fait qu'il était fatigué.

C'était la troisième soirée d'affilée qu'il organisait et le déficit de sommeil qui en résultait lui faisait les yeux aussi secs que le sable et la gorge brûlante. Le thème du cirque qu'il avait choisi pour animer les présentes festivités remportait manifestement un grand succès, car les invités, maintenant tous passablement ivres, réclamaient des tours de plus en plus audacieux de la part des artistes que Rhys avait engagés.

— Un autre ! s'écria pour la seconde fois un jeune lord au fond de la salle.

Tous les muscles de Rhys étaient crispés, raidis sous l'effet de la tension, mais quand il remua pour se détendre, la demoiselle en face de lui, un poignard à la main, secoua la tête.

— Ne bougez pas, mon coco, ordonna Jess, l'une des saltimbanques de la troupe, en lui décochant un clin d'œil. Je ne voudrais pas abîmer ce joli minois.

— Vous n'oseriez pas. Vous êtes bien trop en admiration devant mon visage.

— Je ne peux nier que vous êtes un bel homme, répliqua-t-elle avec un petit sourire en coin plein de promesses qu'il ne manquerait pas de lui rappeler de tenir, plus tard dans la soirée.

La joute verbale fit s'esclaffer les fêtards qui se rapprochèrent de la scène, impatients de voir Jess lancer un autre poignard. Rhys frémit. Célébrer son dernier investissement au Lyon's Club lui avait semblé être une bonne idée, de prime abord. L'Antre du duc, comme certains avaient baptisé ce club, lui avait donné l'occasion de faire fructifier la fortune qu'il avait héritée de son père en plaçant son argent auprès des entrepreneurs les plus intelligents de toute l'Angleterre. Mais à présent, sa vue était trouble, sa patience à bout, et sa confiance en la capacité de Jess à planter sa lame dans la planche de bois derrière lui plutôt que dans sa chair déclinait à chaque seconde.

— Au-dessus de la tête ! s'écria un gentilhomme dans la foule.

— Entre ses jambes, suggéra sa jolie compagne aux cheveux roux avec un petit sourire malicieux.

— Messieurs-dames, déclara Jess, je vais planter ce couteau à côté de son autre oreille.

La jeune saltimbanque plissa les yeux et leva le bras, prête à tirer.

Dans l'assemblée, une femme plantureuse laissa échapper une exclamation d'effroi.

Rhys resta immobile et se rappela en son for intérieur que la chance lui avait toujours souri.

Le poignard de Jess quitta sa main et se dirigea vers lui à une vitesse telle qu'il ne se rendit compte de la réalité du lancer qu'au bruit de la lame venant se ficher dans le bois. Une douleur lancinante lui arracha aussitôt une grimace et Jess se couvrit la bouche des deux mains, les yeux écarquillés.

Rhys se redressa et essuya le filet de sang qui coulait du bord de son oreille.

— Une simple égratignure, la rassura-t-il avant de s'adresser d'une voix forte à la foule qui murmurait avec inquiétude : Une petite coupure. Plus de peur que de mal.

— Sacré veinard ! s'exclama un convive.

— Le duc de Claremont est l'homme le plus chanceux du monde, déclara une belle brune.

— Un autre ! réclama Lord Southwell. Voyons si sa bonne fortune le suit partout.

Jess sortit un dernier poignard de sa ceinture et leva son arme d'une main tremblante. Elle soutint le regard de Rhys un instant et lui adressa un hochement de tête presque imperceptible.

— Allez ! la pressa un spectateur.

Les lèvres de Jess frémirent, sa façade confiante désormais évanouie. Rhys était à deux doigts de se dérober quand une voix s'éleva de la foule :

— Claremont, puis-je vous toucher un mot avant que cette jeune femme ne vous empale devant tout le monde ?

Rhys reconnut Aidan Iverson qu'il avait invité aux réjouissances mais qu'il ne s'attendait pas à voir. Néanmoins, il était ravi que ce dernier ait répondu présent, ne serait-ce que pour lui permettre d'échapper à son rôle de cible ambulante.

Iverson n'avait toutefois pas l'air très enjoué. Et il n'était pas le seul : Rhys aperçut derrière lui Nick, duc de Tremayne, dont la mine renfrognée ne lui dit rien qui vaille. Ses deux partenaires et copropriétaires du Lyon's Gentlemen's Club se tenaient sur le seuil du salon bondé, leur expression sombre contrastant avec la gaieté ambiante.

— Je vous en prie, chers amis, poursuivez la fête sans moi, déclara Rhys en faisant signe au quartet de violonistes installé dans un coin de la pièce de se mettre à jouer. L'heure est à la musique et aux danses.

Un rapide coup d'œil à Tremayne et à Iverson lui confirma que les deux hommes n'étaient pas venus pour s'amuser. Quelles mauvaises nouvelles allaient-ils lui annoncer ?

— Quelle performance impressionnante, Votre Grâce.

Rhys se retourna à ces mots adressés à son intention : c'était la belle brune qu'il avait remarquée un peu plus tôt. Un vicomte, membre du club depuis des années, l'accompagnait. Elle n'était donc pas libre, mais Rhys ne put s'empêcher de noter sa beauté splendide aux traits de porcelaine.

— C'est ce que tout le monde dit.

L'un des torchons à ragots qui évoquaient régulièrement son nom avait prétendu qu'il possédait toutes les qualités qu'un noble bon vivant pouvait espérer : le charme, la fortune et un appétit insatiable pour les plaisirs de la chair. Il était connu dans tout Londres comme étant le joyau de la fête, l'homme dont le sourire faisait tomber les cœurs des demoiselles même à travers une salle de bal pleine à craquer, et l'investisseur le plus téméraire de l'Antre du duc.

Parfois, Rhys se surprenait presque à croire les rumeurs que l'on racontait à son sujet.

En vérité, le talent de son tailleur comptait énormément dans cette façade séduisante qu'il présentait au monde et l'expertise de son valet était un véritable cadeau du ciel. Chanceux comme il l'était, Rhys s'était retrouvé en compagnie des deux.

Sa fortune lui avait pour ainsi dire été offerte sur un plateau d'argent. Premier-né du duc de Claremont, il avait reçu la meilleure éducation qu'une bourse puisse acheter. Une éducation prodiguée par d'excellents précepteurs, des enseignants durement éprouvés qui étaient restés à leur poste en dépit des circonstances – quoi de plus difficile que d'instruire un enfant qui, contrairement à ses congénères, était incapable de lire des chiffres ou des lettres ? Son passage à l'université avait été un véritable cauchemar, mais c'est à ce moment-là que les versements généreux de son père avaient débuté. Avec ces fonds et sa veine légendaire, il avait gagné aux jeux et s'était constitué une petite fortune personnelle de taille respectable.

Et à présent, en plus de ces nombreuses bénédictions, il avait hérité du titre et du duché de son père qui avaient ajouté à son prestige.

Oui, il était un homme chanceux.

Voilà pourquoi il n'avait confié à personne que le poids des responsabilités pesant sur ses épaules était devenu un véritable fardeau, ces dernières semaines.

Il jeta un regard par-dessus son épaule à la demoiselle brune, à sa taille étroite et ses hanches harmonieuses.

Comme poussée par un sixième sens, cette dernière se tourna vers lui et lui adressa un sourire aguicheur de ses lèvres pulpeuses. À peine lui eut-il décoché un clin d'œil qu'une énorme vague de lassitude s'abattit sur lui et il fut soudain pris d'une irrésistible envie de fermer les yeux et de s'adosser au mur le plus proche pour piquer un somme.

Non ! se reprit-il. Il fallait qu'il tienne le coup. Il écouterait ce que ses partenaires avaient à lui dire, puis retournerait auprès de ses invités. Les festivités étaient l'un de ses seuls talents. Ça et son intuition pour les affaires qui lui permettait de deviner si un placement était susceptible de se transformer en profit. Contrairement à Tremayne et Iverson, Rhys ne se reposait pas sur les faits, les rapports chiffrés et la possibilité d'un retour sur investissement. Il prenait ses décisions à l'instinct, principe qu'il appliquait également aux jeux et à tous les divertissements que la vie avait à lui offrir.

Et il excellait en la matière… quand il n'était pas à ce point éreinté. La fatigue qui le lestait avait commencé à se faire sentir un mois plus tôt, le soir où il avait appris le décès de son père. Un domaine, des métayers, un siège au Parlement, une clique de serviteurs… Tout lui avait été transmis du jour au lendemain, accompagné d'une pile de dettes dont il n'avait jusqu'alors jamais eu connaissance.

Il n'osait l'avouer à personne, mais il avait les nerfs aussi tendus que la corde d'un arc.

— Qu'y a-t-il ? demanda-t-il une fois à côté de ses amis en tentant tant bien que mal de contenir la panique qui gonflait dans sa poitrine.

— Il faut que nous parlions, déclara Tremayne avant de balayer la pièce du regard. Pas ici. Sur le balcon.

Rhys suivit les deux hommes sans parvenir à se défaire d'un sentiment de malaise grandissant. Quand ils atteignirent le petit espace privé situé au-dessus des tables de jeu, Iverson désigna les chaises tapissées d'un geste de la main.

— Je vous en prie.

Ignorant l'invitation, Rhys se dirigea tout droit vers le chariot à liqueurs.

— Venons-en au fait. Laissez-moi me servir un verre et dites-moi ce qui vous préoccupe une bonne fois pour toutes. Vos têtes d'enterrement me disent que vous n'êtes pas venus ici pour m'annoncer de bonnes nouvelles.

Iverson vint se placer près de lui, les pieds fermement plantés sur le sol, les bras croisés sur sa poitrine. Il avait toujours été le plus calme de leur trio.

— Quand avez-vous été en contact avec votre sœur pour la dernière fois ?

Rhys inclina la tête et fixa Iverson.

— Est-elle souffrante ?

— Non, le rassura Iverson d'un geste de la main. Rien de la sorte.

Il jeta un coup d'œil à Tremayne par-dessus son épaule avant de reprendre :

— Vous ne l'avez pas invitée à Londres, ni envoyée dans votre domaine dans l'Essex, n'est-ce pas ?

Rhys sentit le sang se mettre à battre ses tempes.

— Ma sœur étudie à l'École d'étiquette du Hampshire.

— Elle a fini, rétorqua Tremayne d'un ton sec. Lady Margaret m'a envoyé une lettre, inquiète de n'avoir reçu aucune nouvelle de votre part. Votre sœur a terminé son éducation depuis bientôt deux semaines et s'attendait à ce qu'une calèche vienne la chercher pour l'escorter jusque chez elle.

— Seigneur, murmura Rhys en se frottant le visage de la main.

Ces derniers jours, il avait perdu la notion du temps. Tellement qu'il en avait oublié son unique sœur et la date de sa cérémonie de fin d'études.

— Je vais dépêcher une voiture immédiatement.

— C'est déjà fait, l'informa Nick sur le ton qu'il réservait habituellement aux jeunes nobles frustrés qui se plaignaient d'avoir perdu aux jeux. Elle devrait arriver à Edgecombe d'ici demain.

— Merci.

Rhys laissa échapper un grand soupir, mais n'en fut pas soulagé pour autant. Meg avait hérité de la gentillesse de leur mère et de l'impatience de leur père. Il l'entendait déjà le sermonner quand il rentrerait à la maison et savait qu'il méritait chacune de ses critiques.

— Elle est inquiète pour vous, ajouta Nick d'une voix plus douce. Nous le sommes tous.

Rhys releva les yeux. La déception que son ami de longue date ressentait face à son irresponsabilité était justifiée.

— Autre chose ? s'inquiéta Rhys comme Tremayne gardait le regard rivé sur le tapis. Allons, ne me ménagez point. Parlez franchement.

Iverson croisa les bras et piétina, gêné.

— Vous souvenez-vous de Mr Carthorpe ?

— Évidemment.

Rhys ne possédait ni la facilité avec les chiffres de Tremayne ni l'esprit affûté d'Iverson en matière d'affaires, mais sa mémoire lui faisait rarement défaut.

— Le type à la calèche qui roule sans chevaux.

Le jeune inventeur était du genre nerveux, mais son idée était prometteuse et tous les membres de l'Antre du duc avaient soutenu son projet sans la moindre hésitation.

— Ne me dites pas qu'il s'est enfui avec notre argent !

Nick se racla la gorge en se frottant le cou d'une main, un geste qu'il faisait chaque fois qu'il rechignait à annoncer à un créateur que personne ne voulait prendre le risque d'investir dans son invention.

— Parlez, enfin ! aboya Rhys à bout de patience.

— Carthorpe n'a pas reçu l'intégralité de nos contributions, annonça Iverson d'une voix ferme.

Il fit une pause et baissa la tête en tirant les pans de sa redingote sur ses hanches. Rhys se retint de le secouer pour lui faire avouer la vérité, une bonne fois pour toutes. Quand Iverson releva enfin les yeux, ses pupilles étaient emplies d'un profond regret.

— Votre banque a annoncé qu'elle n'était pas en mesure de verser la somme promise.

— Impossible, s'esclaffa Rhys avec dédain en sentant soudain l'air s'échapper de ses poumons.

L'accusation était absurde. Certes, il n'était pas en contact avec son conseiller financier au quotidien et il ignorait à combien s'élevait le solde de ses comptes, mais c'était justement parce que ses fonds avaient toujours été suffisamment abondants qu'il n'avait jamais eu besoin de se soucier de payer une facture ou d'accorder une donation.

— Votre banque ne vous a-t-elle pas joint à ce sujet ? interrogea Tremayne.

— Pas à ma connaissance.

Rhys fixa Nick dans les yeux et se souvint de la pile de courriers encore cachetés qu'il poussait de côté chaque fois qu'il s'asseyait à son bureau.

— Je me suis laissé quelque peu débordé par la paperasse, ces dernières semaines, avoua-t-il.

Lettres, invitations et condoléances lui étaient parvenues en masse depuis le décès de son père. Il en avait déchiffré quelques-unes à grand-peine avant de laisser les autres s'accumuler au fil des jours.

— Les courriers qui s'amoncellent, l'oubli de votre sœur et l'abandon de vos finances, énuméra Iverson d'une voix calme dans laquelle on devinait de l'inquiétude. Quelque chose ne va pas, Claremont ?

Tous les aspects de sa vie, apparemment.

— Comment cela se pourrait-il ? s'esclaffa Rhys avec un petit rire rouillé en haussant les épaules pour tenter de se débarrasser de la tension qui s'y était installée. Je viens d'hériter d'un duché.

— Et pourtant vous êtes encore à Londres, fit remarquer Iverson. Avez-vous seulement remis les pieds dans l'Essex depuis les funérailles de votre père ?

La mention de cette cérémonie lui donna envie de se servir une autre rasade de whisky, mais Iverson se tenait entre lui et le chariot à liqueurs, droit et fort comme un chêne au feuillage roux en plein mois d'automne.

L'enterrement avait été aussi morne que ce à quoi Rhys s'était attendu. Le duc s'était replié sur lui-même dans les dernières années de sa vie et ceux qui étaient venus lui rendre un dernier hommage avaient fait le déplacement par sens du devoir plutôt que par affection pour le vieil homme. Rhys faisait partie de ces gens qui avaient répondu présent par obligation et la culpabilité lui pesait. Seule Meg avait versé des larmes sincères en mémoire de leur père.

Les choses n'avaient pas toujours été ainsi. Il avait été un temps où Rhys était en admiration devant Tarquin, duc de Claremont. Il se souvenait des visites de ce dernier dans sa chambre d'enfant, des démonstrations d'affection et des encouragements, des livres qu'il lui offrait à l'occasion.

C'était à compter de ce moment-là que leur relation s'était dégradée. Dès que ses difficultés d'apprentissage étaient apparues, son géniteur avait cessé de s'intéresser à lui. Un héritier ducal incapable de lire correctement ? C'était impensable.

— Enderley était en ruines quand j'en ai hérité, dit Nick d'un ton sympathisant. Comment se porte Edgecombe ?

Rhys rechignait à l'admettre, mais il n'en avait pas la moindre idée. Sans sa mère et sa sœur pour y apporter un peu de soleil, le vieux domaine avait autant de charme qu'un mausolée. La dernière fois qu'il y avait séjourné, il avait couché dans une chambre d'amis et avait repris la route le plus tôt possible.

— Le duché est redevable d'un certain nombre de créances.

Il se passa une main dans les cheveux avant de faire face à ses amis. Certes, il était un homme chanceux, mais il n'était pas sans défauts. Il le savait et l'admettait même parfois, ne serait-ce qu'à lui-même : il avait une fâcheuse tendance à se montrer irresponsable et son comportement était conforme à l'image du noble fortuné et insouciant qu'on se faisait de lui, ce qui laissait peu de place à l'homme qu'il aurait voulu devenir.

Il avait déçu les seuls amis qui étaient restés à son côté quand tous les membres de la haute société s'étaient mis à le considérer comme un goujat bon à rien. Quelle ingratitude de sa part !

Nick arqua un sourcil.

— À combien s'élèvent-elles ?

Rhys se tourna vers son ami avec l'intention de lui offrir son sourire le plus charmeur, cette expression de désinvolture rassurante qu'il affichait pour prétendre que tout était sous contrôle, mais les muscles de son visage le trahirent.

Une vague d'abattement le submergea et il n'eut pas le courage de dissimuler la vérité.

— Apparemment, le domaine croule sous les dettes.

Nick poussa un soupir de lassitude.

— Y a-t-il autre chose ? demanda Rhys.

Il connaissait suffisamment bien ses deux partenaires pour se rendre compte qu'ils n'avaient pas tout dit.

— Vous avez accepté de subventionner deux autres créateurs, en plus de Carthorpe, lui rappela Nick. Ils n'ont encore rien reçu à ce jour, mais Iverson et moi pouvons financer votre part.

Rhys tenta de concocter une excuse raisonnable, une explication rationnelle à l'assèchement de ses comptes et au fait qu'il avait été trop occupé pour s'en rendre compte, mais ses deux amis connaissaient sa réputation. Sa résidence londonienne était dans un tel état depuis les dernières réjouissances qu'il s'était retrouvé obligé d'organiser la présente soirée au Lyon's Club.

Nick et Aidan méritaient plus que des justifications.

— Je suis désolé, s'entendit-il prononcer.

Il n'avait pas l'habitude de demander pardon et les mots sonnèrent étrangement à ses oreilles.

Mais ce n'était pas suffisant, décida-t-il en relevant la tête. Peut-être le temps était-il venu de cesser de jouer un rôle – celui de divertisseur que la bonne société lui avait assigné – et d'assumer les responsabilités qui lui incombaient, celles-là mêmes qu'il avait pris l'habitude d'éviter.

En jetant un coup d'œil à Tremayne, il aperçut son propre reflet dans le miroir doré accroché au mur. De grands cernes lui entouraient les yeux, sa coiffure d'ordinaire habilement échevelée était en pagaille et le col habituellement blanc comme neige de sa chemise était taché de sang.

Iverson fit un pas en avant et, à la grande surprise de Rhys, posa une main affectueuse sur son épaule.

— Quels que soient les soucis qui vous rongent, nous sommes là pour vous aider à les surmonter.

Que n'aurait-il donné pour tout leur avouer ! Mais si

son père lui avait appris une chose, c'était de ne jamais admettre ses faiblesses.

Sentant le regard appuyé de ses amis sur lui, il haussa les épaules avec cette nonchalance qu'il affichait toujours quand un défi se présentait à lui.

— Vous êtes l'exemple parfait d'un homme qui a su devenir un duc digne de ce nom en l'espace de quelques semaines, dit-il à l'intention de Tremayne.

Le sourire de Nick fut long à venir.

— Mon titre m'a été remis dans des circonstances similaires aux vôtres : de manière inattendue et bien avant que je ne sois prêt à en assumer les responsabilités. Adopter un tel rôle n'est pas chose aisée et tout ce que j'ai réussi à réaliser de décent, je le dois à ma femme.

— Pour vous avoir connu bien avant que vous ne soyez marié, je dois admettre que la duchesse de Tremayne mérite des félicitations, le taquina Iverson.

Il se tourna ensuite vers Rhys d'un air sardonique.

— J'imagine que vous allez bientôt devoir prendre une épouse. Des demoiselles intéressantes du côté de votre campagne ?

Une image vint aussitôt à l'esprit de Rhys, un souvenir si clair qu'il le ressentit comme un coup de poing dans les côtes.

Des boucles auburn, une paire de pupilles vertes tachetées d'or, un rire contagieux et un sourire rarement adressé aux autres mais souvent lancé dans sa direction. Nul doute qu'elle serait présente à son retour dans l'Essex, mais Miss Arabella Prescott n'éprouverait certainement plus aucune sympathie à son égard.

Il s'était efforcé de ne plus penser à elle tout au long de ces cinq dernières années.

— Laissez-moi le temps de me refaire, avant de m'attacher un boulet à la cheville, plaisanta-t-il en prenant une grande inspiration. Je dois me rendre à Edgecombe. Quel que soit l'état du domaine, il en va de ma responsabilité de le remettre sur pied.

Il fixa le regard sur ses amis, l'un après l'autre.

— Je vous revaudrai cela, à tous les deux. Les dettes du duché n'ont pas pu assécher l'intégralité de mes comptes. J'en possède d'autres. Je suis peut-être un imbécile qui ne s'intéresse qu'aux plaisirs de la vie, mais je sais qu'un homme ne doit jamais mettre tous ses œufs dans le même panier.

Iverson le dévisagea un long moment sans dire un mot, comme pour le jauger, puis lui tourna le dos et s'empara d'une bouteille dans le chariot à liqueurs. Il servit trois rasades de whisky, une pour chacun.

— Soyez prudent sur la route, Claremont, déclara-t-il en lui tendant un verre.

— Je suis passé par là et j'ai une petite idée de ce qui vous attend, dit Nick en portant un toast à hauteur de ses yeux. Bonne chance, mon ami.

Rhys avala d'un trait le doigt de liquide ambré qu'Iverson lui avait offert et savoura la traînée de feu qui se déversa depuis sa gorge jusqu'à son estomac. Après s'être laissé porter par son indulgence égoïste pendant toutes ces années, il avait bien besoin qu'on lui insuffle une énergie nouvelle. Une chape de lassitude et d'inquiétude s'abattit de nouveau sur ses épaules, mais il parvint à esquisser un sourire.

— On dit de moi que je suis un sacré veinard.

Chapitre 2

Août 1848
Domaine de Hillcrest, comté d'Essex

D'un coup de crayon habile, Arabella Prescott raya avec satisfaction un autre point sur sa liste de choses à faire, tout en se dirigeant d'un pas nonchalant vers la salle à manger. Le lancement des festivités organisées par sa famille était imminent et Bella avait été chargée de mener à bien plusieurs tâches, rôle qu'elle avait accepté avec plaisir. Elle adorait aider sa mère lors de préparatifs ou de tout autre projet requérant ordre et structure.

Elle se serait mise au travail plus tôt, si elle n'avait pas été à quelques pages seulement de terminer le premier jet de son livre. Cela faisait des jours qu'elle sortait à peine de sa chambre. Encore quelques détails à parfaire et elle pourrait soumettre son manuscrit à Mr Peabody, l'éditeur londonien que sa mère lui avait présenté l'été précédent. Ces derniers mois avaient amené des changements bienvenus. Après une série de saisons ratées, Bella n'était plus obligée de fréquenter les cercles sociaux ni de passer son temps à Londres, où ses parents avaient pris l'habitude de la pousser sur le devant de la scène maritale chaque fois que son chemin croisait celui d'un noble célibataire.

Le sujet de ses épousailles n'avait pas été mentionné de tout l'été et elle avait enfin pu se consacrer à son rêve de publier ce livre d'énigmes qu'elle rédigeait depuis des années. Ce projet n'avait rien à voir avec les devoirs qui lui incombaient ni avec les attentes que sa famille entretenait à son égard. Certains membres de la bonne société auraient sans nul doute désapprouvé qu'elle nourrisse des ambitions autres que celle de trouver un époux respectable, mais ce livre comptait énormément à ses yeux. Elle avait besoin de se prouver qu'elle était plus que la progéniture de Lord et Lady Yardley. Une compilation de casse-tête cérébraux et de problèmes de logique écrits par la fille d'un noble professeur serait probablement difficile à vendre, mais elle était déterminée à tenter sa chance.

À présent que ses parents avaient accepté son statut de vieille fille, ses choix lui étaient propres. Plus que quinze jours à se montrer aimable en société, et son temps lui appartiendrait totalement.

À son arrivée dans la salle à manger, Bella fut forcée d'admettre que le personnel s'était une fois de plus surpassé. La porcelaine et l'argenterie resplendissaient à la lumière du soleil qui dardait ses rayons à travers les fenêtres en cette fin d'après-midi. Une composition florale installée au centre de la table embaumait l'air ; des pivoines, des lilas et des freesias que l'on avait arrangés de façon qu'ils se déversent d'un grand saladier en argent gravé.

Bella fit lentement le tour de la table. Elle qui adorait la symétrie, l'équilibre et l'ordre ne pouvait que se montrer admirative devant cette mise en place parfaite. Chaque assiette, chaque verre, chaque couvert avait été placé au millimètre près. Ce fut alors qu'elle remarqua les porte-noms. Les étiquettes rectangulaires d'un blanc uni encadrées de bords dorés indiquaient la place de chaque invité en caractères gras. Elle les examina les unes après les autres et son estomac se noua à mesure que son inspection avançait.

Les deux mains serrées sur le dossier en bois poli d'une chaise, elle balaya de nouveau la nappe du regard, l'esprit en ébullition.

Bella avait toujours eu un goût prononcé pour les casse-tête. Déjà dans son enfance, elle excellait en mathématiques et résolvait aisément tous les problèmes de logique que sa gouvernante concevait à son intention. Elle était devenue tellement douée en devinettes qu'elle en avait même publiées quelques-unes de sa création dans des magazines pour gentes dames.

« L'énigmatique Miss Prescott », l'avait baptisée un journal, à l'époque de sa deuxième saison. Certes, le chroniqueur à l'origine de l'article faisait alors référence aux raisons mystérieuses qui l'avaient poussée à refuser cinq propositions en mariage d'affilée, et non à son esprit d'analyse, mais le sobriquet n'était pas pour lui déplaire.

Les petits cartons de papier délicatement déposés par les domestiques devant chaque assiette constituaient un véritable piège dans lequel elle était tombée sans le vouloir, tel un lièvre peu attentif qui se précipite tête baissée dans un buisson de ronces.

Il y avait trop d'hommes autour de cette table.

Son cœur se serra dans sa poitrine. Son père et sa mère complotaient encore dans son dos dans l'espoir de la marier. Après quatre saisons ratées, elle aurait cru que c'était terminé, qu'ils s'étaient fait une raison…

Bien sûr, elle avait conscience de la frustration qu'elle leur causait chaque fois qu'elle éconduisait un prétendant ou refusait une invitation à Londres, mais elle ne regrettait aucune de ses décisions. Les cinq hommes qui avaient demandé sa main auraient fait d'insupportables maris et elle aurait été une épouse misérable en retour. Ses parents auraient pu insister, mais ils s'étaient abstenus. Leur mariage avait été motivé par l'amour et ils souhaitaient que leur fille connaisse la même chance.

Bella s'était faite à l'idée que cela n'arriverait jamais, mais eux n'avaient visiblement pas abandonné tout espoir.

Quand ils avaient suggéré ces quinze jours de festivités à domicile pour célébrer son vingt-troisième anniversaire, elle avait accueilli la nouvelle avec joie. Non pas que l'idée de fêter cet événement en fanfare l'attirât – depuis la débâcle de ses dix-huit ans, elle préférait que ce passage obligé se déroule en faisant le moins de vagues possible.

Jamais elle n'aurait cru ses parents capables de fomenter un tel coup.

Ils avaient invité quatre gentilshommes. Toute une brochette de prétendants ! Il ne pouvait s'agir que de cela, puisque les seules femmes autour de la table seraient, hormis elle, sa mère et sa cousine Louisa. Or, cette dernière n'avait pas encore fait ses débuts et ne pouvait donc être la raison de cet étalage masculin.

Quelqu'un se racla la gorge dans son dos et Bella pivota pour se retrouver face à Louisa, debout sur le seuil de la salle à manger.

— Êtes-vous fâchée ? demanda sa cousine en faisant

un pas dans la pièce avant de refermer les portes coulissantes escamotables derrière elle.

Bella se pressa les tempes du bout des doigts.

— Vous étiez au courant et vous ne m'avez rien dit !

Louisa écarquilla ses grands yeux bleus et se mit à tirer nerveusement sur le ruban de satin attaché sur le devant de sa taille.

De quatre printemps sa cadette, et beaucoup plus romantique que Bella ne l'avait jamais été, Louisa était d'une nature douce et se laissait rarement aller à la duplicité. Bella la considérait comme sa sœur, elle comprenait donc pourquoi la jeune fille avait accepté de garder le secret. De fait, elle sympathisait même avec le sentiment de désespoir de ses parents, mais il fallait qu'ils se rendent à l'évidence.

— Où sont-ils ? demanda-t-elle à sa cousine qui n'eut pas besoin d'explication.

— J'ai aperçu votre mère dans son boudoir il y a de cela un quart d'heure. Je suppose que tous les deux se rendront bientôt au salon pour accueillir les invités.

— Il faut que je leur touche un mot avant que tout ceci ne commence.

Serrant ses cahiers contre sa poitrine, Bella cala son crayon au-dessus de son oreille et sortit de la pièce.

— Bonne chance, lança Louisa d'une voix hésitante dans son dos.

Sur le chemin, Bella dressa mentalement une liste d'arguments logiques pouvant défendre sa cause. Des explications rationnelles qui obligeraient ses parents à accepter que leur fille ne fût pas faite pour le mariage. Certaines demoiselles, comme sa cousine Louisa, plaçaient tous leurs espoirs dans leur futur statut d'épouse, mais Bella avait désormais abandonné ce genre de rêve.

Une fois arrivée devant la porte du petit salon de sa mère, Bella savait exactement quoi dire, mais les doigts enroulés autour de la poignée, elle fut prise d'une seconde d'hésitation. Des voix lui parvinrent depuis le bureau de son père, au bout du couloir.

Parfait. Ses parents étaient réunis au même endroit. Le moment était donc idéal pour leur exposer son raisonnement.

Elle s'approcha de la pièce, mais s'arrêta net en entendant des éclats de voix. Curieuse, elle plaqua une oreille contre le battant de bois.

— Vous devez lui parler, Edmund ! Dites-lui la vérité.

— Bah, marmonna l'intéressé en retour. Peut-être s'entichera-t-elle de l'un de ces gentilshommes qui séjourneront parmi nous au cours de ces quinze prochains jours. Alors, tout se déroulera comme nous l'avions espéré.

— Très cher, soupira son épouse de ce ton éreinté que Bella lui connaissait bien. Notre fille s'entête à refuser toutes les propositions qui lui sont faites. Le temps n'est-il pas venu de lui annoncer ce à quoi vous devrez renoncer si elle continue dans cette voie ?

— Il se peut qu'elle choisisse de nous accompagner, répondit Lord Yardley avec un optimisme non dissimulé dans la voix.

— Bella veut publier son livre. Elle n'acceptera jamais de quitter l'Angleterre pendant aussi longtemps et je ne la laisserai pas ici célibataire et sans chaperon.

— Ma sœur Iona…

— Iona est souffrante et habite en Écosse, le coupa sa femme. Elle doit veiller sur sa santé avant tout.

N'y tenant plus, Bella poussa la porte. Ses parents sursautèrent et se tournèrent vers elle avec surprise.

— Que me cachez-vous ?

Lord Yardley poussa un long soupir et prit place à son bureau. Il se releva presque aussitôt pour s'emparer des livres sur lesquels il venait de s'asseoir et dont il avait visiblement oublié l'existence. Pendant un moment, il chercha un espace libre pour y déposer les deux volumes, mais son bureau était, comme à son habitude, couvert de cartes et de croquis de la Grèce antique. Professeur de grec depuis des années, il vouait une véritable passion à l'art et à l'architecture helléniques.

— Maman ? interrogea Bella en se tournant vers cette dernière.

Elle était la plus expansive des deux. En tant que poète, elle comprenait plus que quiconque le poids et la valeur des mots. Pourtant, elle resta étrangement silencieuse. Les lèvres pincées comme pour empêcher ses pensées de les franchir, elle dirigea son regard vers son époux. Quel que soit le secret qu'ils dissimulaient, ce serait visiblement à lui de l'avouer.

— J'aurais préféré ne pas vous l'annoncer dans de telles circonstances, ma fille, commença-t-il avec douceur en aplatissant une carte sur son bureau pour y déposer les livres qu'il tenait à la main, avant de se laisser choir sur sa chaise. On m'a proposé un poste.

— À Athènes, ne put se retenir d'ajouter sa femme.

— Mais c'est…

Si loin… Telle fut sa première pensée, mais elle ravala son égoïsme. Son père rêvait de visiter cette terre qu'il étudiait depuis des décennies.

— Une excellente nouvelle, dit-elle au lieu de ça.

— C'est une mission d'enseignement, expliqua-t-il en la sondant de ces pupilles vert de jade qu'elle lui devait. Pour une durée de trois ans.

Trois ans ? Bella n'avait jamais été séparée de sa famille plus de quelques mois d'affilée, quand on l'avait envoyée apprendre les bonnes manières au sein d'une école privée dans le nord du pays. Elle avait détesté cela et était rentrée plus tôt que prévu. Sa famille n'avait jamais voyagé plus loin que Londres ou Brighton, pour aller voir la mer. L'étranger ne l'attirait pas le moins du monde, mais elle ne voulait pas priver son père de suivre sa passion. Quant à sa mère, elle trouverait certainement son bonheur et une source d'inspiration dans les ruines antiques de la Grèce.

— Je souhaite de tout cœur que vous acceptiez cette offre, papa, et que vous vous y rendiez tous les deux, mais je ne peux vous accompagner et je doute que le complot que vous avez monté pour me trouver un soupirant fonctionne.

— Il ne s'agit pas d'un complot, Arabella, rétorqua sa mère en utilisant son prénom de naissance, signe qu'elle perdait patience. Nous avons simplement invité quelques gentilshommes pour que le compte soit rond.

— Beaucoup plus de messieurs que de dames.

Lady Yardley poussa un soupir et joua du bout des doigts avec le médaillon-montre qu'elle portait autour du cou.

— Ce sont de bons partis, argumenta-t-elle avec espoir. Des gens de bonne famille, bien éduqués. Nous avons pensé qu'au lieu d'une nouvelle saison…

— Je ne veux pas d'une nouvelle saison, maman.

Les mots étaient sortis plus forts et plus secs que Bella ne l'aurait souhaité.

— Vous connaissez mes plans, mes rêves, poursuivit-elle avec tristesse. J'ai eu mon content de saisons.

— Ma chère fille, plaida son père avec douceur. Il nous est impossible d'envisager de quitter l'Angleterre tant que vous ne serez pas en ménage. Nous ne supporterions pas de vous savoir ici toute seule.

Il jeta un coup d'œil à son épouse à travers la pièce avant de reprendre :

— Je vous assure que le mariage n'a rien d'horrible.

— Pour certaines personnes, oui, mais ce n'est pas mon cas et j'accepte mon sort.

Comme toutes les débutantes, Bella avait rêvé de fonder un foyer, par le passé. Mais elle avait depuis découvert une faille dans ces idioties de saisons, de bals et d'entremises : son cœur têtu avait en effet misé tous ses espoirs sur le seul homme qui ne serait jamais en mesure de les concrétiser.

— Il n'est pas trop tard.

Lord Yardley tenait la tranche de son livre si fort entre ses doigts que ses phalanges avaient blanchi. Bella fit un pas en avant et posa une main sur la sienne.

— Êtes-vous souffrant, papa ?

— Je vais bien, dit-il en hochant la tête, le visage pâle.

Il était tombé malade, l'hiver précédent, et n'avait pas encore recouvré toute sa vigueur.

Bella se tourna vers sa mère.

— Y a-t-il autre chose que vous me cachez ?

— Le Dr Bell a mentionné que le soleil grec ferait beaucoup de bien à votre père.

Toutes les émotions que Bella avait ressenties avant

d'entrer dans la pièce – culpabilité, frustration, détermination – s'envolèrent pour laisser place à l'angoisse. L'idée que sa famille s'en aille loin d'elle l'effrayait, mais la santé de son père importait plus que tout. Elle ne pouvait prendre le risque de le perdre.

— Cette réception est peut-être l'événement qui vous permettra de trouver le bonheur que nous vous souhaitons. Pardonnez-nous de vous avoir dissimulé ces informations, déclara Lady Yardley avec douceur. Nous voulions simplement trouver le bon moment.

— Je sais.

Bella avait appris à quel point il était dangereux d'éprouver de la rancœur.

— Si je vous avais annoncé les raisons qui m'ont poussée à organiser cette fête, vous auriez fait seller une carriole pour aller vous enterrer dans un village perdu où personne ne connaît votre nom.

— Il n'est pas trop tard, plaisanta Bella.

L'idée ne lui déplaisait pas.

— Bella, je vous en prie.

— Donnons-lui au moins une bonne raison de ne pas mettre sa menace à exécution, ajouta Lord Yardley d'un ton joueur.

La légèreté que Bella perçut dans sa voix allégea quelque peu l'inquiétude qui pesait sur son cœur.

Sa mère laissa échapper un petit rire sans conviction.

— Parce que nos invités sont sur le point d'arriver et que nous avons promis de les divertir pendant les quinze jours à venir ?

Juste quand Bella était sur le point de terminer son livre. Des douzaines de feuilles de papier décoraient le mur de son salon privé ; devinettes, charades et casse-tête en tous genres. Chaque fois qu'une nouvelle énigme lui venait à l'esprit, elle s'empressait de l'ajouter à sa collection avant de la noter dans les pages de son manuscrit. Elle était si près du but. Il ne manquait plus que quelques touches finales.

— Vous n'êtes pas obligée de choisir l'un d'entre eux, la rassura son père d'une voix grave.

— Edmund, nous en avons déjà discuté.

Le regard que lui décocha son épouse aurait suffi à faire plier la plupart des hommes, mais ses parents étaient mariés depuis plus de vingt ans et Lord Yardley n'était pas du genre à se laisser impressionner, songea Bella.

— Ce sont tous des jeunes gens respectables, choisis avec soin.

— Sans même me consulter, laissa-t-elle échapper contre son gré.

Sa mère fit un pas vers elle.

— Qu'auriez-vous répondu, ma fille ? Auriez-vous accepté de les rencontrer ? Nous ne voulons pas vous forcer la main.

— Et pourtant quatre soupirants s'apprêtent à débarquer à Hillcrest sans que personne ne m'ait demandé mon avis, rétorqua-t-elle d'une voix irascible qu'elle détestait.

— Le choix vous appartiendra toujours, Bella, déclara son père de ce ton ferme et inflexible qui avait le don de la rassurer. Nous souhaitons simplement votre bonheur.

— Je suis parfaitement heureuse telle que je suis.

Ses propres mots sonnèrent faux à ses oreilles. Certes, ses journées étaient toujours occupées et elle ne s'ennuyait jamais mais, à certains moments, elle sentait au fond d'elle que quelque chose manquait à sa vie.

— Le mariage a des bons côtés.

Son père s'adressait rarement à elle sur ce ton doux qu'il employait lorsqu'elle était enfant. Il se leva et vint se placer au côté de son épouse. Son regard se fit tendre et aimant.

— Vous êtes notre fille unique, Bella. Nous aimerions que votre avenir soit assuré, dans un foyer agréable et au côté d'un homme digne de vous.

Bella ravala les protestations qui se bousculaient sur le bout de sa langue.

— Qui sont-ils ?

Elle avait depuis longtemps compris que, pour établir une stratégie, il fallait disposer de toutes les informations disponibles.

— Vous les rencontrerez bientôt. Certains sont déjà arrivés. D'ici 18 heures, ils devraient tous être présents dans le salon.

Le sourire que sa mère lui adressa se voulait encourageant, mais ses yeux brillaient de cette lueur triomphante qu'elle affichait lorsque son plan avait fonctionné.

Son père lui offrit son bras. S'apprêtait-il à l'escorter sur-le-champ jusqu'à ces inconnus ?

— J'accepte que vous me les présentiez en tant qu'invités dans notre demeure, mais je ne vous promets rien, prévint-elle. Je n'ai reconnu aucun nom sur les étiquettes autour de la table. Ce sont tous des étrangers à mes yeux.

— Arabella, ne soyez pas grossière…

Lady Yardley n'eut pas le temps de terminer sa phrase.

— Nous ne vous demandons rien de plus que de les rencontrer, coupa son mari. Parlez-leur. Et souvenez-vous qu'ils ont fait le trajet jusqu'ici pour faire votre connaissance. Ils ne sont pas différents des messieurs que vous avez croisés à ces idioties de bals pendant vos saisons.

— Je pense qu'il est préférable de ne pas mentionner ces dernières, ajouta sa mère.

Un petit rire étouffé s'échappa des lèvres de Lord Yardley.

— Vous méritez le meilleur, ma fille, dit-il en s'avançant pour prendre ses mains dans les siennes. Je n'ai encore jamais vu à ce jour de parti qui soit digne de vous, mais je vous serais reconnaissant de bien vouloir donner leur chance aux jeunes gens qui attendent dans notre salon.

Bella resserra les doigts autour des siens.

Ses parents avaient fait preuve d'une patience incommensurable envers elle jusqu'à présent. D'aucuns auraient déjà arrangé un mariage de raison, davantage préoccupés par les titres de noblesse et la continuité de la lignée familiale que par le bonheur de leur progéniture.

Elle leur aurait avoué la vérité, si elle n'avait pas tant de mal à se l'admettre à elle-même.

Les demoiselles intelligentes ayant pour projet de publier un livre ne laissaient pas leur cœur se faire piétiner par un homme qui n'avait pas eu la décence de leur envoyer une seule lettre en cinq ans. Un homme qui était devenu duc et qui avait probablement oublié jusqu'à son existence.

— Je vais me préparer à accueillir nos visiteurs. Je promets de faire de mon mieux, répondit-elle à son père d'une voix douce.

Peut-être le temps était-il venu de dire au revoir à la Bella du passé, cette idiote tellement éprise de son ami d'enfance qu'elle s'était convaincue que cette attirance était réciproque, alors que tout ce que ce dernier souhaitait, c'était de partager sa couche avec autant de femmes qu'il le faudrait pour prouver ses prouesses.

La nouvelle Bella n'était pas sotte à ce point. Elle savait pertinemment qu'il ne faut pas faire confiance à un tel goujat et on ne l'y reprendrait plus.

Elle poussa un long soupir pour tenter de se débarrasser de la tension qui lui nouait les muscles, sans succès. Au fond d'elle, elle ne pouvait s'empêcher de penser combien elle aurait préféré retourner dans sa chambre et travailler à la rédaction de son ouvrage.

Sentant le regard anxieux de ses parents, elle repoussa la petite voix dans sa tête qui lui intimait de s'enfuir à toutes jambes.

Quatre gentilshommes attendaient de faire sa connaissance dans le salon et, à en croire ses parents, tous possédaient au moins une qualité jouant en leur faveur.

Mais aucun d'entre eux ne s'appelait Rhys Forester.

Chapitre 3

Rhys donna un coup de talon dans le meuble et quatre lourds volumes vinrent s'écraser sur les dalles dans un chaos étrangement satisfaisant de couvertures pliées et de papier froissé. La véranda était glaciale à cette heure avancée de la soirée, mais le secrétaire de sa mère, installé dans un coin de la vaste verrière dégagée, était de loin préférable à l'air confiné du cabinet de son père.

Ses yeux le piquaient, son crâne le faisait souffrir, et les chiffres et symboles inscrits dans les grands livres de comptes d'Edgecombe ne semblaient avoir ni queue ni tête. Ces ouvrages lui étaient tout aussi utiles par terre qu'ils ne l'avaient été devant ses yeux, pendant les heures qu'il venait de passer à en feuilleter les pages.

Satisfait de s'en être débarrassé, Rhys s'affala sur son siège dans un crissement de cuir. Les mains derrière la nuque, il s'étira et plaça ses jambes sur la table de bronze doré, ferma les paupières et tenta d'apprécier le calme et l'immobilité environnants dans l'espoir d'apaiser son esprit.

L'exercice dura approximativement quatorze secondes, au terme desquelles il abandonna en poussant un grognement frustré.

Pourquoi faire semblant ?

Il détestait le silence et haïssait la solitude. Depuis qu'il était rentré à Edgecombe, il s'était retrouvé avec une quantité infinie de l'un comme de l'autre sur les bras. Sa sœur ne lui avait pas encore totalement pardonné et passait la majorité de son temps à rendre visite à des amis au village ou enfermée dans sa chambre.

La seule tentative d'excuses sincères qu'il avait engagée s'était soldée par un torrent de larmes et Margaret avait couru se réfugier dans la bibliothèque, un lieu qui lui servait déjà de refuge étant enfant.

Comme si ses pensées avaient le don de faire apparaître les gens, Rhys entendit les pas feutrés de sa sœur dans son dos.

— Quand j'étais petite, j'adorais m'allonger sur ces dalles froides pour lire, dit-elle. Je ne pense pas que cela me plairait autant, désormais, d'être accoudée par terre.

— La position n'est probablement pas très confortable.

— Elle ne l'est pas non plus pour ces livres de comptes, observa-t-elle en baissant le regard sur les registres au sol. Les pages sont toutes pliées.

— Bien fait pour elles.

— Qu'ont-elles fait pour vous mettre dans une telle colère ?

Meg vint se placer à son côté, les bras croisés, une expression désapprobatrice sur le visage.

— Elles m'ont vaincu par infériorité numérique.

— Puis-je vous proposer mon aide ?

— Cette responsabilité est mienne. Vous avez une saison à préparer.

Rhys ne pouvait se résoudre à lui avouer la vérité. Il savait pertinemment que les réponses à toutes les questions en lien avec l'endettement du duché se trouvaient dans ces lignes, mais ce n'était pas un fardeau qu'il avait l'intention de partager avec sa sœur, qui était par ailleurs de nature à s'inquiéter pour peu de chose.

— En parlant de saison, commença-t-elle avec une pointe d'excitation dans la voix, mon amie m'a recommandé une modiste de talent qui a cousu des tenues pour plusieurs débutantes distinguées. Elle officie à Londres, il faudra donc nous y rendre prochainement. J'aurai besoin de robes, de chaussures, de chapeaux…

— Je sais, soupira Rhys. Pourquoi ne pas commencer dans une semaine ?

Margaret décroisa les bras et se mit à jouer avec un ruban noué à l'extrémité de son châle.

— Si quelque chose ne va pas, j'aimerais que vous m'en fassiez part. Papa ne discutait jamais de ses affaires avec moi et j'avais horreur de cela.

Rhys releva les yeux vers sa sœur et remarqua les rides d'inquiétude qui lui plissaient le front. Comme il avait dû être éprouvant pour elle de se trouver seule en compagnie de leur père dans ce grand domaine isolé. Il aurait dû lui rendre visite plus souvent, l'emmener faire un tour à Londres de temps à autre, mais, ce faisant, sa propre réputation aurait déteint sur celle de Margaret…

— Ne vous faites pas de souci, murmura-t-il. Je ferai en sorte que votre première saison soit un véritable succès.

Il n'avait aucune idée de comment il parviendrait à réaliser un tel exploit, mais il tiendrait parole.

— Il avait des dettes, n'est-ce pas ?

Face à son absence de réponse, Margaret s'avança pour ramasser les livres de comptes.

— Laissez cela, Meg. Faites-moi confiance. Tout ira bien.

Il parvint à esquisser un sourire et sa sœur lui répondit d'un petit hochement de tête silencieux. Elle n'insisterait pas. Du moins, pour le moment.

Le sujet serait remis sur le tapis, cela ne faisait aucun doute. Margaret était une jeune femme obstinée.

— En ce cas, et si vous me promettez de ne plus faire de vacarme, je retourne me coucher.

— Dormez bien.

Quand elle fut partie, Rhys ne put s'empêcher de penser à ces fichus registres. Les lancer au sol ou par la fenêtre ne changerait rien au fait qu'ils étaient pleins d'irrégularités. Même sans être très fort en mathématiques, il voyait bien que quelque chose ne collait pas… Sans compter que les symboles étaient presque impossibles à déchiffrer. Non seulement ils avaient été notés en pattes de mouche, mais certains avaient été rayés à dessein. Et ceux qui étaient lisibles lui donnaient tout autant de fil à retordre. Au fil des ans, lire lui était devenu plus facile et il s'était amélioré en prise de notes, mais quand il était fatigué et qu'il se trouvait enfoncé dans les problèmes jusqu'au cou, être confronté à la moindre page devenait insurmontable.

Ce dont il avait besoin, c'était un partenaire doué avec les chiffres, quelqu'un qui possédait le sens du détail. L'intendant d'Edgecombe ne lui inspirait pas confiance. Cet imbécile n'avait rien trouvé de mieux que de partir en vacances juste avant que le nouveau maître des lieux annonce son retour. Rhys l'avait rencontré à une seule occasion et malgré, ses manières impeccables, l'homme ne lui avait pas fait grande impression. De deux choses l'une, en tout cas : soit ce Mr Radley ignorait tout des incohérences présentes dans les livres de comptes, soit il escroquait le duché.

Restait maintenant à savoir si l'intendant allait décider de revenir à son poste. N'allait-il pas plutôt choisir de disparaître avec l'argent du domaine s'il s'avérait qu'il était effectivement coupable de malversations ?

— Nom d'un chien.

Rhys ôta ses pieds du bureau et se leva, un œil sur la bouteille de bourbon qu'il avait vidée un peu plus tôt. Il avait envisagé un instant de sonner pour en demander une deuxième, mais un esprit embrumé n'allait pas l'aider à résoudre le mystère qui se tenait devant lui.

Contrairement à la jeune fille qui avait ensoleillé son enfance, il n'avait jamais été très doué en casse-tête. Instinctivement, il tourna le torse vers la gauche, le regard rivé sur les murs de verre et de métal de la véranda. Mais son esprit était ailleurs, au-delà de la façade de brique d'Edgecombe, à quelques kilomètres de là, où se tenait le domaine voisin, Hillcrest.

Que pouvait bien faire Arry en cet instant ?

La dernière fois qu'il l'avait vue, elle était heureuse. Ses parents avaient dépensé sans compter pour célébrer son dix-huitième anniversaire et, une fois n'était pas coutume, elle avait accepté avec joie de faire l'objet d'une attention qu'elle préférait d'ordinaire éviter.

Rhys serra les poings au souvenir de la déception dans ses yeux et des larmes qu'elle avait essuyées d'un geste de la main. Une déception dont il était responsable…

Quel imbécile il avait été ! Et dire qu'il ne s'était jamais excusé en bonne et due forme !

Soudain, il attrapa son manteau et, sans prendre la

peine de chercher sa cravate, sortit de la véranda à grandes enjambées, le talon de ses bottes résonnant sur le sol de marbre du vestibule à chacun de ses pas. Il ne s'arrêta qu'une fois dehors, sur le perron du manoir.

Hillcrest était trop loin pour qu'il puisse l'apercevoir à l'œil nu, même par une nuit de pleine lune sans nuages, mais il connaissait le chemin par cœur. Le cœur battant sous l'effet de l'excitation, il dévala les marches. Au fond de lui, une petite voix coupable lui intimait de faire demi-tour, mais Rhys rentra la tête dans les épaules pour se protéger du vent glacial et se mit en route.

S'il avait l'intention de rester à Edgecombe et de se comporter en duc, faire amende honorable auprès de la famille la plus prospère et la plus appréciée du village était une indispensable nécessité.

Non pas qu'il fût mû par un quelconque sens des responsabilités. Si cela avait été le cas, il aurait probablement fait le trajet en calèche plutôt que de se présenter sur le pas de la porte de ses voisins à cette heure indue, échevelé et mal rasé.

Mais Rhys était un homme d'instinct et ses tripes lui disaient de ne pas s'arrêter.

Aussi, il poursuivit son chemin à travers champs en direction de l'est. Au loin, les hautes fenêtres de la façade du manoir de Hillcrest brillaient d'une lueur chaude dans la nuit. Ce ne fut que lorsqu'il trébucha sur le sol inégal qu'il se rendit compte qu'il ne foulait plus le gazon soigneusement entretenu d'Edgecombe qui faisait la fierté de son jardinier. Il avait atteint la limite de sa propriété. Devant lui se dressait cet amas de terre rocailleuse familier de près de deux kilomètres de long qui séparait avec l'efficacité d'une barrière le domaine ducal de celui de son voisin.

La démarcation qui se dessinait à la lueur de la lune était en fait bien moins épaisse que dans son souvenir. Combien de fois avait-il escaladé cette structure irrégulière pour se rendre chez Lord et Lady Yardley ? Combien de fois avait-il aidé leur fille aux boucles cuivrées à la franchir dans l'autre sens ?

Avant la naissance de Meg, Rhys n'avait eu pour seule compagnie qu'une longue suite de nourrices et de précepteurs. C'était tout naturellement qu'Arabella était devenue sa compagne de jeux et sa meilleure amie. Elle s'était jointe de bon cœur à ces facéties enfantines, l'accompagnant dans ses aventures à travers la campagne. De quatre ans sa cadette, elle le surpassait pourtant en tout. Intrépide et intelligente, elle avait été une partenaire fidèle et loyale.

C'était vers elle qu'il s'était tourné quand il avait eu besoin de confier ses difficultés d'apprentissage de la lecture et son désir de faire la fierté de son père. Bella avait été la seule à lire les bribes de poésie et les histoires inachevées qu'il avait rédigées à ses heures perdues. Jamais elle ne s'était moquée de lui ni n'avait perdu patience. Au contraire, elle l'avait encouragé dans chacun de ses efforts.

Rhys était passé maître dans l'art de feindre une confiance à toute épreuve, mais Arabella Prescott n'avait pas besoin de recourir à cette ruse. Elle était de ces femmes qui pouvaient mener à bien tout ce qu'elles entreprenaient.

Malheureusement, elle avait pris le parti de l'éviter. Et il l'avait ignorée avec tout autant de détermination.

Une fois, elle s'était rendue à un bal auquel il avait également été invité. Il était certain qu'elle avait remarqué sa présence, mais elle s'était détournée avec empressement quand il avait tenté de croiser son regard. De toute la soirée, aucun d'entre eux n'avait fait état de la présence de l'autre et ils ne s'étaient pas adressé un seul mot.

Rhys comprenait sa réaction. Le souvenir de ce qu'il avait commis l'emplissait encore de dégoût et il détestait se le remémorer. Bella l'avait toujours admiré, idolâtré même, et comme à son habitude quand il était question des gens qui lui étaient proches, il l'avait déçue. À tel point qu'il avait brisé la confiance et la camaraderie qui s'étaient construites entre eux au cours de leur enfance.

En jeune impertinent qu'il était, il n'avait pas exprimé le moindre regret. Bella avait été trop en colère pour qu'il puisse s'y risquer. Cinq années avaient passé depuis. Le temps était venu de corriger son erreur.

— Votre mère s'est vraiment surpassée, murmura Louisa à son oreille.

Bella hocha la tête. Assise sur le sofa à côté d'elle, sa cousine faisait honneur à sa réputation de jeune femme énergique et pleine de vie, et son excitation était presque palpable.

— Elle s'est montrée plus maligne que moi, en tout cas, murmura Bella.

Elle força son sourire. Ou plutôt, elle ne se départit pas de celui qu'elle se contraignait à arborer depuis le début de la soirée. Les traits de son visage ne risquaient-ils pas de se figer dans cette position ?

— Lady Yardley n'est pas du genre à comploter dans le dos de ses proches, la rabroua Louisa. Votre comportement a eu raison de sa patience, Bella. Elle a organisé ces quinze jours avec l'adresse d'un grand chef militaire.

— J'en ai bien conscience, admit Bella.

Elle savait aussi qu'elle aurait dû être en train de travailler sur son livre plutôt que de rester assise sans rien faire dans la plus belle pièce de la résidence familiale, à la merci des regards intéressés de plusieurs représentants de la gent masculine.

Bella avait accepté de faire de son mieux, mais après trois jours de célébrations, elle n'était plus sûre de rien, sauf de cela : aucun des gentilshommes invités n'était parvenu à la faire changer d'avis sur le mariage.

— Il en manque deux, remarqua Louisa.

— Peut-être n'apprécient-ils pas la musique.

« Le grand chef militaire » avait prévu une animation par jour. Ce soir, l'un des messieurs jouait admirablement un morceau de Schumann sur le grand piano du salon.

— Ils ont pris congé dès que la première note a retenti, ajouta Bella. Je suis certaine qu'ils reviendront dès que le dernier accord aura retenti.

Bella soupçonnait sa mère d'avoir ouvertement informé les prétendants que leur seul objectif au cours de ces deux semaines serait de rivaliser entre eux pour obtenir l'affection de sa fille. Certains n'y allaient pas de main morte. Lord Wentworth, par exemple, avait eu la témérité de se mettre à chanter quand il l'avait croisée dans le vestibule, pensant probablement qu'il réussirait à gagner ses faveurs au moyen d'une aria interminable. Un autre lui avait offert un bouquet de fleurs ce matin même : des roses que Bella avait plantées elle-même et qu'elle aurait préféré voir pousser sur tige plutôt que se flétrir dans un vase.

Elle entendait presque les méninges de leur cerveau tourner à plein régime à la recherche de la fissure qui leur permettrait de pénétrer son armure. De s'emparer de son cœur, aurait dit Lady Yardley qui avait toujours eu l'âme romantique.

À l'approche de cette dernière, Louisa se leva du canapé.

— Je m'en vais m'enquérir de nos deux célibataires manquants, confia-t-elle à Bella.

— Mr Nix n'a pas de titre, mais il est le plus charmant de tous, murmura sa mère à son oreille en prenant place à côté d'elle.

— Ce ne serait pas le premier joli minois à me demander en mariage, maman.

— Je sais, répondit-elle en lui tapotant l'avant-bras. Et je comprends que vous préfériez un mari pourvu d'esprit et d'intelligence. Pourquoi croyez-vous que j'aie épousé votre père ?

— Papa est un bel homme.

— C'est vrai, concéda-t-elle avec un petit sourire malicieux, mais il a ses défauts, comme tout le monde.

— Je n'aspire pas à la perfection.

En fait, Bella ne cherchait pas de mari tout court, mais elle avait déjà eu cette conversation avec ses parents à tellement de reprises qu'elle était persuadée qu'ils pouvaient réciter l'intégralité de ses arguments de mémoire.

Comme poussée par un instinct maternel lui permettant de lire dans les pensées de sa progéniture, Lady Yardley changea de tactique.

— Visez la gentillesse, ma fille. Un homme bon saura vous apporter un foyer empli de bonheur.

La Bella du passé s'était laissée aller à ce genre de

rêve : une maison, des enfants, un garçon et deux filles aux têtes blondes semblables à celle de Rhys. Comme elle s'était montrée naïve !

Jamais la nouvelle Bella n'envisagerait de telles idioties romantiques.

— Lord Hammersley est vicomte, reprit Lady Yardley. J'aurais aimé trouver un duc.

Bella se rendit compte que sa mère venait de lui énumérer les mérites de chacun des prétendants qui se trouvaient sous leur toit. La pauvre avait probablement fait des pieds et des mains pour les convaincre de passer deux semaines dans l'Essex.

— Mais j'ai pensé qu'il était préférable de ne pas convier le duc de Claremont.

— Oui, répondit Bella sèchement.

Elle n'avait pas encore pris l'habitude du titre de Rhys et il sonnait étrangement à ses oreilles.

— Il ne faut pas l'inviter, renchérit-elle.

— Vous étiez si bons amis, il fut un temps.

Le regard de sa mère se fit inquisiteur.

Bella n'avait jamais divulgué à quiconque les détails de ce qu'il s'était passé le jour de ses dix-huit ans, mais il n'avait pas été difficile pour la perspicace Lady Yardley de faire le rapprochement entre les larmes de sa fille et le départ précipité de Rhys. Au grand soulagement de Bella, elle n'avait jamais insisté. Certes, elle avait suggéré une fois ou deux d'inviter le duc de Claremont ou son fils à dîner, mais ces propositions avaient cessé dès lors que la réputation de Rhys était arrivée aux oreilles des habitants de l'Essex.

— Nous l'étions autrefois, mais ce n'est plus le cas.

Louisa apparut subitement à côté d'elles, les joues rouges comme si elle venait de courir.

— Pardonnez-moi, tante Gwendoline. Je dois m'entretenir avec Bella.

Lady Yardley plissa les yeux, mais elle accepta la requête de sa nièce d'un hochement de tête et Bella se leva pour suivre sa cousine dans un coin du salon.

— Je les ai trouvés, murmura-t-elle avec excitation.

— Je m'en doutais. Où cela ? Dans la salle de billard ? J'espère qu'ils ne sont pas déjà soûls, si tôt dans la soirée. Et s'ils sont en train de fumer, maman va avoir…

— Peu importe. Oui, ils étaient en train de boire, mais ce n'est pas ce qui m'amène. Il faut que je vous raconte leur conversation.

Bella haussa un sourcil.

— Je vous écoute.

Louisa était du genre à faire durer le suspense mais, ce soir, Bella n'était pas disposée à patienter.

Sa cousine se pencha vers elle et Bella l'imita. Mais, plutôt que de lui annoncer ce qu'elle venait de découvrir, Louisa jeta un coup d'œil furtif alentour avant de lui prendre la main et de la tirer hors de la pièce.

— Loui…

— Venez, il faut que vous en soyez témoin par vous-même. Si nous nous dépêchons, nous arriverons probablement à temps.

— À temps pour quoi ?

Sans prendre la peine de répondre, Louisa partit en courant en la traînant derrière elle.

Arrivée sur le seuil de la salle de billard, sa cousine porta un index à ses lèvres.

Ces messieurs n'étaient vraiment pas discrets. Leurs

rires tonitruants résonnaient sur les murs du couloir : ceux de Mr Edgar Nix, le riche propriétaire de moulins que sa mère estimait comme le plus charmant des quatre invités, et ceux de Lord Teasdale, un vicomte veuf qui gagnait huit mille livres par an et possédait un château tombant en ruines dans le nord de l'Angleterre.

— Le pauvre diable prétend qu'elle a refusé de lui serrer la main après avoir rejeté sa proposition, entendirent-elles l'un déclarer. Cette femme est aussi froide que la pierre.

— C'est vrai, répliqua l'autre. Un gentilhomme de ma connaissance raconte encore avec effroi le jour où il a essayé de l'embrasser. Elle n'a pas cillé, ne l'a pas repoussé. Elle s'est simplement contentée de tourner la tête pour lui tendre sa joue. Il dit que sa peau était glaciale.

Bella comprit immédiatement qui était cette « elle ». Un sentiment de fureur gonfla dans sa poitrine. Ces mots venaient de déclencher en elle une colère incandescente qui ne lui était pas inconnue.

Les deux compères s'esclaffèrent de concert.

— Peut-être devrions-nous augmenter la mise. Que pensez-vous de deux cents livres ? Nous avons besoin de courage. Après tout, la tâche ne sera pas facile et celui qui gagnera se retrouvera avec une récompense des plus frigides.

— Entendu.

Un tintement de verre se fit entendre, suivi de ricanements.

— À quoi bon une demoiselle aussi jolie si elle est dépourvue de toute passion.

Le corps vibrant de rage, les joues en feu et son cœur battant la chamade, Bella, sans tenir compte des protestations de Louisa, poussa la porte de la salle de billard et avança à pas déterminés vers les deux abjects personnages. Ces derniers se tournèrent brusquement vers elle, les yeux écarquillés et les épaules raidies sous l'effet de ce qu'elle espérait être de la culpabilité – étaient-ils seulement capables de ressentir une once de honte ?

— Lord Teasdale, tonna-t-elle en s'adressant à celui qui l'avait qualifiée de frigide.

Elle se félicita intérieurement d'avoir réussi à prononcer son nom sans crier.

L'intéressé baissa les yeux et marmonna quelques paroles incompréhensibles. Aveuglée par la colère, Bella se planta devant lui, plus outrée qu'elle ne l'avait jamais été de toute sa vie.

— Miss Prescott, j'ignore ce que vous avez entendu, mais…

Bella leva une main, prête à frapper, et Teasdale tituba maladroitement en arrière.

— Arry, ne faites pas cela, résonna une voix dans son dos, grave, chaleureuse et douloureusement familière.

Bella se figea, le bras en l'air, et une vague de frissons lui parcourut la peau.

Comment était-ce possible ?

Mais le mélange de consternation, de déférence et de jalousie qu'elle lut dans le regard de Teadsdale lui confirma l'identité de celui qui se tenait derrière elle.

Elle abaissa sa main, prit une grande inspiration et se tourna vers l'homme qu'elle aurait dû gifler cinq ans plus tôt.

Chapitre 4

Arabella Prescott, dans sa robe de velours d'un bleu riche boutonnée jusqu'au menton, ne ressemblait en rien à la jeune fille de son souvenir.

Celle qu'il avait déçue à cet anniversaire champêtre plusieurs années auparavant était l'incarnation de la douceur et de l'innocence, avec ses boucles auburn reposant sur une épaule et ses jupes à volants rose bonbon assorties à ses lèvres pulpeuses.

La femme qui se tenait présentement devant lui était l'image de la furie. Ses joues étaient cramoisies et quelques mèches rebelles s'étaient échappées de son chignon, reflétant l'éclat des bougies qui brûlaient dans la pièce.

Ses pupilles vertes parsemées d'éclats d'or le transpercèrent avec une froideur qu'il ne lui avait jamais connue.

Rhys déglutit avec difficulté. Dieu qu'elle lui avait manqué ! Comment avait-il pu ne pas s'en apercevoir plus tôt ?

— J'ignorais que vous étiez invité, Claremont.

Lord Teasdale s'était exprimé d'une voix nasillarde et défensive.

Rhys l'avait battu aux cartes suffisamment de fois pour mériter la haine qu'il lui vouait, mais il avait appris, depuis qu'il avait hérité du duché de son père, que la froideur de la gent masculine cachait souvent de la jalousie.

— Il ne l'était pas.

— Je ne l'étais pas.

Bella et Rhys s'étaient exprimés en même temps, sans se quitter du regard. Une émotion étincela derrière la fureur qui se lisait dans les yeux de la jeune femme, mais Rhys ne put dire s'il s'agissait de surprise ou d'autre chose.

— Miss Prescott, ajouta-t-il, puis-je vous parler un instant ? En privé.

Elle ne répondit pas, mais ses épaules se raidirent et les muscles de sa mâchoire se contractèrent.

Face à l'absence de réaction des deux gentilshommes présents dans la pièce, la cousine de Bella, Louisa, qui se tenait à ses côtés sur le seuil de la porte, s'avança vers eux.

— Messieurs, fit-elle d'un ton impérieux en décochant un regard surpris en direction de Bella. Lady Yardley va commencer à s'inquiéter de votre absence. Je retourne au salon de ce pas et je vous suggère de m'accompagner.

— En laissant Miss Prescott sans chaperon ? lança Nix, étonné.

Rhys vit que Louisa le dévisageait avec attention avant de répondre :

— Le duc de Claremont et Miss Prescott sont de vieux amis d'enfance et ils ne se sont pas parlé depuis longtemps.

Elle fit signe aux deux invités de la suivre hors de la pièce et ils obtempérèrent, la tête haute et la poitrine bombée, comme s'ils n'avaient jamais été sur le point de recevoir une gifle monumentale de la part de la fille de leur hôtesse.

Rhys fut tenté de fermer la porte derrière eux, mais cela aurait été malséant. Et pourquoi se mettait-il soudain à faire cas des convenances ?

Il attendit en silence que la colère de Bella se déverse sur lui, prêt à prendre de plein fouet les paroles qui étaient restées tues pendant toutes ces années.

Après l'avoir dévisagé un instant, Bella lui tourna le dos et se dirigea vers le fond de la salle. Il s'attendait à ce qu'elle se poste devant la fenêtre pour éviter d'avoir à le regarder en face, mais elle avança vers la table de billard et s'empara d'une queue accrochée au mur. Elle resta immobile un long moment avant de pivoter de nouveau et se mit à arranger les boules sur le tapis, comme si la présence de Rhys sous son toit n'était qu'un événement mineur et qu'il était simplement venu pour se divertir.

Mal à l'aise, Rhys piétina en tapotant du bout des doigts le long de sa cuisse. Si la lecture avait toujours été un véritable supplice pour lui, les mots lui manquaient rarement. Une demoiselle qu'il avait courtisée l'avait un jour qualifié de « beau parleur ». Pourtant, les paroles semblaient présentement coincées dans sa gorge. Une pléthore d'émotions lui pesaient sur la poitrine, l'empêchant de construire des phrases sensées.

— Arry…

— Ne m'appelez pas ainsi, coupa-t-elle en le fixant sans ciller. Personne ne me nomme de la sorte.

Elle baissa les yeux au sol un instant, puis les releva.

— Bella…

— Vous souvenez-vous des règles ?

Les souvenirs d'enfance affluèrent à son esprit. Rires, fanfaronnades et paris lancés avec des mises à peine plus élevées qu'une part de gâteau au citron.

Bella le connaissait bien : il ne refusait jamais un défi.

Sans répondre, il ôta son manteau et le déposa sur le dossier d'une chaise. Puis il s'approcha des queues de billard tout en retroussant les manches de sa chemise. Bella l'observa un instant, avant de reporter son attention sur les boules qu'elle avait placées sur le tapis vert.

— Qu'y a-t-il en jeu ? s'enquit-il en prenant place à l'extrémité opposée de la table.

Malgré le col de sa robe qui lui enserrait le cou, il remarqua qu'elle déglutit avant de répondre.

— Une faveur.

Avait-il bien entendu ? Une faveur, exactement ce dont il avait besoin. Il n'aurait pas pu rêver mieux.

— Alors j'accepte.

— Sans même savoir ce que j'ai l'intention d'exiger ?

— J'en ai également une à vous demander, mais je ne vous l'annoncerai qu'après avoir remporté la partie.

— Si tant est que vous la gagniez.

Elle fit une pause et fronça les sourcils.

— Que faites-vous ici ?

C'était une question très simple, probablement celle par laquelle Bella aurait dû commencer, mais Rhys en fut interloqué.

— Je… j'avais envie de vous voir. Il y a longtemps que j'aurais dû…

— Non, je veux dire : que faites-vous dans l'Essex ?

Rhys n'était pas prêt à aborder le sujet de ce qui l'avait amené à Edgecombe. Pas encore. Il fit le tour de la table pour se rapprocher de Bella, risqua un pas en avant et fut soulagé de voir qu'elle ne reculait pas. La flamme d'une bougie se refléta dans l'or de ses yeux et une étincelle y brilla, moins féroce que celle qu'il avait aperçue un peu plus tôt, mais pas chaleureuse pour autant. Ni accueillante.

— Pour l'instant, je suis venu terminer ce que j'aurais dû faire il y a des années.

Bella prit une grande inspiration, comme si elle redoutait ce qu'il allait lui annoncer, et désigna la table de jeu.

— Après vous.

Il ne s'attendait pas à ce qu'elle soit aussi réticente à entendre ses excuses, mais il n'ignorait pas que les mots raviveraient d'anciennes blessures. Si elle préférait jouer au billard, c'était le moins qu'il puisse lui accorder. N'importe quelle excuse pour rester en sa compagnie était bonne à saisir.

— Les dames d'abord.

— Je ne vous savais pas aussi galant.

— Il faut croire que je suis devenu plus civilisé.

C'était loin d'être la vérité et probablement le plus gros mensonge qu'il eût proféré au cours de ces dernières années. Visiblement, Bella était au courant de ses péripéties car elle haussa un sourcil sceptique.

— Ce n'est pas ce que l'on raconte à Londres.

Rhys ne put s'empêcher de rire.

— Vous seriez-vous mise à lire les journaux à scandale ?

— Bien sûr que non, lâcha-t-elle sèchement, mais les gens jasent.

Évidemment. Il avait été un temps où il aimait faire l'objet de rumeurs et entendre son nom sur toutes les lèvres – après tout, mieux valait faire entendre parler de soi que pas du tout – mais il n'aurait jamais cru que les commérages arriveraient aux oreilles de Bella, elle qui détestait cela.

— Et quand la conversation tournait autour de moi,

vous avez prêté l'oreille, hasarda-t-il avec dans la voix une pointe d'espoir un peu trop évidente à son goût.

Bella eut un petit sourire en coin.

— Les jumelles Debley nous rendent visite régulièrement. Elles ont toujours été friandes de ragots. J'écoute par politesse.

Avant qu'il ait pu rétorquer, elle se pencha au-dessus de la table, positionna sa queue contre la boule blanche et tira le premier coup. Sa boule alla cogner contre la sienne.

— Un point. À vous de jouer, Votre Grâce.

« Votre Grâce » ? En étaient-ils arrivés à ce point dans leur relation qu'ils dussent s'appeler par leurs titres ?

Rhys se mit en position, recula le bras et tira à son tour. Les sphères d'ivoire s'entrechoquèrent, mais il parvint à peine à déloger celle de Bella.

— Un partout, annonça Bella en se rapprochant de lui pour se préparer au prochain coup.

Il l'observa. Quand Bella était concentrée, il pouvait presque imaginer les rouages de ses méninges en train de tourner dans son cerveau. Elle pinçait les lèvres, fronçait les sourcils et une petite fossette apparaissait dans le creux de son menton.

Toute à son jeu, elle vint se placer si près de lui que leurs bras faillirent s'effleurer. Il aurait pu faire un pas de côté – et sans doute l'aurait-il dû —, mais il ne bougea pas, désireux de goûter cette proximité.

— Permettez, dit-elle avec douceur. J'ai besoin d'un peu d'espace.

Rhys n'avait rien d'un gentilhomme honorable, il n'avait même jamais essayé de se comporter comme tel, mais s'il y avait bien une femme sur cette terre qui méritait qu'il s'y essayât, c'était celle qui se tenait à côté de lui.

Il recula en lui faisant signe d'avancer.

Un léger hochement de tête fut tout ce qu'il reçut en guise de remerciements. Bella visa, tira et envoya la boule de son adversaire valser à l'autre bout de la table. Rhys sentit son pouls s'accélérer au sourire qu'elle lui lança par-dessus son épaule et il eut presque envie de lui accorder la prochaine reprise pour la voir lui sourire de nouveau.

Il positionna sa queue à son tour, mais distrait par la présence de Bella, il eut toutes les peines du monde à se concentrer. De nombreux non-dits flottaient entre eux et l'attirance qu'il avait ressentie pour elle à l'instant où il avait mis le pied dans cette pièce n'avait cessé de grandir depuis lors.

Plutôt que de tirer, il se redressa et la regarda droit dans les yeux.

— Bella, je suis terriblement désolé de la manière dont je me suis conduit, il y a cinq ans. Je vous présente mes excuses pour avoir gâché votre fête.

Il était sur le point d'ajouter autre chose quand elle se mit en mouvement.

À sa grande surprise, elle fit le tour de la table et vint se planter devant lui en le fixant avec une telle intensité qu'il se prépara à recevoir la gifle à laquelle Teasdale avait échappé un peu plus tôt. Il méritait ce soufflet, mais ne put s'empêcher de remarquer qu'elle tenait toujours sa queue de billard à la main.

— Vous n'avez pas l'intention de vous servir de cette arme contre moi, n'est-ce pas ?

Les lèvres de Bella tremblèrent et ses yeux brillèrent

à la lumière des bougies. Rhys se prépara à affronter des pleurs, mais aucun sanglot ne sortit de sa bouche. Ce n'étaient pas des larmes qu'elle retenait à grand-peine, mais de la colère.

— Pensez-vous réellement que j'en avais quoi que ce soit à faire de cet anniversaire ? demanda-t-elle entre ses dents. Je n'avais jamais souhaité une célébration en grande pompe. Contrairement à vous, les festivités ne m'attirent guère.

Elle fit un pas en avant, se rapprochant suffisamment de lui pour qu'il aperçoive les taches de rousseurs qui lui parsemaient les pommettes et l'arête du nez. Il les avait toujours adorées, au moins autant qu'elle les abhorrait.

Elle est magnifique. Cette pensée le traversa, aussi spontanée qu'inattendue, et le surprit. Bella avait toujours été jolie, mais elle était devenue bien plus que cela. Elle exsudait une grande confiance en elle et son orgueilleux port de tête renforçait son charme naturel. Elle était splendide, s'avisa-t-il soudain, et cette prise de conscience le perturba. Le moment était bien malvenu pour se rendre compte que son amie d'enfance s'était transformée en une beauté éblouissante.

Rhys avait l'habitude que la gent féminine l'observe avec du feu dans les yeux, mais l'étincelle qui brillait dans les pupilles de Bella n'avait rien à voir avec de l'admiration.

— Savez-vous seulement ce qui m'importait ? reprit-elle. La raison pour laquelle j'ai été blessée ?

Oui. Il avait remarqué, quelques mois avant ses dix-huit ans, que la manière dont elle le regardait avait changé. Bella avait toujours eu tendance à le placer sur un piédestal. À ce moment-là, il avait déjà commencé à se forger une réputation auprès des filles du village. C'était un aspect de sa personnalité qu'il refusait de lui laisser entrevoir et il s'était efforcé de l'en protéger.

Voilà pourquoi il avait fait mine d'ignorer l'intérêt qu'elle lui portait. Néanmoins, ce jour-là, elle avait découvert qui il était vraiment.

Bella haussa ses sourcils cuivrés, dans l'attente de sa réponse. Ce qu'il allait dire déterminerait leur relation à venir, il en était bien conscient. Elle n'avait pas tant besoin de ses excuses que de le voir reconnaître et comprendre ses sentiments.

— Vous n'en savez donc rien, murmura-t-elle, véritablement étonnée.

L'espace d'un instant, il eut l'impression de se retrouver face à la fillette curieuse qu'il avait connue autrefois. Les yeux fermement rivés aux siens, elle fit encore un pas, ce qui l'amena sous son nez.

Rhys déglutit. Il tenta, en vain, de ne pas laisser son regard s'égarer sur sa bouche. Elle sentait la cannelle et les feuilles d'automne, et il ressentit quelque chose qu'il n'avait encore jamais éprouvé pour elle. Du désir. Une vague si intense, presque douloureuse, qu'elle lui coupa le souffle.

— Vous êtes un imbécile, Rhys Forester.

Ô comme il aimait le son de son nom sur les lèvres de Bella ! Comme elle lui avait manqué ! Il n'avait pas mesuré à quel point jusqu'alors.

— Cela va sans dire, concéda-t-il.

Il se considérait parfois comme le bouffon de la société, mais « imbécile » convenait tout autant.

— J'ai manqué de considération envers vous et je vous présente mes excuses.

Le silence qui s'ensuivit lui noua la gorge et il en oublia presque comment respirer. Les yeux fixés sur elle, il attendit en espérant que ses pupilles d'acier s'adoucissent. Bella ne cilla pas et il ne détourna pas le regard. Plus rien ne comptait hormis la réponse qu'elle s'apprêtait à lui donner.

Il avait besoin qu'elle lui pardonne et devait s'assurer qu'elle ne le haïrait pas jusqu'à la fin de ses jours.

Elle battit des paupières, une fois, dans un mouvement de cils presque imperceptible, mais ne dit rien. Puis elle entrouvrit enfin les lèvres et prit une petite inspiration.

— Je ne peux pas.

Les mots étaient tremblants, à peine plus audibles qu'un murmure, mais ils laissèrent transparaître une douleur intense, celle qu'il lui avait causée des années plus tôt.

— Je vous en prie, Bella.

Dieu qu'il avait envie de tendre une main vers elle ! Elle était si proche de lui qu'il sentait la chaleur qui irradiait de son corps. Il l'avait enlacée à maintes reprises par le passé, spontanément, mais bien qu'elle ne se tienne qu'à quelques centimètres de lui, le gouffre qui s'était creusé entre eux semblait infranchissable.

— Je ne suis pas très doué en prosternations, mais je suis prêt à donner du meilleur de moi-même.

Il ne s'était jamais agenouillé devant une femme dans un but autre que celui d'obtenir du plaisir, mais, pour Bella, il accepterait une dose d'humilité.

Il amorça le mouvement correspondant.

— Ne faites pas cela, ordonna-t-elle en lui administrant une petite tape sur l'épaule.

Elle l'attrapa par le col de sa chemise et le força à se redresser.

— Je n'ai pas dit que je ne vous pardonnerais jamais.

Quand il fut de nouveau à sa hauteur, il se pencha légèrement en avant et les joues de Bella rosirent, mais elle ne lâcha pas sa prise pour autant. Le souffle court, il résista à l'envie de la prendre dans ses bras.

Et à celle, indicible, de l'embrasser.

Bella desserra les doigts et le charme se brisa.

— Je n'ai pas besoin de vos supplications, commença-t-elle. Je voudrais que vous compreniez. À l'époque, j'étais persuadée que…

Elle serra les lèvres, comme pour empêcher les mots de s'en échapper.

Il aurait aimé qu'elle poursuive et l'encouragea d'un hochement de tête pour lui indiquer qu'il était tout ouïe. Mieux valait que ce soit elle qui le dise.

Mais le silence et la tension s'installèrent entre eux, si lourds qu'il pria le ciel de l'aider à trouver les mots qui arrangeraient tout.

Bella serrait les dents si fort que sa mâchoire la faisait souffrir. Il s'en était fallu de peu. Elle avait failli avouer à Rhys à quel point elle avait été idiote.

Pendant des années, elle avait anticipé ce moment.

Les excuses de Rhys n'avaient pas tardé, ce qui n'était pas étonnant. Au fond d'elle, Bella savait qu'il n'avait jamais voulu la blesser volontairement. Ils s'étaient toujours soutenus et défendus mutuellement, partageant et protégeant secrets et confidences.

Néanmoins, dans la scène qu'elle avait imaginée, elle réagissait de manière détachée, tel un mur impénétrable d'assurance et de sérénité. À présent que Rhys était là, à portée de bras, suffisamment proche pour qu'elle reconnaisse son odeur familière, elle ne se comportait pas du tout comme prévu. Son cœur l'avait trahie en ravivant des émotions anciennes. La douleur était plus diffuse, pas aussi tranchante que par le passé, mais suffisamment forte pour que Bella se rende compte que cela ne fonctionnerait jamais. Faire semblant d'être gentille, reprendre leur amitié là où elle s'était arrêtée, prétendre que cette histoire était désormais derrière eux, tout cela était impossible. Au même titre que l'était le fait de retourner dans le salon et d'accepter d'épouser l'un des inconnus qui s'y trouvaient.

Le regard de Rhys se fit tendre, désireux.

— J'ai eu tort, Bella.

— Et j'ai été stupide.

— Vous ? s'exclama-t-il, surpris, en esquissant un petit sourire en coin. Même à dix-huit ans, vous étiez la femme la plus intelligente que j'aie jamais connue. Je n'ose imaginer à quel point vous devez être brillante, désormais.

Il déglutit avant de reprendre :

— Pour tout dire, c'en est terrifiant.

— Je suis plus sage, plus raisonnable que la jeune fille que j'étais à l'époque, admit Bella.

Pendant un long moment, ni l'un ni l'autre ne prononça un mot et elle en profita pour le dévisager. Il était encore plus attirant que dans ses souvenirs. Le plus bel homme qu'il lui ait été donné de voir. Quelques rides étaient apparues au coin de ses yeux, d'autres aux commissures de ses lèvres, mais elles ne faisaient qu'ajouter à son charme. Des rides de joie, bien sûr. Personne n'appréciait la frivolité autant que Rhys Forester.

Non, se reprit-elle mentalement. Il était le duc de

Claremont, à présent. Peut-être le temps était-il venu de tirer un trait sur le passé, de se détacher de cette colère et de cette douleur qu'elle retenait en elle depuis si longtemps.

Rhys et elle ne pouvaient pas redevenir amis. Son cœur se souviendrait toujours à quel point elle avait désiré être tellement plus que cela à ses yeux. Toutefois, cela ne les empêchait pas de faire la paix.

— Je vous pardonne.

Dès que les paroles eurent franchi sa bouche, un poids s'envola de sa poitrine, comme si ces quelques mots avaient pansé sa blessure et balayé l'incertitude qui la rongeait depuis tout ce temps.

Quelque chose sembla également se dénouer en Rhys car il poussa un soupir de soulagement et sourit. Un sourire sincère, légèrement tordu, imparfait et sans prétention. Pas l'un de ces sourires charmeurs dont il usait et abusait.

Rhys était bien trop séduisant. Il l'avait toujours été.

Mieux valait couper court à cette visite impromptue et renvoyer le duc de Claremont à son domaine.

— J'ai bien peur que nous ne soyons contraints de mettre fin à notre partie. J'apprécie que vous soyez passé dire bonjour, mais mes invités m'attendent.

Retourner dans le salon pour s'adonner au petit jeu de coquetterie qui l'y attendait était bien la dernière chose dont elle avait envie, mais elle avait promis à ses parents de faire de son mieux.

Rhys et elle n'avaient plus rien à s'apporter l'un à l'autre. La faveur qu'elle avait un temps envisagé de lui extorquer était une idiotie et l'obtenir n'aurait réussi qu'à prolonger un contact qu'il était préférable de rompre.

La mine de Rhys se fit soudain très sérieuse.

— Il ne s'agissait pas d'une simple visite de courtoisie, Bella. Il est plus de 22 heures et je n'étais pas invité.

Bella avait été tellement surprise de voir Rhys chez elle que l'incongruité de sa présence à cette heure indue ne lui avait même pas traversé l'esprit. Elle lui avait demandé, un peu plus tôt, ce qui l'amenait dans l'Essex et il avait évité la question avec élégance.

— J'ai besoin de votre aide, reprit-il.

Bella, un peu apaisée depuis qu'elle avait officiellement accepté les excuses de Rhys, sentit son cœur se remettre à battre la chamade.

Face à son silence, Rhys poursuivit :

— Est-ce égoïste de ma part de venir vous demander secours après toutes ces années ?

Bella prit une petite inspiration et s'apprêta à objecter poliment, mais il l'interrompit en venant placer un index à quelques millimètres de ses lèvres.

— Ne dites rien. Je sais que ça l'est, mais vous êtes la seule en qui j'ai confiance.

C'était la stricte vérité. Bella le voyait bien à son expression inquiète, elle l'entendait au sérieux de sa voix. Il ne faisait pas usage de son charme habituel. Aucune raillerie, aucun trait d'esprit ne viendrait ébranler sa déclaration.

— Quel que soit votre souci, il doit bien y avoir quelqu'un d'autre en mesure de vous porter assistance, murmura-t-elle sans pouvoir détacher ses yeux de l'index qu'il tenait si près de sa bouche.

Cet homme était duc. Il avait toute une clique de serviteurs sous ses ordres, des douzaines de femmes à ses pieds, et encore plus de gentilshommes prêts à tout pour s'attirer ses bonnes grâces.

— Personne de votre trempe, répondit-il d'une voix à peine audible. Vous savez qui je suis, Bella. Vous connaissez mes faiblesses et mes défauts, dont la plupart sont vos qualités, à commencer par les mathématiques.

Bella fronça les sourcils.

— Et les saisons londoniennes, ajouta-t-il en reculant enfin sa main pour compter sur ses doigts. Commander des robes, négocier avec le mercier, choisir des chapeaux, des chaussures et je ne sais quoi d'autre encore. C'est précisément ce qui m'amène : contrairement à vous, je n'ai aucune idée de ce dont Meg a besoin.

La mention de ce nom la fit sourire. En coupant les ponts avec Rhys, Bella avait cessé par la même occasion de fréquenter sa sœur et cette dernière lui manquait.

— Je serais ravie de revoir Lady Margaret. Elle est la bienvenue à Hillcrest, si elle est en résidence à Edgecombe.

Ce fut au tour de Rhys de froncer les sourcils.

— Il ne s'agit pas uniquement de Meg. J'ai besoin de vous, déclara-t-il en portant une main à sa poitrine. Vous savez que je suis incapable de déchiffrer ou de comprendre des chiffres et que…

— Ce n'est pas vrai. Vous êtes bien plus doué que vous ne le croyez.

Elle s'était exprimée sans réfléchir, instinctivement, poussée par l'envie de le rassurer. Une vieille habitude qui était pourtant tout ce qu'il y avait de plus sincère. Rhys avait toujours sous-estimé ses capacités alors qu'il était capable de tellement plus. Elle en était persuadée.

— Vous y croyez encore, après tout ce temps ?

— À moins que vous n'ayez radicalement changé en cinq ans, oui, c'est ce que je pense.

— J'apprécie le compliment, mais le fait est que j'ai quand même besoin de votre aide. Les livres de comptes d'Edgecombe sont un véritable cauchemar. Ils n'ont ni queue ni tête à mes yeux et je dois découvrir les secrets qu'ils renferment. Soit il s'agit d'un vol, soit quelqu'un a très mal géré la trésorerie. Je n'en suis pas certain. À vrai dire, je ne suis sûr de rien.

Il avait déballé ces mots à une vitesse phénoménale, sans même reprendre son souffle, avant de se passer une main dans les cheveux. Il avait l'air éreinté. Jamais Bella ne l'avait vu aussi fatigué.

— Si vous pouviez juste y jeter un coup d'œil et discuter avec Meg. Je n'ai hélas rien à vous offrir en retour hormis ma gratitude éternelle, mais elle vous est déjà acquise depuis le jour où je vous ai rencontrée.

Le désir que Bella éprouvait de lui porter secours était presque irrésistible, mais c'était précisément la raison pour laquelle elle ne devait pas céder. Quelques minutes en présence de Rhys, et ces imbéciles de sentiments tendres remontaient déjà à la surface, prêts à faire voler en éclats toutes ses résolutions.

Disparaîtraient-ils jamais entièrement ?

— Quelle est cette faveur que vous vouliez me demander ? s'enquit-il soudain. Quoi que ce soit, je vous l'accorde.

Non, elle ne pouvait pas se le permettre. Cela ne ferait que remuer le couteau dans une plaie qui avait fini par cicatriser.

— Dites à Meg de me contacter, répondit-elle en éludant la question. Elle est la bienvenue à tout moment.

Elle prit une profonde inspiration avant de conclure :

— Je peux la conseiller, mais je ne suis pas en mesure de vous apporter mon aide.

Rhys ferma les paupières un bref instant, les lèvres pincées, et hocha la tête avec lenteur.

— Je comprends. Vous ne me devez rien, et j'ai toujours été très égoïste, n'est-ce pas ?

— Je n'ai jamais pensé une telle chose.

Le petit sourire charmeur réapparut au coin des lèvres de Rhys.

— Vous avez toujours eu une trop haute estime de ma personne.

— C'est vrai.

— Mais ce n'est plus le cas.

— Il ne s'agit pas de cela.

À quoi bon lui expliquer des sentiments qui n'importaient plus depuis longtemps ?

— Je suis navrée, mais je me dois de retourner à mes invités.

Rhys acquiesça, la mâchoire serrée. Puis il afficha un grand sourire rayonnant et ce fut comme si un souffle de vent avait balayé les nuages sombres qui flottaient au-dessus de leur tête, révélant un soleil radieux qui illumina la pièce. Mais l'expression était fausse, artificielle. Une façade.

— Quel ingrat je fais. Je vous ai retenue bien trop longtemps.

Il lui prit les doigts pour lui faire un baisemain et Bella se mordit la langue pour ne pas laisser échapper un hoquet de surprise à ce contact. Il ne portait pas de gants. Elle non plus. Et sa peau était chaude.

— Je vous souhaite une bonne nuit, Miss Prescott.

— Au revoir, Votre Grâce.

Il s'inclina devant elle puis se dirigea vers la sortie. Bella ne le suivit pas du regard. Elle retint son souffle et écouta ses pas s'éloigner. Mais ils s'arrêtèrent.

— Qu'était-ce ? Cette faveur que vous souhaitiez me demander ? demanda-t-il dans son dos.

Elle pivota pour lui faire face.

— Rien d'important.

Elle avait envisagé de l'inviter à la soirée dansante prévue le lendemain – sa fête d'anniversaire – mais ce n'était qu'une idiotie de jeune fille rebelle. L'espace d'un instant, elle s'était demandé si une valse en compagnie du notoirement célèbre duc de Claremont ne réussirait pas à convaincre les prétendants invités par sa mère d'abandonner leurs poursuites.

— Je serais ravi de vous l'accorder, Bella, déclara-t-il avec un petit sourire espiègle qu'elle ne lui connaissait pas. Si vous changez d'avis, vous savez où me trouver.

Chapitre 5

Étouffant un bâillement, Rhys planta fermement sa botte sur le barreau de l'échelle coulissante sur laquelle il se tenait en équilibre et tendit le bras pour atteindre les livres sur l'étagère supérieure. Tous les muscles de son corps le faisaient souffrir, mais il n'avait qu'à s'en prendre à lui-même. Voilà ce qui arrivait quand on ne dormait que quelques heures allongé sur un sofa trop mou dans le coin d'un bureau. Après sa rencontre avec Bella, il n'avait pas pu se résoudre à rejoindre sa chambre de peur de sombrer dans un sommeil profond. La culpabilité et les regrets le rongeaient encore, plusieurs heures après leur échange.

Quelle idée l'avait pris de se rendre à Hillcrest pour lui demander son aide ?

Il n'était pas étonnant que Bella ait refusé sa requête. Elle ne lui devait rien, après tout, et il n'avait rien à lui offrir en retour. L'ironie était risible. Il était allé voir Bella dans l'espoir d'alléger les responsabilités qui pesaient sur ses épaules depuis qu'il était devenu duc et voilà que se retrouver face à son amie d'enfance l'avait rendu encore plus déterminé qu'avant à devenir un homme digne de son rang.

Désespéré, il avait décidé d'explorer le cabinet de son père à la recherche d'indices pouvant lui expliquer pourquoi les finances du domaine avaient pris un si mauvais tournant au cours de l'année passée. Il espérait y trouver un journal laissé par le duc de Claremont, de préférence indiquant que le coupable était l'intendant ou qu'un de ses investissements s'était révélé être une arnaque. Au lieu de cela, il avait découvert que son père était un adepte des subterfuges et qu'il dissimulait ses papiers dans des cachettes toutes plus incongrues les unes que les autres : au fond des tiroirs, dans des compartiments secrets, derrière les rangées de livres alignés dans la bibliothèque. Un vrai écureuil !

Rhys agrippa du bout des doigts la tranche d'un volume d'Hérodote. C'était un bel ouvrage à la couverture de cuir estampée avec finesse. Il s'en empara et manqua de tomber de l'échelle quand une voix féminine retentit derrière lui :

— Souhaitez-vous que j'apporte votre petit déjeuner ici, Votre Grâce ?

Fidèle à son efficacité légendaire, la gouvernante d'Edgecombe, Mrs Chalmers, avait pris le parti de lui servir son premier repas de la journée en personne, chaque matin. Il la soupçonnait de vouloir protéger le personnel de l'humeur exécrable et des manières grossières que leur jeune maître avait ramenées avec lui de Londres.

Mrs Chalmers avait également le don de faire fi des directives que Rhys lui donnait. Bien qu'elle lui montrât toute la déférence qui lui était due en présence de témoins, le reste du temps elle s'adressait à lui comme s'il n'était encore qu'un garçonnet.

— Un café bien fort suffira, merci.

— Parfait. La cuisinière a préparé des scones ce matin et il reste encore un peu de jambon du dîner d'hier soir.

Rhys lui décocha un regard étonné qui ne sembla pas l'intimider le moins du monde.

— Avez-vous désormais l'intention de travailler dans le cabinet de monsieur votre père, Votre Grâce ? Désirez-vous que je fasse transférer ici les affaires qui se trouvent dans la véranda ?

La gouvernante savait faire passer ses suggestions pour des questions. Elle avait vieilli, désormais. Ses cheveux étaient plus gris et les angles de son visage s'étaient arrondis avec l'âge, mais elle savait mieux que quiconque comment réveiller son sentiment de culpabilité, se dit Rhys.

— J'ai déjà commencé, marmonna-t-il en remettant Hérodote à sa place.

Tout en descendant les échelons de l'échelle coulissante attachée au mur de la bibliothèque, il désigna avec une pointe de fierté l'encrier, la plume et les papiers froissés qui trônaient sur le bureau. Il avait réussi à rédiger une courte note à l'intention de son banquier pour lui demander d'approvisionner son compte courant en opérant les transferts de fonds nécessaires.

— Je n'ai pas encore ramené les registres.

— Je demanderai à l'un des valets de pied de s'en charger, déclara Mrs Chalmers. Avez-vous pu examiner les factures ?

Elle fit un geste en direction d'un petit paquet de feuilles sur la table que Rhys n'avait pas encore remarqué.

— Elles attendent là depuis un moment.

Rhys comprenait l'impatience de la gouvernante. Elle avait probablement accompli plus de tâches depuis l'aube qu'il ne parviendrait à en réaliser avant le coucher du soleil.

Il leva les bras au-dessus de sa tête pour s'étirer. Cela faisait des années qu'il n'avait pas passé autant de temps assis à un bureau. Hormis une ou deux heures par soir, attablé au Lyon's Club, il posait rarement son postérieur sur une chaise. Le mouvement lui manquait. L'activité aussi. N'importe quoi, du moment qu'il n'était pas obligé de déchiffrer des pattes de mouches. Rhys baissa les yeux sur la lettre minable qu'il tentait de rédiger depuis près d'une heure déjà. Si les quelques mots à son banquier ne lui avaient pas posé de difficulté majeure, la note qu'il avait l'intention de faire parvenir à la duchesse de Tremayne lui donnait du fil à retordre. Il espérait que la jeune épouse de Nick accepterait de prendre Meg sous son aile à l'occasion de la saison prochaine, mais avait rayé et reformulé ses phrases tellement de fois que la feuille était bonne à jeter au feu.

La main tendue pour s'emparer du papier, il s'arrêta en remarquant le dessin griffonné dans la marge. Le profil de Bella : son menton rond, son nez élégant et ses boucles cuivrées. L'esquisse n'était pas en couleurs, mais il les rétablissait de lui-même dans sa tête.

Froissant sa pitoyable production pour en faire une boule, il visa la corbeille près de la porte, juste derrière Mrs Chalmers. Le projectile, au terme d'une trajectoire parfaite, atterrit avec un bruit sec au-dessus de la pile de ses congénères qui s'y trouvaient déjà. La gouvernante laissa échapper un petit hoquet désapprobateur, mais ne dit pas un mot.

— Qu'y a-t-il sur ces factures, Mrs Chalmers ?

— Rien de plus que les charges mensuelles habituelles, Votre Grâce, mais Lady Margaret a demandé au personnel de préparer un déjeuner spécial pour ses amies, la semaine prochaine, et nous aurons besoin de nous réapprovisionner au plus vite.

Sans attendre de réponse, elle souleva la pile de feuilles et la lui tendit. Rhys n'avait pas le temps de les déchiffrer les unes après les autres, mais il en lut quelques-unes en diagonale et conclut qu'elles concernaient presque toutes des commandes de boissons et de nourriture à destination des cuisines et du garde-manger.

— C'est donc vous qui vous occupez des factures liées à la gestion quotidienne du domaine ?

— Mr Brooks et moi-même avions l'autorisation de procéder aux achats qui nous semblaient nécessaires.

Rhys fronça les sourcils. Si c'étaient Mrs Chalmers et Mr Brooks, le majordome de longue date d'Edgecombe, qui supervisaient les dépenses, il lui était difficile d'imaginer que les difficultés financières du duché puissent être imputées à la mauvaise gestion de l'un ou de l'autre. Mais si l'acquisition du Lyon's Club lui avait appris une chose, c'était que les gens vous surprenaient toujours.

— De quoi donc s'occupait Radley ? s'enquit-il.

Il avait rendez-vous avec le régisseur du domaine dans l'après-midi. L'impression peu favorable que lui avait laissée l'intendant lors de leur seule et unique rencontre était-elle partagée par le reste de la maisonnée ?

— Lorsqu'une dépense sortait de l'ordinaire, nous consultions Mr Radley, qui transmettait notre requête auprès de monsieur votre père, expliqua la gouvernante.

Elle plissa ses yeux sombres derrière ses lunettes.

— Quelque chose ne va pas, Vôtre Grâce ?

Rhys appréciait son esprit soupçonneux. C'était

la preuve, s'il en était, que le personnel n'était pas au courant des dettes du duché.

— Je crois savoir que Mr Radley a pris son poste relativement récemment.

— Il a été engagé il y a près de deux ans.

Deux ans au cours desquels Rhys n'avait pas parlé une seule fois avec son père et seulement échangé quelques courriers épars avec sa sœur. Ce n'était pas à lui que l'on aurait fait part des problèmes du domaine.

Il s'empara des presse-papiers sur le bord du bureau, trois sphères de jade probablement acquises pour leur aspect esthétique, et se mit à jouer avec.

L'exercice eut pour effet de l'aider à remettre de l'ordre dans ses pensées.

— Que pensez-vous de lui ?

— Il ne m'appartient pas de porter un quelconque jugement, Votre Grâce.

— C'est un ordre.

La vieille femme haussa ses sourcils gris et pinça les lèvres. Rhys opta pour une approche plus délicate.

— Vous êtes une femme perspicace, Mrs Chalmers.

Elle était si intelligente qu'il était même à deux doigts de lui demander de jeter un coup d'œil aux livres de comptes, mais il ne voulait pas inquiéter le personnel, a fortiori s'il s'avérait qu'il ne s'agissait que de simples erreurs d'écriture.

— J'ai confiance en votre jugement et je vous serais reconnaissant si vous vouliez bien m'en faire part.

— Mr Radley est un personnage pour le moins particulier. Il s'absente souvent, parfois pendant plusieurs semaines.

— Pourquoi ?

Elle haussa les épaules.

— Je ne saurais vous dire. Nous n'avons pas très bien saisi s'il était en vacances ou s'il s'occupait des affaires de monsieur. Je crois me souvenir d'une propriété que votre père avait l'intention d'acheter. Les domestiques s'interrogeaient sur l'éventualité d'y être envoyés.

— Une nouvelle propriété ? fit Rhys en ouvrant grand les bras. Edgecombe dispose de vingt-trois chambres, de trois salons et de la plus grande salle à manger du comté. Pourquoi y aurait-il eu besoin d'une autre maison ?

— Pour se rapprocher du bord de mer. Les rumeurs parlaient d'un pavillon de vacances. Mr Radley s'est rendu plusieurs fois sur la côte et a mentionné le climat tempéré qui y règne.

— Cet homme est-il digne de confiance ?

Il s'attendait à ce que Mrs Chalmers rechigne à répondre, à ce qu'elle feigne la modestie en indiquant une fois de plus qu'il ne lui appartenait pas de porter un tel jugement, mais elle soutint son regard un long moment sans dire un mot.

— Puisque vous insistez, Votre Grâce, je dois avouer que j'ai quelques doutes au sujet de Mr Radley.

Rhys manqua de faire tomber l'une des sphères de jade, mais il la rattrapa à temps. Le buste légèrement incliné en avant, il s'adressa à la gouvernante dans un murmure impatient :

— Dites-m'en plus.

Tout cela n'avait aucun sens.

La veille, Bella avait organisé son livre en trois parties distinctes mais, ce matin, les pages semblaient s'être mélangées de leur propre initiative. Les réorganiser et les trier, une tâche à laquelle elle s'attelait d'ordinaire avec plaisir, ne faisait qu'ajouter à l'irritation qui bouillonnait en elle depuis l'aube.

Elle aurait pu mettre sa mauvaise humeur sur le compte de la fatigue ou de la distraction de savoir des étrangers sous son toit, mais elle attribuait le blâme à Rhys et au fait qu'il avait décidé de refaire irruption dans sa vie.

Comment osait-il venir perturber l'assurance et la complaisance qu'elle avait mis des années à construire ? Et sans prévenir, en plus de cela ! Il avait quitté Hillcrest depuis plusieurs heures déjà, et pourtant elle avait encore le cœur chamboulé.

Cinq années auraient dû suffire. C'était plus qu'assez pour tirer un trait sur ces idioties. Revoir Rhys n'était pas censé perturber sa tranquillité d'esprit. Elle s'était battue de toutes ses forces pour atteindre cet état de paix intérieure, l'entretenant chaque jour jusqu'à ce que l'habitude soit gravée dans chaque fibre de son corps aussi fermement que l'avait été, autrefois, le désir de se trouver près de lui.

Elle avait repoussé son souvenir à tellement de reprises qu'elle s'était persuadée d'avoir oublié jusqu'à son apparence, le son de sa voix et son odeur caractéristique d'épices et de cuir.

Ô comme elle s'était fourvoyée !

En réalité, elle se rappelait chaque détail à la perfection, mais le souvenir de Rhys n'était rien comparé au fait de le voir en chair et en os. Il avait toujours dégagé cette énergie vibrante de vie que l'on ressentait même à travers une pièce bondée. Or, la veille au soir, la salle de billard était vide, et sa présence l'avait donc percutée de plein fouet.

Le temps avait été clément envers Rhys : il s'était embelli avec l'âge. Même échevelé et visiblement éreinté, il restait séduisant. Beaucoup trop, d'ailleurs. Surtout lorsqu'il souriait. Cette petite expression charmeuse qu'il affichait déjà à l'époque était certainement ce dont elle s'était languie le plus.

Pendant si longtemps, elle s'était efforcée de croire que les sentiments qu'elle éprouvait à son égard n'étaient qu'une erreur de jeunesse, l'entichement éphémère d'une enfant ignorant tout de l'amour. Elle s'était juré de se montrer impitoyable envers lui si jamais leurs chemins se croisaient de nouveau.

Le pardon, oui. Elle pouvait le lui accorder, mais rien de plus.

Rhys avait exprimé des regrets et elle avait accepté ses excuses. Le problème entre eux aurait dû être réglé, désormais.

Alors pourquoi avait-elle l'impression que c'était loin d'être le cas ?

S'il y avait une chose dont elle était certaine, c'était que malgré tout le désir qu'elle éprouvait d'accéder à sa requête, elle ne pouvait pas lui apporter son aide. La jeune fille qui lui passait tous ses caprices n'existait plus. La nouvelle Bella avait des projets précis, ancrés en elle aussi fermement que le muret de pierre qui séparait Hillcrest d'Edgecombe.

Repoussant son manuscrit, elle se leva et enfila sa veste avant de jeter un coup d'œil dans le miroir et de décider que le simple ruban qui retenait ses cheveux sur sa nuque suffirait amplement. L'heure du petit déjeuner était passée depuis longtemps et les invités avaient déjà dû se rassembler dans le jardin pour jouer au croquet.

Dehors, le soleil estival brillait, réchauffant la pelouse fraîchement entretenue. Sa cousine et sa mère discutaient avec les domestiques tandis que les messieurs semblaient plongés dans leur partie.

Bella fut agréablement surprise de remarquer que Teasdale ne faisait pas partie du lot. Elle avait secrètement espéré que la honte et l'embarras pousseraient ce dernier ainsi que Mr Nix à quitter les festivités plus tôt que prévu.

Malheureusement, le riche propriétaire de moulins était encore là, en pleine conversation avec ses compères. Les trois hommes lui tournaient le dos et ne la virent pas approcher.

— D'aucuns considéreraient la réputation d'une femme ruinée après une attitude telle que celle dont Miss Prescott nous a rendus spectateurs, hier soir.

La voix de Nix était geignarde et Bella se mordit la langue pour résister à la tentation de révéler le comportement dont il avait été coupable la veille. Que penseraient ses amis s'ils apprenaient que ce rustre avait lancé des paris à son sujet, comme si elle n'était qu'une vulgaire pouliche en vente au plus offrant à Tattersall ?

Tout compte fait, le dédain qu'exprimait ouvertement Nix l'arrangeait. Qu'il lui reproche d'avoir discuté avec un vieil ami d'enfance lui faciliterait la tâche. Nix et Teasdale hors-jeu, elle ne serait désormais obligée de se montrer avenante qu'envers les deux derniers gentilshommes encore dans la course. Mais Hammersley lui semblait trop vieux et Lord Wentworth trop réservé à son goût…

— Je suis d'accord avec vous, entendit-elle alors Hammersley répondre. Claremont est loin de constituer une compagnie convenable pour Miss Prescott ou pour toute autre femme ayant une once de décence. Seule dans la même pièce que lui pendant Dieu sait combien de temps ! Cet homme est un véritable scélérat.

— Miss Prescott est intelligente, objecta Wentworth avec calme. Elle est forcément au courant de sa réputation.

Après avoir retroussé les manches de sa chemise, Hammersley positionna la tête de son maillet près d'une boule entourée d'un anneau bleu.

— Je commence à douter de son sens des convenances, répliqua-t-il. Aucun homme ne veut d'une épouse dépourvue de jugeote, si jolie soit-elle.

— Miss Prescott est connue pour son attitude froide et distante, dit Wentworth en regardant Hammersley tirer. Je doute que Claremont ait réussi à aller bien loin.

— En effet, lança Bella d'un ton joyeux qui fit sursauter les trois compères. Bien le bonjour, messieurs.

Et s'approchant du chariot à maillets, elle s'empara de celui à l'extrémité jaune.

— Miss Prescott.

Lord Wentworth l'accueillit d'un hochement de tête solennel. Il était le seul à avoir très peu à se reprocher.

— J'ai cru comprendre qu'il existait certains doutes au sujet du duc de Claremont.

Elle fit une courte pause pour s'assurer d'avoir capté l'attention de ses interlocuteurs.

— Il n'était pas invité aux réjouissances, mais sa présence n'a rien d'extraordinaire. Dans son enfance, il a passé beaucoup de temps à Hillcrest.

— Il n'a plus rien d'un gamin désormais, riposta Mr Nix.

Cela ne faisait aucun doute. Bella se laissa distraire un

instant en repensant à quel point l'homme qu'elle avait eu en face d'elle dans la salle de billard était différent du garçon qu'elle avait connu autrefois. Sa bravade était toujours là, mais il n'était plus aussi prompt à sourire ni à taquiner. Le poids des responsabilités de son duché pesait visiblement sur ses épaules.

Louisa approchait, un maillet vert à la main – parfaitement assorti au ruban de sa robe.

Comme elle se portait à sa rencontre, Bella entendit résonner dans son dos un claquement de mains suivi d'un éclat de rire bruyant et de ces mots prononcés par Hammersley :

— Il semblerait que je vais gagner notre mise, Nix.

Bella fronça les sourcils.

— Encore un pari, bougonna-t-elle.

— Les hommes sont friands de compétition, lui murmura Louisa en aparté.

— Teasdale nous a quittés. Je me demande pourquoi Nix a choisi de rester parmi nous après l'incident d'hier soir.

— J'ai cru comprendre qu'il souhaitait trouver un arrangement avec Hammersley pour construire un nouveau moulin dans le Nord, près de son domaine.

— La gent masculine s'intéresse-t-elle à autre chose qu'à conclure des marchés ?

À peine ces mots eurent-ils franchi sa bouche que Bella se mordit la lèvre. La visite de Rhys avait achevé de la désintéresser de ces festivités qui n'étaient rien de plus qu'une farce à ses yeux. Vivement que ces réjouissances prennent fin pour qu'elle puisse s'en retourner à ses énigmes et ses casse-tête. Résoudre des charades était bien plus utile que de discuter avec des prétendants.

Il fallait absolument qu'elle trouve un moyen de convaincre ses parents d'aller s'installer en Grèce.

Et de faire publier son livre.

— Mesdemoiselles, nous sommes sur le point de commencer une nouvelle partie, si vous voulez bien vous joindre à nous, suggéra Lord Wentworth, d'ordinaire peu loquace.

Debout devant le premier arceau, il les observa toutes les deux tandis qu'elles traversaient la pelouse dans sa direction, mais Bella remarqua que son regard était rivé sur sa cousine.

— Nous nous adonnons tous à des affaires de toutes sortes, dit Louisa d'un air penseur. Le mariage n'est-il pas une sorte de contrat en soi ?

Bella plissa les yeux avec suspicion.

— Vous me faites peur quand vous prenez cet air philosophe.

Louisa pouffa.

— Promis, je ne suis pas en train d'essayer de jouer les entremetteuses. Pour tout vous avouer, je doute que ces messieurs vous conviennent, tous autant qu'ils sont. Les intentions de votre mère étaient louables, mais ses goûts ne sont pas les vôtres.

— Nous sommes d'accord sur ce point. Au moins, mes possibilités ont-elles été réduites à Hammersley et à Wentworth.

— Et quelle est votre stratégie ? s'enquit Louisa en esquissant ce sourire qu'elle affichait chaque fois que Bella s'apprêtait à résoudre une nouvelle énigme devant elle.

— M'en faut-il une ?

Louisa s'arrêta net et la tira par le bras pour l'obliger à faire de même.

— Vous créez des casse-tête, Bella, dit-elle en lui décochant un regard abasourdi. Vous avez toujours un plan en tête et vous êtes passée maître dans l'art de refuser les propositions en mariage.

Bella fronça les sourcils.

— Merci. J'imagine que c'était un compliment.

— Et comment ! répondit Louisa avec un sourire espiègle. Il va falloir que vous m'enseigniez ce talent qui est le vôtre, si jamais j'ai besoin de m'en servir lors de ma première saison.

— Ce ne sera pas le cas.

Bella était convaincue que les débuts de sa cousine seraient un véritable succès. Louisa était une jeune femme charmante, intelligente, et impatiente de tomber amoureuse. Et, surtout, aucune blessure ancienne ne retenait son cœur en otage.

— Le cas échéant, je saurai vers qui me tourner.

Louisa jeta un coup d'œil furtif aux hommes attroupés près du premier arceau.

— Avez-vous besoin de mon aide pour vous débarrasser de ces trois-là ?

Bella suivit son regard.

— Mon seul objectif est d'en finir le plus vite possible avec toutes ces idioties pour pouvoir me remettre au travail.

— Ne craignez-vous pas que vos parents organisent d'autres traquenards de ce genre ?

— Si, mais est-ce une raison suffisante pour prendre un époux ?

L'éventualité d'être poussée une fois de plus sur le devant de la scène maritale ne cessait de la tracasser, mais l'idée de passer toute sa vie au côté de l'un des hommes qui se trouvaient présentement dans son jardin l'effrayait encore plus.

— Il faut donc trouver un moyen de dissuader Nix, Wentworth et Hammersley de continuer leurs poursuites, conclut Louisa d'un air pensif.

Bella connaissait la réponse à cette énigme. Elle l'avait déjà envisagée la veille et la conversation qu'elle avait surprise entre ces messieurs un peu plus tôt lui avait confirmé que son plan marcherait. La visite impromptue de Rhys les avait choqués, et, visiblement, Hammersley en était presque aussi atterré qu'elle.

Comment réagiraient-ils si Rhys se joignait à eux pour le dîner et dansait avec elle au cours de la soirée musicale ?

— Enfin, s'exclama Louisa avec excitation. Je vois que votre cerveau a repris son activité. Qu'avez-vous concocté, cette fois-ci ?

— Un marché.

Louisa inclina la tête sur le côté.

— Avec l'un de ces gentilshommes ?

— Non, répondit Bella en prenant une profonde inspiration, une main sur le ventre. Avec quelqu'un qui a mauvaise réputation. D'aucuns le qualifieraient même de scélérat.

— Le duc de Claremont, fit Louisa sans la moindre surprise dans la voix. Ne l'avez-vous pas renvoyé hier soir ? Pourquoi reviendrait-il ?

— Parce qu'il m'a demandé une faveur.

— Et vous allez la lui accorder ?

Bella sourit et les papillons dans son estomac s'envolèrent. Le problème qui se dressait devant elle n'était pas compliqué à résoudre. Rhys avait requis son aide et elle avait désormais besoin de lui. Il était du genre téméraire et impulsif, mais il avait aussi l'esprit pratique.

— Avez-vous l'intention de vous joindre à la partie, mesdemoiselles ? lança Nix d'un ton geignard des plus agaçants.

— Puisque c'est votre anniversaire, Miss Prescott, à vous l'honneur de tirer le premier coup, s'écria Lord Wentworth.

Louisa fit en pas en direction des invités, mais Bella l'arrêta d'une main sur son avant-bras.

— J'ai besoin d'une excuse pour me dérober, murmura-t-elle. Je dois rédiger une note à l'intention du duc et la faire porter avant la fin de la journée.

— Laissez-moi m'en charger, chuchota Louisa en retour. Ces messieurs sont venus ici pour passer du temps avec vous. Dites-moi simplement ce qu'il faut que j'écrive.

— Non, je dois le faire en personne.

Rhys se souvenait-il seulement de la date de son anniversaire ?

Dès l'instant où cette question lui traversa l'esprit, Bella décida qu'un message ne suffirait pas. Il était venu chez elle, elle lui rendrait la monnaie de sa pièce.

Maintenant que le choc de la première rencontre était passé, le revoir ne devrait pas la perturber le moins du monde.

— Excusez-moi, messieurs, mais je dois m'atteler à une tâche urgente.

Rhys serait heureux de sa visite. S'il lui rendait ce service et la libérait de cette pression qui s'exerçait sur elle, ce serait le plus beau des cadeaux. Alors, elle ne serait pas obligée d'épouser un homme qui ne lui convenait pas.

Chapitre 6

Radley était en retard.

Rhys faisait les cent pas dans le bureau ducal, mais rien ne parvenait à réduire la frustration qui enflait en lui depuis son retour à Edgecombe.

Un coup d'œil par la fenêtre lui apprit que Meg avait installé un chevalet dans le jardin pour peindre des fleurs. Un grand bol d'air frais, voilà ce dont il avait besoin. Peut-être même un tour à cheval. Il avait découvert en arrivant que les écuries hébergeaient plusieurs étalons de race et que la propriété arborait à présent un lac artificiel.

Edgecombe était devenu un mystère à de nombreux égards. Sur quels nouveaux changements onéreux allait-il tomber ? Rien d'étonnant à ce que les finances du domaine soient en si mauvais état ! Restait à savoir pourquoi feu le duc de Claremont avait eu de telles idées de grandeur… Percer ce mystère se révélait être un défi plus complexe qu'il ne l'avait imaginé. Contrairement à son astucieuse voisine, Rhys n'avait jamais été très doué pour résoudre les problèmes.

Il jeta un coup d'œil à l'horloge.

— Que fabrique-t-il, bon sang ?

Il n'allait tout de même pas rester confiné à l'intérieur

par un si beau soleil simplement parce que cet intendant à l'intégrité douteuse refusait de se montrer. Le retard de ce dernier ne faisait qu'ajouter aux soupçons qui pesaient déjà sur lui. Vivement que l'on prouve que c'était lui le coupable qui s'était servi dans les coffres du domaine pour en finir avec cette histoire.

Rhys pourrait alors se concentrer sur la longue liste de ses devoirs : préparer Meg pour la saison à venir, s'entretenir avec ses métayers, effectuer les réparations nécessaires sur la propriété et se rendre à la prochaine session de la Chambre des lords.

Et faire amende honorable auprès de Bella Prescott, ajouta-t-il mentalement.

Le souvenir de la jeune femme ne le quittait plus depuis qu'il s'était réveillé. Chaque fois qu'elle apparaissait dans son esprit, il tentait tant bien que mal de la repousser. Avait-elle toujours senti la violette ? Le feu qu'il avait aperçu dans ses yeux brûlait-il déjà autrefois ?

Rhys ôta sa veste et la posa sur le dossier de sa chaise, puis remonta les manches de sa chemise. Il avait besoin de prendre l'air, de mettre de la distance entre lui et les épais murs de pierre d'Edgecombe. Une promenade revigorante lui ferait le plus grand bien et lui donnerait l'occasion d'examiner les dépendances du domaine ainsi que les jardins que son père avait fait planter ces dernières années.

Seigneur, depuis quand s'était-il mis à réfléchir de manière aussi rationnelle ?

Il entreprit de dénouer sa cravate, mais s'immobilisa en entendant des pas fermes et décidés claquer sur le sol poli du couloir.

L'intendant. Ce n'était pas trop tôt.

Rhys envisagea un instant de sortir pour l'accueillir, mais estima finalement préférable de rester dans le cabinet ducal pour exsuder le genre d'autorité que son prédécesseur affichait de son vivant. Le but était de déstabiliser Radley et de l'amener à confesser ses méfaits.

Il s'approcha du bureau, appuya son flanc contre le bord de la table et croisa les bras sur sa poitrine. Si son père lui avait appris une chose, c'était que l'arrogance des Claremont consistait à prétendre tout connaître, gonfler le torse comme s'il n'y avait pas plus fort que soi dans la pièce et s'esclaffer face aux insultes. Rhys était capable de tout cela. Il avait toujours été doué dans le registre de la prétention.

À peine entendit-il le loquet de la porte qu'il interpella l'intendant d'un ton assuré :

— Mr Rad…

Sa voix s'éteignit dans sa gorge et sa bouche s'assécha.

Ce n'était pas le régisseur qui venait de pénétrer dans la pièce. C'était Bella.

Elle franchit le seuil d'un air déterminé et referma la porte, apportant une senteur fraîche et citronnée qui lui chatouilla les narines.

— Vous êtes venue à pied depuis Hillcrest !

Rhys n'était peut-être pas très bon détective, mais les joues roses de Bella n'étaient pas un indice difficile à comprendre.

— Évidemment, dit-elle en remontant quelques mèches qui s'étaient échappées de sa coiffure pour les glisser sous les épingles de son chignon. Nous faisions toujours le trajet en marchant au moins une fois par jour, à l'aller comme au retour. Parfois même au pas de course. Avez-vous oublié ?

— Bien sûr que non.

Comme à l'époque, ses bottes étaient pleines de terre et l'ourlet de sa robe taché de boue. Rhys fut ravi de voir que, tout comme autrefois, elle ne se souciait pas de ce genre de détail.

Il remarqua que son visage avait pris une teinte cramoisie sous son regard insistant. Dieu que cette vue lui avait manqué !

La veille, dans la lumière tamisée de la salle de billard, elle lui était apparue sous un tout autre jour, mais les deux femmes lui plaisaient : la Bella intrépide et fière qu'il avait rencontrée le soir précédent et celle qui se tenait devant lui, joliment échevelée et le souffle encore court d'avoir traversé les champs à pied.

— Votre visite me ravit.

La joie de la voir se déversa en lui tel un whisky raffiné lui réchauffant les entrailles. Bella, en revanche, ne semblait pas partager ce sentiment. Son air déterminé et ses mâchoires serrées semblaient indiquer qu'elle était venue avec une idée en tête. Rhys ignorait encore quel rôle il aurait à jouer dans son plan, mais il y avait fort à parier qu'il accepterait sans rechigner. Il avait besoin de son aide et, après ce qu'il s'était passé la veille, il avait craint qu'elle ne se remette à l'ignorer. Depuis son départ de Hillcrest, il n'avait cessé de se reprocher d'avoir ruiné la seule chance qu'il avait de faire amende honorable auprès de celle qui avait autrefois été la personne la plus importante dans sa vie.

— J'ai changé d'avis.

Elle releva le menton après sa déclaration, comme pour le défier. Rhys patienta. Il savait qu'elle n'avait pas terminé. L'air résolu de Bella fit place à un petit froncement de sourcils.

— Vous aviez proposé de m'accorder une faveur en échange d'une autre, lui rappela-t-elle.

— C'est exact.

Rhys déglutit au souvenir de l'attitude qu'il avait involontairement affichée à ce moment-là. Jamais il n'aurait cru que ses excuses se transformeraient en jeu de séduction.

— Et je tiendrai parole.

— Parfait.

Elle se frotta les mains et il eut un moment d'hésitation.

— Attendez. Dites-moi ce que je viens d'accepter.

— De venir à Hillcrest.

Il fit un pas en avant, les bras toujours croisés sur la poitrine, et baissa les yeux sur le visage rougi de Bella, savourant l'excitation qu'il lisait dans ses pupilles émeraude serties d'or. Elle ne se dévoilait ainsi devant personne d'autre que lui. En présence de témoins, elle s'efforçait toujours d'afficher un air convenable. Mais quand ils étaient tous les deux, sa véritable personnalité prenait le dessus : intrépide, ardente, et l'esprit fourmillant d'idées.

— Je suis tout ouïe.

Elle le fixa un instant d'un air inquisiteur.

— J'ose espérer que votre présence à la soirée dansante de ce soir suffira à dissuader les prétendants que maman a invités.

— *Des* prétendants ? Combien sont-ils ?

L'idée qu'elle en ait ne serait-ce qu'un seul le faisait grincer des dents. Il n'était pas bien certain du pourquoi de cette réaction. Son instinct de protection, peut-être. Il avait lamentablement échoué en la matière s'agissant de Bella, mais cette propension ne disparaissait jamais totalement, si ?

— Il y en avait quatre. Vous en avez aperçu deux d'entre eux, hier soir, dans la salle de billard. Lord Teasdale nous a quittés ce matin et je pense que Mr Nix battra bientôt en retraite également.

Elle poussa un petit soupir avant de poursuivre :

— Mais il en reste deux.

— Et que souhaitez-vous que je fasse ?

Les possibilités se bousculaient dans son esprit, toutes plus farfelues les unes que les autres, mais Bella haussa les épaules.

— Soyez vous-même. Conversez, racontez des histoires drôles, dînez en notre compagnie.

Elle se mordilla la lèvre inférieure, visiblement hésitante.

— Demandez-moi une valse, éventuellement.

Depuis toutes ces années qu'ils se connaissaient, ils avaient tout fait : courir dans la campagne, se confier des secrets, échanger leurs espoirs et leurs peurs tout en explorant les recoins et les cachettes d'Edgecombe. Mais jamais ils n'avaient valsé ensemble.

Son pouls s'accéléra. De nervosité ou d'anticipation, il n'aurait su le dire. Cette activité faisait partie de la très courte liste de ses talents et elle lui plaisait, mais qu'en pensait Bella ?

— Aimez-vous danser ?

Elle battit des paupières plusieurs fois, visiblement surprise par sa question.

— Pas particulièrement, mais c'est ce que l'on attend de moi.

— Tout comme le fait d'endurer la compagnie des

prétendants que votre mère a soigneusement choisis pour vous, et pourtant…

Rhys avait entendu parler du caractère inaccessible de Bella. Elle niait peut-être s'être volontairement intéressée à ce qu'il avait fait de sa vie pendant ces cinq dernières années, mais lui avait activement cherché à avoir de ses nouvelles par le biais de leurs connaissances communes. Un sentiment persistant de culpabilité et de malaise l'avait poussé à vouloir s'assurer qu'elle se portait bien. La première fois qu'il avait entendu un gentilhomme raconter la scène de sa proposition en mariage et la froideur du rejet dont il avait été victime, Rhys avait eu du mal à reconnaître la demoiselle de ses souvenirs.

— Pourtant quoi ?

— Vous en avez refusé quelques-uns.

Elle baissa la tête et il regretta d'avoir prononcé ces mots. Son indépendance d'esprit était un trait qu'il avait toujours apprécié chez elle et il n'avait pas été étonné d'apprendre qu'elle avait éconduit tous ses soupirants. Toutefois, en tant que descendante d'un vicomte, elle devait s'attendre à ce que ses parents n'abandonnent pas leurs efforts tant qu'elle n'aurait pas fondé un foyer.

— Cette fois, j'ai promis à mes parents de faire de mon mieux.

C'était prévisible. Ils la pressaient et elle s'était montrée obéissante malgré sa nature insoumise. Ce qui rendait sa requête d'autant plus déroutante.

— Et pourtant, vous espérez que ma présence à cette danse suffira à contrecarrer leurs plans.

La dichotomie était évidente. Bella luttait visiblement entre le désir de faire plaisir à sa famille et celui de trouver la voie vers son propre bonheur.

— Il faudra bien que je me marie un jour, bougonna-t-elle, mais sûrement pas avec l'un de ceux qui seront présents ce soir. Hammersley est vieux et guindé, et Wentworth est trop taciturne.

Rhys se retint de lui demander quel était son défaut à lui. Il le savait déjà. Trop téméraire. Trop débauché. Et, bien sûr, trop benêt pour déchiffrer des livres de comptes. Mais Bella ne l'aurait jamais laissé se dénigrer de la sorte. Elle l'avait toujours défendu, contre vents et marées, sans jamais refuser de lui apporter son aide.

— Je vous assisterai en retour avec Meg et vos finances, annonça-t-elle comme si elle avait lu dans ses pensées.

Elle jeta un regard aux registres ouverts et aux notes gribouillées sur le bureau.

— Nous pouvons commencer dès demain.

— Entendu. Et ce soir, je jouerai au prétendant à l'occasion de votre anniversaire.

Il lui décocha un clin d'œil, comme il l'avait fait à maintes reprises par le passé, mais, contrairement aux fois précédentes, elle ne s'esclaffa pas ni ne le bouscula dans un geste de camaraderie. Au contraire, elle semblait horrifiée.

— Je ne vous invite pas pour endosser le rôle de soupirant.

Bella sentit le rouge lui monter aux joues. Elle ne conviait pas Rhys pour qu'il lui fasse la cour. Enfin, pas réellement. Elle ne lui demandait même pas de déclencher un scandale. Sa simple présence devrait suffire à perturber suffisamment Hammersley et Wentworth pour qu'ils cessent de la poursuivre de leurs assiduités.

Les Claremont n'avaient jamais été une famille très à

cheval sur les convenances. Le titre ducal avait simplement permis au père de Rhys d'agir en toute impunité. Et à en croire les rumeurs, son fils avait passé ces dernières années à marcher dans ses pas.

Des hommes respectables tels que Hammersley et Wentworth seraient atterrés à l'idée de s'associer avec quelqu'un comme Rhys ou de se fiancer avec une demoiselle qui considérait ce dernier comme un ami.

— Bella ?

Pendant qu'elle était perdue dans ses pensées, Rhys s'était approché d'elle.

— Je mise sur votre réputation, précisa-t-elle d'un air entendu. Vous demander de me courtiser ne m'a jamais traversé l'esprit.

— Je vois, dit-il. Vous n'ignorez rien de ma réputation, n'est-ce pas ?

— Bien sûr. Vous ne pensez qu'à faire la fête, vous buvez à l'excès et vous avez de nombreuses conquêtes à votre actif.

Il leva les yeux au plafond un instant, une expression pensive sur le visage.

— Votre description n'est pas trop éloignée de la vérité.

Quand il baissa de nouveau le regard sur elle, tout amusement sur son visage avait disparu pour faire place à un sérieux qu'elle ne lui connaissait pas.

— Je m'inquiète pour la vôtre, dit-il en pinçant les lèvres. Si je valse avec vous, on pensera que nous avons des sentiments l'un pour l'autre.

— C'est ridicule, voyons.

L'idée même que quelqu'un puisse en venir à une telle conclusion lui donnait la nausée.

— Dans les bals, les gens dansent alors qu'ils ne

s'apprécient même pas. Croyez-moi, j'ai valsé avec de nombreux partenaires auxquels je n'ai jamais adressé la parole depuis.

Rhys se passa une main sur la mâchoire d'un air sceptique.

— Très bien, s'exclama-t-elle un peu trop fort. Vous n'êtes pas obligé de danser avec moi.

Plus elle y pensait, plus cette idée lui semblait être la goutte de trop. Face à face, corps contre corps, les mains serrées, la paume de Rhys contre sa taille. Une telle proximité était-elle réellement nécessaire ?

— Je ne dis pas que je n'en ai pas envie, reprit Rhys, mais les rumeurs ne tarderaient pas à se répandre.

Bella s'esclaffa.

— Vous semblez bien sûr de vous.

— Je le suis.

Il avait prononcé ces mots sans bravade. Pour un homme qui avait pour habitude de douter de son intelligence et qui laissait autrefois le mépris que son père lui vouait déteindre sur lui, il avait visiblement gagné en confiance et elle en fut ravie.

Mais il avait tort de penser qu'une simple danse déclencherait un scandale.

— Louisa sait pourquoi je vous invite et mes parents vous voient encore comme le petit garçon qui passait ses journées à jouer avec leur fille. Personne n'ira imaginer que nous nous sommes entichés l'un de l'autre. Je puis vous l'assurer.

— Si vous le dites, répliqua-t-il avec un petit sourire qui en disait long sur ce qu'il pensait réellement de ses certitudes.

Il se détourna et récupéra la cravate posée sur le dossier de sa chaise.

— J'avais rendez-vous avec mon intendant aujourd'hui, mais j'ai l'impression qu'il ne viendra pas. C'est avec plaisir que j'accepte votre invitation à dîner.

Bella se retint de lui demander pourquoi il était autant débraillé. Quand il entreprit de redescendre les manches de sa chemise, elle ne put empêcher son regard de s'attarder sur ses avant-bras, sur les muscles qui se dessinaient à chacun de ses mouvements et sur le duvet de poils blonds qui tranchait sur sa peau bronzée.

En fin de compte, elle ne savait plus grand-chose de cet homme qu'elle connaissait autrefois sur le bout des doigts. Il avait vécu beaucoup plus de choses qu'elle, ces cinq dernières années.

À combien de soirées festives s'était-il rendu ? Combien de femmes avait-il connues ?

Seigneur ! Et elle qui n'avait encore jamais embrassé personne.

Elle balaya cette idée de son esprit. Puis ses yeux se trouvèrent irrésistiblement attirés par la bouche de Rhys, par ses lèvres généreuses presque toujours étirées en un sourire en coin plein de bravade.

Un petit rire la ramena à la réalité et elle se rendit compte qu'il l'observait. Gênée, elle se dirigea vers le bureau désordonné qui trônait au milieu de la pièce.

Des livres de comptes. Des chiffres. Des données qu'elle pouvait comprendre.

Elle ouvrit un gros registre en cuir et tomba sur une page froissée au coin corné : une liste des dépenses effectuées quatre mois plus tôt. Certaines lignes avaient été rayées, des montants biffés puis réécrits, tous moins élevés que les précédents. Soit le comptable était étourdi, soit le prix des biens avait drastiquement décru.

Elle souleva l'ouvrage dans ses mains pour examiner une inscription en petits caractères.

— Nul besoin de vous occuper de cela pour le moment.

Bella sursauta au son de la voix de Rhys derrière elle et lâcha l'un des rabats du lourd volume. La couverture cogna contre les livres posés en dangereux équilibre au bord de la table. Celui qui se trouvait au-dessus de la pile se mit à glisser, et Rhys tendit le bras pour l'attraper. Ce faisant, son torse vint en contact avec le dos de Bella.

Elle frémit comme la chaleur du corps de Rhys se répandait en elle. Le désir qu'elle en éprouvait était tel que c'en était effrayant.

— Merci, mais il était inutile que vous arriviez à la rescousse, balbutia-t-elle en refermant brusquement le registre.

Elle se redressa et Rhys recula d'un pas.

— Nous nous pencherons sur ces comptes plus tard, ajouta-t-il à voix basse.

— D'accord.

Bella prit une grande inspiration pour tenter de contrôler son souffle et, après s'être juré qu'elle ne laisserait pas son regard s'arrêter sur le cou nu ni sur les lèvres rebondies de Rhys, elle pivota pour lui faire face… et heurta la pile de livres qui s'écroula par terre.

Elle s'accroupit pour les ramasser et Rhys l'imita.

Quand elle s'empara de la tranche de l'un d'entre eux, leurs doigts s'effleurèrent mais, plutôt que de reculer, Rhys lui prit la main.

— Vous tremblez, nota-t-il en lui caressant la peau du bout de son pouce. Ne vous inquiétez pas, Arry. Je suis sûr que ma présence à votre soirée suffira à dissuader Hammersley et vos autres invités et qu'ils prendront la route à la première heure demain matin.

Bella se libéra de son emprise, non sans remarquer la vague de chaleur qui remonta le long de son bras.

— Nous verrons bien.

Mieux valait l'ignorer et terminer de rassembler les ouvrages éparpillés sur le tapis. Agenouillé à côté d'elle, Rhys refusait de la laisser s'affairer toute seule.

— Vous n'avez plus confiance en moi, dit-il calmement tout en s'emparant d'un livre qui était tombé devant elle.

Bella releva la tête et le fixa droit dans les yeux. La douleur qu'elle y lut lui fendit le cœur.

— J'aimerais la regagner.

— Rhys…

— Je comprends, la coupa-t-il. Cela fait des années que vous n'avez plus pensé à moi.

Bella ramassa un autre volume et se tourna vers lui.

— Et voilà, lança-t-elle en lui tendant la pile qu'elle avait recueillie.

Rhys s'en empara et Bella se pencha en avant pour récupérer le dernier livre encore à terre. Ce faisant, elle s'aperçut que son pendentif était sorti de son corsage et qu'il se balançait au bout de sa chaîne.

Les doigts serrés autour de la marguerite en métal froid, elle tenta de la dissimuler mais ne fut pas assez rapide.

Rhys fixait déjà son cou. Quand il tendit une main vers son poing fermé, elle laissa retomber le collier à contrecœur. Il prit la fleur entre le pouce et l'index, et caressa les pétales d'opale dans un geste tendre.

— Ainsi vous ne me haïssez point, murmura-t-il d'une voix légèrement rauque.

Bella sentit que son cœur se mettait à battre la chamade dans sa poitrine. Elle recula le buste et le pendentif échappa des doigts de Rhys pour venir reprendre sa place dans son corsage. Ignorant la main qu'il lui tendait, elle se remit debout.

Rhys, quant à lui, resta agenouillé sur le tapis, dans la position qu'il avait tenté d'adopter la veille au soir. Une ébauche de sourire apparut au coin de ses lèvres, avant de s'effacer presque aussitôt.

— Nous nous sommes fréquentés pendant toute notre enfance, mais je ne suis pas certaine que vous m'ayez jamais vraiment connue, grommela-t-elle.

Il était encore temps d'annuler. Inviter Rhys ne ferait que générer d'autres situations embarrassantes comme celle-ci et elle se retrouverait une fois de plus avec une boule dans la gorge, submergée par une vague d'émotions qu'elle pensait avoir bannies de son cœur depuis des années.

Pivotant sur ses talons, elle se dirigea vers la porte du cabinet. La logique voulait qu'elle s'éloigne sans se retourner, mais elle s'arrêta dans l'embrasement de la porte et jeta un coup d'œil par-dessus son épaule.

— Nous nous retrouverons dans le salon à 18 heures, murmura-t-elle. Le dîner sera servi à 19 heures.

Chapitre 7

Jamais, de toute sa vie, Rhys n'avait hésité à franchir la grande porte en bois d'érable de la résidence Hillcrest.

La maison de Lord et Lady Yardley avait été un foyer à ses yeux bien plus qu'Edgecombe. Les parents de Bella l'avaient accueilli, non comme le fils et héritier du duché voisin, mais comme l'ami de leur fille. Il s'était toujours senti le bienvenu chez eux.

Rhys avait perdu sa mère alors qu'il n'était encore qu'un jeune garçon et sans les Yardley, il n'aurait probablement pas su ce qu'était une véritable famille aimante. Ils s'étaient toujours efforcés de l'inclure dans la leur et il avait participé avec plaisir à leurs dîners joyeux et leurs jeux de salon.

Il adorait Hillcrest et chacun de ses résidents.

Pourtant, ce soir, il s'était arrêté sur les marches du perron, avait rajusté inutilement la cravate que son valet avait pourtant nouée à la perfection, et s'était passé une main dans les cheveux au moins une demi-douzaine de fois depuis que sa calèche l'avait déposé devant le manoir. Bella n'avait pas quitté ses pensées de toute la journée. Il se remémorait encore avec effroi la manière dont elle s'était fermée face à lui, ses mâchoires serrées et ses épaules tremblotantes laissant entrevoir des émotions qu'elle tentait tant bien que mal de lui cacher. Elle avait toujours été réservée à cet égard, contrairement à lui qui laissait se déverser le moindre de ses sentiments. Elle était calme quand il se montrait impertinent, observatrice quand il fonçait tête baissée. Mais il la connaissait suffisamment pour savoir que ce n'était qu'une façade. Bella était une jeune femme tout aussi passionnée que lui, loin de cette image sereine et impassible qu'elle affichait. Du moins, c'était le cas à l'époque.

Avait-elle changé au cours des cinq années pendant lesquelles ils ne s'étaient pas côtoyés ? Il l'ignorait, mais il était déterminé à le découvrir.

Des bruits lui parvinrent par la fenêtre entrouverte du salon situé au rez-de-chaussée : le rire gai de Louisa, la cousine de Bella, et plusieurs voix masculines appartenant probablement à ces maudits prétendants que Lady Yardley avait sélectionnés dans l'espoir de faire chavirer le cœur de sa fille, songea-t-il sans parvenir à déterminer pourquoi cette idée l'irritait autant.

Prenant son courage à deux mains, il franchit les quelques mètres qui le séparaient de l'entrée et frappa deux fois. Quelques secondes plus tard, la porte s'ouvrit en grinçant et Mr Lewes apparut sur le seuil. Un grand sourire naquit sur les lèvres du vieil homme. Le majordome de la famille Yardley s'était toujours montré gentil envers lui et Rhys fut heureux de voir qu'il était encore en poste et qu'il ne l'avait pas oublié.

— Votre Grâce, comme les années ont passé, le salua-t-il en s'inclinant devant lui avant de lui faire signe d'entrer.

— J'ose espérer que vous vous portez bien, depuis tout ce temps.

— Je n'ai pas à me plaindre, Votre Grâce.

Rhys ne s'était pas encore habitué à ce titre honorifique et il lui arrivait parfois de se retourner pour vérifier si son père ne se trouvait pas derrière lui, mais, étrangement, il semblait approprié dans la bouche de Lewes.

— Où est-elle ? s'entendit-il demander.

La question lui sembla familière. Après tout, il l'avait posée des centaines de fois en venant rendre visite à Bella.

— Miss Prescott n'est pas encore descendue, Votre Grâce.

Lewes le dévisagea un instant, puis désigna l'escalier qui conduisait aux quartiers privés de ses maîtres.

Combien de fois Rhys avait grimpé ces marches deux par deux pour aller retrouver Bella dans sa chambre d'enfant ou dans son boudoir personnel !

— Les invités se sont rassemblés dans le salon, ajouta le majordome avec calme. Souhaitez-vous que j'annonce votre arrivée ?

Les convenances lui dictaient de rejoindre les autres convives. Se précipiter dans les appartements familiaux était peut-être acceptable quand il avait douze ans et Bella huit, mais ils n'étaient plus des enfants désormais. Bella était devenue une jeune femme respectable.

Ce qui n'était malheureusement pas son cas… Alors au diable les convenances !

— Pas tout de suite, merci. Ce fut un plaisir de vous revoir, Lewes.

Le vieil homme inclina la tête avec déférence et Rhys passa devant lui en direction de l'escalier. Le chemin jusqu'à la chambre de Bella lui était si familier qu'il eut l'impression de l'avoir emprunté la veille. Pourtant, arrivé sur le pas de la porte, il s'arrêta net.

Que lui arrivait-il donc ? Il n'était pas du genre à hésiter. Nombre de ses problèmes pouvaient d'ailleurs être attribués à sa fâcheuse propension à suivre ses impulsions.

Mais quelle que soit la relation qui existait encore entre lui et Bella, il la savait fragile.

Aussi, plutôt que de frapper et de se glisser sans attendre dans la pièce comme il l'aurait fait des années auparavant, il gratta le bois et patienta.

Bella lui ouvrit, un air frustré sur le visage, comme s'il venait de l'interrompre dans quelque chose d'important. Ses joues étaient roses, ses sourcils froncés et elle retenait sa coiffure d'une main sur sa nuque. Elle sembla surprise de le voir car ses grands yeux verts tachetés d'or s'écarquillèrent.

— Vous ne semblez pas heureuse de ma venue.

— J'ai cru que c'était la bonne. Que faites-vous à l'étage ?

Elle l'attrapa par le revers de son manteau, jeta un bref coup d'œil d'un côté puis de l'autre du couloir et le tira à l'intérieur de sa chambre avant de refermer derrière lui.

— Décidément, vous avez décidé de faire tout votre possible pour créer un scandale, maugréa-t-elle.

— On ne perd pas les vieilles habitudes. Je ne me souviens pas avoir jamais attendu que vous descendiez.

Debout devant sa coiffeuse, elle lui décocha un regard irrité par-dessus son épaule tout en s'efforçant de ramasser ses boucles rebelles en un chignon délicat.

— J'ai pensé qu'il était préférable que nous discutions de notre stratégie, argua-t-il.

— Le seul plan d'attaque qui tienne, c'est que vous retourniez au rez-de-chaussée et fassiez une entrée grandiose qui mettra ces messieurs mal à l'aise, rétorqua-t-elle en fouillant dans un petit plat en cristal posé sur le meuble.

Rhys sentit sa bouche s'assécher. Trois boutons dans le dos de sa robe étaient détachés, révélant sa peau blanche et ses taches de rousseur. De longues mèches auburn s'étaient échappées de sa coiffure en cours de construction et il se retint de ne pas les décaler sur le côté pour en voir davantage.

Seigneur, où avait-il la tête ?

Il avait déjà vu Bella échevelée et débraillée, couverte de boue, trempée jusqu'aux os par une pluie torrentielle, et même le visage aspergé de peinture, le jour où ils s'étaient essayés à l'aquarelle.

Seulement, cette fois-ci, c'était différent.

À l'époque, elle était son amie. Une enfant. À présent, elle était une femme diablement désirable. Et il s'était permis d'entrer dans sa chambre sans y avoir été invité.

Ce n'était pas la première fois qu'il pénétrait dans les appartements privés d'une demoiselle mais, en général, c'était après que cette dernière lui avait clairement fait comprendre qu'il y était le bienvenu.

Détournant les yeux de Bella, il remarqua plusieurs feuilles accrochées au mur. Il reconnut l'écriture de Bella et quelques croquis ressemblant fortement aux casse-tête qu'elle concevait déjà à l'époque.

— Qu'est-ce que c'est ? demanda-t-il en s'approchant.

— Un projet sur lequel je travaille, mais ce n'est pas le moment d'en discuter.

— Un autre jour, peut-être.

Il avait été un temps où il connaissait tout de la vie

de Bella, de ses plans, de ses secrets. Cette époque lui manquait.

À en croire le regard noir qu'elle lui décocha, elle ne partageait pas son sentiment nostalgique.

— Suis-je présentable ?

Elle avait glissé un peigne bordé de perles dans son chignon, mais l'ensemble était complètement de travers.

— Je m'en doutais, dit-elle en lisant la réponse dans ses yeux. Voulez-vous bien sonner pour moi ?

Rhys s'approcha du manteau de la cheminée et tira sur la sonnette. La frustration de Bella était désormais palpable et il aurait voulu pouvoir lui apporter son aide, mais tout ce qu'il savait faire avec les coiffures des dames, c'était les défaire.

— Je devrais déjà me trouver au salon, se lamenta-t-elle.

Elle glissa deux épingles entre ses lèvres tout en en piquant furieusement une troisième dans sa chevelure d'un geste si brusque que quelques boucles s'en échappèrent.

— Je ne fais qu'empirer les choses, geignit-elle d'un ton désespéré.

— Asseyez-vous.

Elle lui décocha un regard furieux et ses yeux brillèrent sous le coup de l'irritation face à cet ordre impérieux, puis elle sembla comprendre ses intentions et son expression se radoucit.

Rhys sentit un nœud se desserrer au creux de son ventre. Il s'approcha de la banquette sur laquelle elle avait pris place en face de la coiffeuse.

— J'imagine que le jeu est de faire tenir toutes les mèches sur votre tête à l'aide de ces pinces, dit-il comme Bella levait à hauteur de son cou une main pleine d'épingles.

Il en prit une dans le creux de sa paume et la sentit frissonner à ce contact.

— Seulement celles qui sont tombées. Nul besoin de viser la perfection. Mon objectif n'est pas d'impressionner ces messieurs.

Rhys croisa son regard dans le miroir. Elle l'observait avec attention, comme pour jauger sa réaction.

— Je suis sûr que c'est déjà fait. Sans quoi pourquoi se trouveraient-ils encore sous votre toit ?

La réplique sembla la mettre mal à l'aise. Elle détourna les yeux vers le mur, puis les baissa sur ses genoux. Rhys s'empara d'une longue boucle cuivrée entre le pouce et l'index et la sécurisa soigneusement au milieu du chignon, puis répéta l'opération en résistant à la tentation de tout défaire. Chaque fois que ses doigts effleuraient le cuir chevelu ou la nuque de Bella, elle tressaillait. Et chaque soubresaut réveillait un peu plus son entrejambe.

Jamais il n'aurait pensé que coiffer une femme pouvait se révéler aussi excitant. Son cœur battait si fort dans sa poitrine qu'on aurait dit qu'il venait de franchir la distance séparant Edgecombe de Hillcrest au pas de course. Quand il eut remonté toutes les mèches, il paracheva son œuvre en glissant le peigne perlé dans le chignon. Bella sembla se détendre, ses épaules s'affaissèrent.

Une fois sa mission terminée, Rhys se surprit à regretter de n'avoir pas pris davantage son temps.

— C'est beaucoup mieux, merci, dit-elle d'une voix douce en s'examinant dans la glace.

Rhys recula d'un pas et pivota vers le miroir de plain-pied qui trônait dans un coin de la pièce pour ajuster sa cravate, heureux d'avoir trouvé une excuse pour détourner son attention de la tentation que la jeune femme incarnait. Malgré tous ses efforts, son regard semblait irrésistiblement attiré vers elle et il risqua un coup d'œil en biais.

Debout devant sa coiffeuse, elle avait levé les bras derrière sa tête pour tenter d'atteindre les boutons défaits de sa robe.

— Si je puis vous aider, s'entendit-il prononcer.

Sans un mot, elle lui tourna le dos et il s'avança, un peu trop précipitamment, pour lui porter assistance.

— Vous devriez descendre en premier, murmura-t-elle d'un ton neutre.

Elle avait toujours eu l'esprit pratique. Logique. Mais Rhys la connaissait suffisamment pour remarquer le chevrotement dans sa voix et son souffle court.

Ses propres mains tremblèrent légèrement lorsqu'il attacha le dernier bouton et il se mordit la lèvre au contact de la peau nue de Bella contre ses phalanges. Seigneur, il fallait qu'il cesse de la toucher !

Sa tâche accomplie, il fit un pas en arrière et se dirigea vers la porte.

— Je vous rejoins dans cinq minutes, lança-t-elle dans son dos quand il tira le loquet.

Rhys ferma les yeux, luttant contre les battements de son cœur qui s'emballait, et pivota pour lui faire face, une expression faussement confiante sur le visage.

— Comme il vous plaira. C'est votre fête. Je ne suis ici que pour obéir à vos ordres.

— De toute votre vie, vous ne m'avez jamais laissée vous commander.

Il eut un petit rire et lui décocha un clin d'œil taquin.

— Disons que c'est un cadeau d'anniversaire.

Son plan ne se déroulait pas du tout comme prévu.

L'éventail que Bella agitait devant son visage parvenait à diminuer quelque peu la chaleur qui régnait dans le salon, mais elle restait tendue comme un arc. La température s'était rafraîchie à l'extérieur et les serviteurs avaient allumé un feu dans la cheminée, mais les corps endimanchés et le malaise de savoir Rhys présent dans la pièce rendaient l'atmosphère étouffante.

Ce qui était une bonne chose, tenta-t-elle de se rassurer. Le malaise était justement l'émotion qu'elle avait cherché à créer en invitant Rhys. De toute évidence, elle avait réussi.

Le dîner avait été une catastrophe, rempli de silences gênés et de regards furtifs lancés par-dessus la composition florale placée au centre de la table. Bella avait été placée au milieu, avec ses parents à sa gauche, Hammersley et Nix à sa droite, et Rhys et Louisa en face d'elle. Lord Wentworth, assis à côté de Louisa, était le seul à avoir tenté d'engager la conversation en lui demandant où sa famille avait déniché un si bon gibier et si elle appréciait l'automne.

À présent qu'ils s'étaient tous retirés dans le salon, la discussion s'était transformée en un murmure inconfortable. Les messieurs fusillaient régulièrement Rhys du regard et quelques noms d'oiseaux étaient parvenus aux oreilles de Bella. Leurs remarques acerbes n'étaient pas aussi discrètes qu'ils se l'imaginaient, mais ils prenaient garde à ne pas se montrer ouvertement insultants. Rhys était duc, après tout.

Néanmoins, l'objectif de la soirée semblait loin d'être atteint. Ses prétendants faisaient peut-être pleuvoir leur jugement sur la tête de Rhys, mais aucun d'entre eux ne paraissait avoir renoncé à leurs prétentions sur elle.

Quand un toast avait été porté au cours du repas pour célébrer son anniversaire, Hammersley s'était penché si près d'elle qu'elle avait craint un instant qu'il ne tente de déposer un baiser sur sa joue. Désormais en pleine conversation avec Mr Nix, il lui jetait des coups d'œil réguliers comme si elle était l'objet de leur discussion.

Si jamais elle apprenait qu'il pariait encore à son sujet, elle ordonnerait à son père de le mettre à la porte.

Balayant la pièce du regard, elle remarqua que ce dernier avait disparu et elle dut résister à l'envie d'aller le retrouver dans son bureau pour s'assurer qu'il allait bien.

— Miss Prescott est très douée en casse-tête, lança Louisa d'une voix suffisamment forte pour que tout le monde l'entende depuis le sofa sur lequel elle était assise entre Lord Wentworth et Lady Yardley. Je vous assure qu'elle saura trouver la réponse à tous ceux que vous lui présenterez.

— Pourquoi Miss Prescott ne nous pose-t-elle pas une de ses devinettes ? suggéra Mr Nix d'un ton arrogant indiquant clairement qu'il n'imaginait pas un seul instant échouer à cet exercice.

Rhys se pencha en avant sur sa chaise, les coudes sur les genoux, les mains serrées. Il avait toujours adoré ses énigmes et l'avait même aidée, à l'occasion, dans la création de certaines. Ce fut l'une d'entre elles qui lui vint à l'esprit.

— J'ai un chat qui ne miaule pas et ma queue rétrécit à chacun de mes pas, dit-elle d'une voix lente en articulant exagérément. Qui suis-je ?

— Alors, Mr Nix ? demanda Louisa effrontément.

Ce dernier n'en avait pas la moindre idée. C'était écrit sur son visage.

— Pardonnez-moi, je n'ai pas bien entendu l'énoncé, fit-il. J'étais en pleine conversation avec Lord Hammersley.

C'était un mensonge éhonté, mais Louisa laissa passer l'affront pour lui permettre de sauver son honneur.

— Comme c'est dommage, répondit-elle d'une voix exagérément doucereuse. Je me demande si le duc de Claremont sera capable de démêler ces mots.

Bella tourna immédiatement le regard vers Rhys. Louisa ignorait à quel point l'apprentissage de la lecture avait tourmenté Rhys dans sa jeunesse et combien il avait douté de ses capacités. C'était d'ailleurs la raison pour laquelle il l'avait aidée dans ses créations. Ensemble, ils étaient parvenus à la conclusion que Rhys était en réalité plutôt doué en langue, du moment qu'il n'avait pas à affronter les termes inscrits sur une page, même s'il s'était amélioré avec le temps sur ce dernier point.

— Je connais la réponse à cette devinette, annonça-t-il sans quitter Bella des yeux. J'étais présent le jour où Miss Prescott l'a inventée.

— Vous m'avez aidé, insista Bella.

— À peine.

Il afficha un large sourire et se renversa contre le dossier de sa chaise, les mains serrées sur les revers de sa redingote dans une posture détendue.

— Vous n'avez jamais eu besoin de mon assistance, enchérit-il.

— Ne soyez pas ridicule, rétorqua Bella, prête à défendre son point de vue.

Mais elle s'interrompit en se rendant compte que

toute la pièce s'était tue et suivait leur joute verbale avec attention.

— Je crois que j'ai trouvé, annonça soudain Lord Wentworth en brisant le silence.

— Dites-nous, milord, l'encouragea Louisa.

— C'est le chat qui m'a mis sur la voie.

Il lança un regard à Hammersley et à Nix qui affichaient tous deux une expression perplexe. Lady Yardley esquissa un petit sourire entendu. Peut-être se souvenait-elle de la réponse, elle aussi. Au terme d'une journée passée à se creuser les méninges avec Rhys, Bella faisait souvent part de leurs trouvailles à ses parents.

— Nous vous écoutons, Lord Wentworth, reprit Louisa.

— Est-ce une aiguille ? Elle comprend un chas par lequel la couturière passe le fil et ce dernier raccourcit à chaque point.

Louisa l'applaudit avec enthousiasme et Bella se joignit à elle. La devinette n'était pas très difficile, mais Wentworth l'avait résolue rapidement. Hammersley et Nix poussèrent tous les deux un petit grognement indistinct et se tournèrent l'un vers l'autre d'un air renfrogné.

— Que diriez-vous d'un peu de musique ? proposa Lady Yardley en se levant pour faire signe à un valet de pied posté à côté de la porte. Si vous voulez bien vous donner la peine de vous lever, nous allons pousser les meubles et je prendrai place au piano.

Il était de coutume que Louisa assume ce rôle lors des soirées organisées par la maison Yardley, mais il avait été décidé d'un commun accord qu'il était préférable que Bella ne soit pas la seule jeune femme sur la piste.

Les invités s'exécutèrent sans attendre. Un deuxième

domestique apparut et les sièges et canapés furent rapidement déplacés le long des murs pour laisser un espace vide au centre de la pièce. Au milieu de toute cette activité, Bella ne remarqua pas Hammersley qui s'était approché d'elle.

— Miss Prescott, me feriez-vous l'honneur de m'accorder la première danse ?

Sa requête était si enthousiaste que Bella ne se sentit pas le courage de l'éconduire, mais, avant qu'elle ait pu ouvrir la bouche, Rhys surgit de nulle part.

— J'ai bien peur qu'elle ne m'ait déjà été réservée, Hammersley.

Le visage du vicomte prit la couleur de son vin et ses bajoues frémirent sous l'effet de la colère, tremblotant tels les aspics que Bella avait en horreur. Hammersley ouvrit la bouche pour protester mais, hormis un petit hoquet de frustration, aucun son n'en sortit.

— Pardonnez-moi, Lord Hammersley, murmura-t-elle, les yeux baissés. Je vous garde la deuxième.

Elle glissa les doigts dans la paume ouverte de Rhys qui l'escorta jusqu'au milieu de la piste de danse tandis que Louisa et Mr Nix prenaient place à leur côté. Une note de piano retentit. À la requête de Bella, sa mère avait commencé par une valse. Si elle ignorait le plan de sa fille, elle ne semblait toutefois pas surprise de la voir danser avec Rhys.

— Vous n'aviez pas à lui promettre quoi que ce soit, dit ce dernier.

— Nul besoin de me montrer impolie, objecta-t-elle.

— Bella, cet homme respire le mépris et le mécontentement. Il n'est pas étonnant que vous désiriez son départ.

Il ne s'était pas exprimé avec colère ni jugement, mais sur un ton amusé et en esquissant son célèbre petit sourire en coin.

— La décision de partir doit lui revenir. Mon but, autant que faire se peut, est d'éviter d'ajouter un nom à la liste des prétendants que j'ai éconduits.

— Les danseurs sont-ils prêts ? s'enquit Lady Yardley.

Sans attendre de réponse, sa mère exécuta un trille qui laissa bientôt place au rythme léger d'une valse.

Rhys se mit en mouvement sans la moindre hésitation, comme s'il avait fait cela des centaines de fois. Malgré son expérience et son entraînement, Bella avait encore besoin de compter les pas dans sa tête. Seulement ainsi était-elle capable d'affronter cette épreuve avec calme et de s'assurer que ses pieds lui obéiraient. D'autant qu'avec Rhys aussi proche d'elle, elle avait besoin de toute la sérénité du monde. La chaleur de sa paume contre la sienne et la pression de sa main dans son dos les enchaînaient l'un à l'autre. Elle se laissa guider.

— Les rumeurs vous dérangent-elles tant ? l'interrogea son cavalier en la faisant tournoyer en contrepoint de Mr Nix et Louisa qui s'avancèrent vers le piano quand Rhys et elle s'en éloignèrent.

— Que l'on dise que je suis froide et sans cœur ?

Bella manqua de trébucher et resserra sa prise sur l'épaule de Rhys qui l'attira légèrement contre lui pour l'aider à conserver son équilibre.

— Ce n'est pas vrai, protesta-t-il.

Évidemment que ce n'était pas vrai ! Il la connaissait bien assez pour savoir qu'elle était loin d'être glaciale et dépourvue d'émotions. Ce qu'il ne semblait pas comprendre, en revanche, c'était que la raison pour laquelle elle ne pouvait supporter l'idée d'épouser qui que ce soit n'était autre que lui.

Face à son silence, il plongea ses yeux bleu clair dans les siens et haussa les sourcils, expression qu'il affichait habituellement lorsqu'elle tardait à lui répondre.

— Pourquoi refusez-vous toutes les propositions qui vous sont faites ?

Non ! Tout sauf cette question. Elle n'était pas prête à en discuter. Pas ce soir.

Soudain, elle eut envie que le morceau s'achève. Rhys la tenait bien trop près, tellement près que son odeur lui emplissait les narines. Ses mains la brûlaient, sa présence l'empêchait de respirer normalement, et cette maudite danse lui donnait le tournis. Elle voyait la pièce tanguer, avec les visages crispés de Hammersley et de Wentworth en arrière-plan ainsi que la silhouette gracieuse de Louisa qui évoluait dans les bras de Mr Nix.

— Arry, murmura Rhys avec tendresse, son souffle chaud contre sa joue. Parlez-moi.

Il la dépassait de quelques centimètres. Pas énormément, mais suffisamment pour qu'elle soit obligée de lever la tête pour s'adresser à lui. Instinctivement, elle resserra les doigts sur son épaule pour ne pas perdre l'équilibre.

— Je dois me concentrer sur les pas ou je risque d'en manquer un, lâcha-t-elle à bout de souffle et les joues en feu.

Rhys remonta une main dans son dos et se pencha en avant pour lui murmurer à l'oreille :

— Je vous tiens. Je ne vous laisserai pas tomber.

Trop tard. Elle était déjà tombée. Tombée amoureuse de Rhys. Si violemment qu'elle craignait de ne plus jamais pouvoir se relever. Elle avait rampé de toutes ses forces pour s'extirper de ce puits sans fond. Et pourtant, elle se trouvait là, en face du même homme et en proie aux mêmes sentiments qu'autrefois qui bouillonnaient au creux de son ventre.

Elle ne pouvait pas se permettre de succomber de nouveau. Plus jamais. Elle avait retenu la leçon. S'il la rejetait une fois de plus, elle ne s'en remettrait pas.

Chapitre 8

Bella décida de commencer par la bibliothèque, d'une part parce qu'elle était presque certaine d'y trouver son père, mais aussi parce qu'elle avait besoin de mettre le plus de distance possible entre Rhys et elle. Toute sa raison semblait se volatiliser lorsqu'elle se trouvait près de lui.

Et jamais elle n'avait eu autant besoin de son esprit analytique qu'en ce moment.

Les lampes à huile étaient presque éteintes le long du couloir, mais le rai de lumière sous la porte entrouverte du cabinet de son père la guida. Quand elle s'en approcha, elle entendit une toux.

— Papa ?

— Vous m'avez trouvé, dit-il en lui lançant un regard amusé par-dessus son épaule.

Il était confortablement assis à sa place préférée, dans la bergère à oreilles placée devant la cheminée.

⊠ Pourquoi avez-vous quitté votre fête ? s'inquiéta-t-il.

Bella franchit le seuil.

— Vous en êtes parti avant moi, lui rappela-t-elle.

— Souhaitez-vous que je revienne ? demanda-t-il d'un ton laissant clairement entendre qu'il n'en avait nullement envie. Je devrais peut-être faire danser votre mère.

Cette dernière aurait probablement apprécié le geste, mais il semblait si bien installé, avec sa tasse de thé à la main et sa couverture sur les genoux, que Bella n'eut pas le cœur à lui répondre par l'affirmative.

Elle s'installa dans le fauteuil à côté du sien en calant les jupons en crinoline de sa robe bleue sous ses jambes.

— Êtes-vous souffrant, papa ?

Jamais il ne l'admettrait à haute voix. Dans leur famille, il avait adopté le rôle de l'optimiste, et son épouse, celui de celle qui s'inquiétait pour tout.

— Je ne me sens pas trop mal, ma fille. Et vous ? Comment se passe le premier jour de la vingt-troisième année d'Arabella ?

Il but une gorgée de thé avant de poursuivre :

— Intéressante décision que d'inviter le duc. Stratégique, oserais-je dire.

Il avait toujours été très doué pour lire dans ses pensées. Parfois même plus que Rhys.

— J'avais un plan.

— Comme toujours.

— Je ne suis pas sûre qu'il fonctionne, dit-elle en croisant les bras sur sa poitrine, une main sur le menton. Je n'ai aucune idée de ce que je dois faire.

— J'ai du mal à y croire, répliqua-t-il en souriant, le regard tourné vers le feu. Je pense au contraire que vous avez déjà décidé d'éconduire ces nouveaux prétendants que votre mère vous avait soigneusement choisis.

Bella se leva et s'éloigna de l'âtre, bien que la chaleur qui lui était montée aux joues n'ait rien à voir avec les braises qui y brûlaient.

— Aucune proposition n'a été faite. Aucun rejet n'a donc été essuyé.

— Mais vous n'avez pas l'intention d'épouser l'un d'entre eux, conclut-il d'une voix résignée dépourvue de colère ou de réprimande. Avez-vous seulement envie de vous marier un jour ?

— Ce que je souhaite, c'est que vous partiez vous installer en Grèce. Je vous en prie, ne restez pas ici à cause de moi.

Revenant sur ses pas, Bella s'accroupit à côté de son père en posant une main sur son avant-bras.

— Ne pouvons-nous pas me trouver un chaperon, si le fait de me laisser seule ici vous inquiète tant ?

Il lui tapota les doigts, repoussa sa couverture et se leva à son tour sans répondre. Elle craignit un instant qu'il ne soit fâché, mais il se dirigea vers le bureau, ouvrit une jolie boîte en bois poli et en sortit un minuscule calice qu'il lui tendit. Un cadeau d'anniversaire ? Il lui avait déjà offert des livres.

— Notez l'inscription qui se trouve dessus, lui intima-t-il en désignant la coupe en argent légèrement terni.

Bella se redressa et s'approcha pour s'emparer de l'objet, perplexe.

— Est-ce la date de votre mariage ?

— Un souvenir du plus beau jour de ma vie. Tout ce qui mérite de rester en mémoire a commencé à ce moment-là.

— Vous partagez donc l'opinion de maman selon laquelle que je devrais me marier.

— Nous avons confiance en vous, Bella. Nous ne nous soucions guère de laisser notre fille célibataire livrée à elle-même.

Il jeta un regard en direction du portrait de son épouse accroché au-dessus de la cheminée.

— Enfin, peut-être votre mère s'inquiète-t-elle à ce sujet, mais, moi, c'est votre avenir qui me préoccupe. Un homme veut savoir ses enfants…

Il prit une profonde inspiration avant de reprendre :

— Un homme veut savoir sa fille unique heureuse en ménage.

— Je comprends.

Sans descendance masculine, le domaine Yardley et le titre correspondant reviendraient à un cousin éloigné avec lequel ils étaient en froid depuis des années.

— Quand Edgar héritera…

Bella termina la phrase :

— Hillcrest ne sera plus ma maison, je sais.

— Il vous faudra donc un autre foyer.

L'inquiétude plissa le front de son père et sa mine se fit sombre.

— Ce sont ces préoccupations qui ont conduit à ces festivités, ma fille.

— Mais Mr Nix me porte en si basse estime qu'il était prêt à parier pour ma main et Lord Wentworth ne parle pas beaucoup mais il passe son temps les yeux rivés sur Louisa.

— Et Hammersley ? demanda-t-il avec une lueur dans les yeux.

À cet instant, Bella comprit que, contrairement à ses dires, son père espérait qu'elle épouse l'un d'entre eux.

— Ce n'est certainement pas avec lui que je serais, pour reprendre votre expression, heureuse en ménage !

Bella avait toujours cru que Rhys serait celui qui la rendrait heureuse. Mais, dernièrement, travailler à la rédaction de son recueil lui avait apporté un bonheur immense et elle espérait de tout cœur faire ses preuves en voyant un jour son travail imprimé. Pour le moment, rien n'était plus important à ses yeux.

— Vous avez raison, papa. J'ai déjà arrêté mon choix au sujet de ces messieurs.

Il hocha la tête en esquissant un faible sourire.

— Alors celui qui est fait pour vous se trouve encore dans la nature, conclut-il en faisant un grand geste du bras en direction de la fenêtre. Il attend le jour de votre rencontre.

Bella cessa de l'écouter. Son père croyait à la chance ; elle considérait quant à elle que ce n'étaient que des sottises. Elle s'était surprise à croire, autrefois, que le sort s'était arrangé pour que le domaine de Claremont soit voisin de Hillcrest. À supposer que cela soit le cas, cela aurait également voulu dire que le fait que Rhys lui ait brisé le cœur était un coup du destin.

— Du moment que ce jour arrive après la publication de mon livre.

Son père eut une moue affectueuse.

— Cet ouvrage compte beaucoup pour vous.

— Oui. Avant de me retrouver submergée par les devoirs du mariage, je veux réussir quelque chose par moi-même.

— Vous avez toujours été tenace.

— Mère aurait plutôt dit « têtue ».

— Et moi je pense que votre détermination vous permettra d'obtenir ce que votre cœur désire.

Si seulement c'était vrai.

— Je dois retourner au salon, marmonna-t-elle. J'ai promis une danse à Lord Hammersley.

Il la laissa partir sans un mot. Qu'y avait-il d'autre à ajouter ?

Quand elle franchit le seuil du bureau, une ombre émergea d'un coin sombre du couloir et elle bondit de frayeur.

— Bella ? fit Rhys en s'approchant d'un pas hésitant.

Allait-elle refuser de lui adresser la parole ? Autant qu'il le sache, Lord Yardley venait peut-être de demander à sa fille de le mettre à la porte de leur domicile, bien qu'il imagine mal une telle réaction de la part d'un homme qui l'avait autrefois appelé « mon garçon ».

— Nul besoin de vous cacher de la sorte, le réprimanda-t-elle.

Elle avait sursauté en entendant son nom et balaya le couloir du regard comme pour s'assurer qu'on ne les surprendrait pas.

— Pardonnez-moi. J'attendais que vous ayez terminé avec votre père.

Rhys se fichait pas mal qu'on les voie discuter ensemble. En ce qui le concernait, la fête était finie.

— Il faut qu'on parle.

Bella avait l'air soucieuse. Visiblement, elle lui cachait quelque chose. Que se tramait-il dans cette tête intelligente ? Même dans la pénombre du couloir à peine éclairé par quelques lampes, il vit un éclat mystérieux se refléter dans ses pupilles. Les yeux de Bella descendirent vers ce qu'il estima être sa mâchoire, puis son cou autour duquel pendait sa cravate dénouée, et il sentit son propre souffle s'accélérer. Elle semblait subjuguée, fascinée par la peau de sa gorge, et il fut surpris de l'effet enivrant que ce regard insistant déclencha en lui.

— Pas maintenant, dit-elle d'un ton des moins convaincants qu'il lui ait été donné d'entendre. Maman ne tardera pas à envoyer Louisa à ma recherche, si je ne réapparais pas bientôt au salon.

Rhys ne répondit pas et elle tourna les talons.

Mais il ne pouvait pas la laisser partir.

— Bella, attendez, dit-il en lui saisissant le bras.

Elle baissa les yeux sur la main qui la retenait.

— Pourquoi faites-vous cela ? demanda-t-il.

Il savait pertinemment qu'il avait brisé la confiance qu'elle avait eue en lui autrefois et qu'il ne serait peut-être jamais capable de la récupérer, mais il se devait d'essayer.

— Cette soirée a été organisée en mon honneur et…

— Non, je veux dire : pourquoi avez-vous accepté d'entrer dans le petit jeu de votre mère ?

Les doigts serrés sur l'avant-bras de Bella, il envisagea un instant de lâcher sa prise. C'était le choix le plus sage, l'attitude la plus convenable. Pourtant, il n'en fit rien, savourant le contact doux et étrangement familier de la peau de Bella contre la sienne.

— J'ai conscience qu'il en va de votre responsabilité, en tant que fille unique, de vous plier à certaines exigences de vos parents, mais il s'agit de bien plus que cela. Vous avez refusé les propositions de beaucoup d'hommes et pourtant…

— Quelques-uns seulement, le coupa-t-elle.

Toutes ces choses qu'il entendait dire sur elle, les rumeurs que l'on murmurait à son sujet, il les savait fausses mais ne supportait pas qu'elles lui causent du tort ou la blessent.

— Je ne doute pas que vous aviez de bonnes raisons d'agir ainsi. Vous avez toujours eu la tête sur les épaules.

Et pourtant, vous ne refusez pas de participer à cette farce que votre mère a organisée.

— Maman y travaille depuis des mois.

Le devoir. Bella s'y était toujours pliée avec plus de facilité que lui. Il avait adoré ses rares moments de rébellion dans leur enfance, ses accès d'audace et de folie. En un sens, elle lui ressemblait : elle était capable de prétendre et d'afficher une façade aimable et joviale pour le bien de son entourage.

— Certes, elle a déployé des efforts pour cet événement, mais ces hommes sont en train de perdre leur temps, non ?

Les yeux de Bella s'écarquillèrent sous l'effet du choc. Rhys sentit son cœur se serrer. Une vague de peur l'envahit à l'idée qu'elle puisse envisager d'épouser l'un d'entre eux.

— Vous vous souciez donc plus de ces inconnus que de moi ?

— Bien sûr que non, répliqua-t-il avec un petit rire. Vous savez pertinemment que ce n'est pas le cas. Mais vous êtes une femme qui dit ce qu'elle pense, du moins autant que je me souvienne. Alors j'aimerais simplement savoir pourquoi vous avez promis à votre mère de faire de votre mieux.

Bella ouvrit la bouche pour parler, puis secoua la tête.

— Miss Prescott, je suis venu réclamer cette danse que vous m'avez promise.

La voix de Lord Hammersley résonna depuis l'extrémité du couloir qu'il remontait d'un pas déterminé. Rhys lui décocha un regard noir qui ne sembla pas l'affecter.

— Claremont, dit-il en le saluant d'un petit hochement

de tête avant de se tourner vers Bella. Me feriez-vous l'honneur de vous escorter jusqu'au salon, Miss Prescott ?

Il lui offrit son bras avec un sourire arrogant, certain qu'elle accepterait sa demande.

— Dans un instant, milord, bredouilla cette dernière. Voudriez-vous informer ma mère que je serai de retour dans quelques minutes ? Elle aura besoin de préparer sa partition.

Hammersley grommela, comme sur le point de protester. Bella se contenta de le fixer, les mains croisées devant elle, avec un sourire froid.

Tous deux se dévisagèrent pendant ce qui sembla durer plusieurs minutes puis, alors que Rhys commençait à croire que Hammersley ferait marche arrière pour retourner patienter au rez-de-chaussée, le vicomte pivota pour s'emparer de la main de Bella. Elle eut un mouvement de recul mais ne fut pas assez rapide et grimaça quand les doigts de Hammersley se refermèrent autour de son poignet.

Rhys, sans réfléchir, fit un pas en avant pour s'emparer du bras du vicomte, le serrant de toutes ses forces jusqu'à ce que ce dernier pousse un petit cri de douleur et relâche sa prise.

— Ne la touchez plus jamais, vociféra-t-il entre ses dents, la mâchoire serrée à s'en faire mal.

Hammersley se libéra de son étreinte et le fusilla du regard.

— Vous semblez porter un vif intérêt à Miss Prescott, Claremont, cracha-t-il en décochant un coup d'œil noir à celle-ci. J'ignore si vos attentions sont les bienvenues, mais sachez que votre réputation ruinera la sienne avant même que vous n'ayez eu l'occasion de le faire vous-même.

Hammersley les dévisagea l'un après l'autre.

— À moins que ce ne soit déjà fait.

— Comment osez-vous ? s'exclama Bella, offusquée.

— Grand Dieu, jeune fille, lâcha Hammersley avec une mine outrée. J'interromps votre échange avec cette canaille notoire et vous m'accusez d'offenser votre honneur ?

Sa façade polie disparue, le vicomte afficha un rictus malsain.

— On dit de vous que vous êtes une femme intelligente, Miss Prescott, mais vos goûts semblent prouver le contraire.

— Sortez de chez moi.

La voix grave et forte de Lord Yardley retentit dans le couloir et alla se perdre dans les hauts plafonds.

— Quittez ma maison immédiatement, Lord Hammersley. Je ne tolérerai pas que l'on insulte ma fille sous mon toit, déclara le père de Bella sur le seuil de son cabinet.

— Jamais de ma vie…, commença l'intéressé d'un ton belliqueux.

— Allez-vous-en, Hammersley. Sauvez ce qui reste de votre honneur pendant qu'il est encore temps, lui conseilla Rhys.

Le vicomte pinça les lèvres et bomba le torse, mais ne répondit pas. Il pivota et se dirigea à grands pas vers l'escalier, puis s'arrêta à quelques mètres des marches et se retourna d'un air menaçant.

— Tout Londres apprendra ce qu'il s'est passé ce soir.

Sans l'ombre d'un plan, Rhys passa devant Bella pour se rapprocher de lui. Hammersley fit un pas en arrière, mais Rhys se saisit du revers de sa redingote et le plaqua contre le mur.

— Je ne crois pas, non, dit-il avec le plus grand calme. Inventez ce qui vous plaira pour expliquer pourquoi la fête a pris fin, pour vous, plus tôt que prévu mais, si jamais vous tentez de causer du tort à Miss Prescott en répandant des rumeurs sur son compte, je vous détruirai.

— Ce ne sera pas nécessaire, n'est-ce pas, Hammersley ? ajouta la voix de Lord Yardley dans son dos, rauque et enrouée comme s'il avait trop crié, bien qu'il ait parlé d'un ton aussi serein que la mine qu'affichait sa fille.

— Partez, milord, renchérit Bella en faisant un pas vers lui. Vous trouverez une fiancée qui vous plaira, j'en suis persuadée, mais vous savez tout comme moi, depuis le premier jour où nous nous sommes rencontrés, que nous n'étions pas faits pour nous entendre.

Pendant un bref instant, l'expression de Hammersley s'adoucit, puis il hocha la tête.

Rhys le relâcha et s'écarta pour le laisser passer. Le vicomte prit la direction de l'escalier sans même jeter un coup d'œil en arrière. Lord Yardley les rejoignit en haut des marches et tous trois regardèrent Hammersley s'éloigner.

— Je ne me souviens plus de la dernière fois où vous avez réussi à vous mettre dans un pétrin pareil, tous les deux, commenta le père de Bella.

— Mère sera déçue, murmura Bella d'un ton inquiet.

— Certes, admit Lord Yardley, mais ce sera d'apprendre qu'elle a invité sous notre toit un homme qui a osé insulter notre fille.

— Je n'ai pas arrangé la situation, ajouta Rhys, nerveux à l'idée que l'incident risquât de se retrouver imprimé noir sur blanc dans les journaux à scandale d'ici quelques jours.

— Vous l'avez convaincu de partir, c'est tout ce qui compte, conclut Bella.

— Que diriez-vous de retourner au salon pour tenter de sauver ce qui peut l'être de cette fête ? lança son père d'un ton presque jovial.

C'était bien la dernière chose dont Rhys avait envie.

— Bella, fit-il, pourriez-vous auparavant m'accorder une minute ?

Lord Yardley tapota la main de sa fille et se dirigea vers son bureau. Se retrouver seul avec Bella avait été son objectif, mais, une fois en tête à tête avec elle, Rhys découvrit que les mots lui manquaient. Plus rien ne semblait lui parvenir au cerveau, hormis le fait qu'elle était belle à en mourir et semblait infiniment triste. Où était passée cette étincelle malicieuse qui brillait dans ses pupilles quand ils étaient jeunes ?

— Qu'étiez-vous sur le point de me dire avant que Hammersley ne nous interrompe ? demanda-t-il dans l'espoir que le fossé qui s'était creusé entre eux au fil des ans s'amenuise.

— Peu importe, à présent. Le vicomte est parti, ou du moins il prendra la route bien assez tôt.

Elle ne lui faisait plus confiance, se rappela Rhys. Jamais, jusqu'à cet instant, il ne s'était rendu compte à quel point il se languissait d'entendre les confidences d'Arabella Prescott.

— Je ne voudrais pas décevoir ma mère, poursuivit-elle de ce ton peu convaincant de fille dévouée et obéissante qu'il n'avait jamais réussi à maîtriser lui-même.

— Retrouverons-nous un jour notre complicité d'antan ?

Pendant un instant, elle le dévisagea avec honnêteté et franchise, de cet air qu'elle arborait étant enfant, celui de quelqu'un qui l'appréciait pour ce qu'il était, qui avait foi et croyait en lui. Puis tout s'envola et elle redevint aussi froide que les rumeurs le prétendaient.

— Non, répondit-elle d'une voix douce mais ferme. Je ne crois pas.

Chapitre 9

Bella se retourna dans son lit, aplatit son oreiller et se répéta pour la centième fois qu'il était temps de dormir. Elle mettait souvent un moment à calmer son esprit avant de fermer l'œil. La nuit tombée, sa tête se remplissait d'énigmes et de labyrinthes dont elle devait s'échapper avant de pouvoir sombrer dans le sommeil.

Ce soir, ce n'était pas les casse-tête qui l'empêchaient de trouver le repos, mais les souvenirs. Des voix résonnaient en boucle dans sa tête. Celle de Rhys qui lui demandait s'ils redeviendraient complices un jour. Celle de Hammersley qui la menaçait de ruiner sa réputation pour s'être affichée avec le duc de Claremont. Celle de son père qui lui parlait avec enthousiasme de bonheur conjugal, faisant naître en elle un sentiment de panique à l'idée de se retrouver prisonnière dans un mariage de raison dépourvu d'amour.

En tant que fille unique, elle avait toujours senti sur ses épaules le poids des désirs de ses parents. Elle avait collectionné les réussites, s'était efforcée d'être une jeune fille accomplie dans maints domaines et avait toujours eu l'intention de réaliser leur souhait en fondant un foyer.

Seulement voilà, prendre un époux n'était en rien

comparable avec le fait de peindre une aquarelle d'une main habile ou de broder avec précision. Il s'agissait d'un contrat passé entre deux personnes pour le restant de leur vie.

Cette simple pensée suffisait à la faire trembler d'effroi. Elle ne pouvait imaginer un seul instant passer ses jours – et ses nuits – au côté de l'un des hommes qui avaient demandé sa main.

Il n'existait qu'une seule personne avec laquelle elle avait envisagé une telle situation. Quelqu'un qui la traitait avec respect, comme une femme intelligente et capable, et non comme une enfant qu'il faut choyer et protéger. Elle avait espéré que les sentiments que Rhys éprouvait envers elle finiraient par se transformer en quelque chose de plus fort. Mais seul son cœur à elle avait répondu à l'appel. Plus jamais elle ne serait assez stupide pour se laisser aller à ce genre d'émotions si ces dernières n'étaient pas réciproques. Si seulement elle avait adopté un tel état d'esprit à l'époque !

Repoussant les couvertures, elle alluma la mèche d'une lampe et se rapprocha de la table sur laquelle étaient étalées les pages de son livre. Enfin quelque chose qui avait du sens. Organiser ses croquis et ses notes pour les rassembler en un gigantesque ouvrage unique était un casse-tête en soi et cet exercice l'apaisait. Pourtant, ce soir, elle ne pouvait se défaire de ce sentiment de malaise qui s'était immiscé dans son esprit : l'impression d'avoir oublié quelque chose d'important.

Les festivités organisées par sa mère avaient pris un tournant inattendu, mais Bella était soulagée. Au petit matin, Hammersley prendrait la route. Comme l'avait si justement fait remarquer Rhys, c'était la seule manière pour lui de sauver son honneur. Nix partirait également, ce qui ne laissait plus que Lord Wentworth en lice, mais le fait de se retrouver le seul gentilhomme encore présent sous le toit des Yardley devrait suffire à le mettre suffisamment mal à l'aise pour qu'il décide, à son tour, de retourner à Londres. Du moins l'espérait-elle.

Et ensuite ?

Qu'avait-elle réellement gagné dans toute cette histoire ? Sa mère avait mentionné l'éventualité d'une autre saison. Bella frémit à l'idée de se retrouver de nouveau embarquée dans un tourbillon de bals et de dîners où l'on murmurerait dans son dos qu'elle était une femme froide et sans cœur.

L'une des pages qu'elle avait accrochée au mur attira son attention. Un exercice d'association où il fallait appairer des hommes et des femmes dessinés sur un échiquier. Une charade accompagnait le jeu et la réponse était le mot « mariage ».

Quelqu'un gratta à la porte de la chambre mais, avant qu'elle ait pu l'atteindre, Louisa se glissa à l'intérieur. En chemise de nuit.

— Vous êtes debout bien tard, s'étonna Bella.

— Ou trop tôt. L'aube va bientôt pointer le bout de son nez, mais je n'arrivais pas à dormir. Je vous ai entendue marcher. Aussi, j'ai décidé de vous rejoindre.

Louisa s'approcha d'une chaise capitonnée près de la cheminée et s'y assit en tailleur, comme si elle prévoyait d'y rester un moment. Bella s'empara du couvre-lit, tira un fauteuil à côté de sa cousine et y prit place en étalant la couverture sur leurs deux paires de jambes.

— Qu'est-ce qui vous tient éveillée ?

Sa cousine baissa les yeux et se mit à jouer du bout des doigts sur les carreaux du plaid.

— Je vous retourne la question, finit-elle par dire. Je pensais que le départ de Lord Hammersley aurait réussi à vous apaiser.

— Certes, mais Lord Wentworth n'est pas encore parti.

Bella soupçonnait Louisa d'entretenir un intérêt pour ce dernier et la façon dont cette dernière remua sur son siège confirma ses doutes.

— Vous l'appréciez, n'est-ce pas ?

— C'est lui qui m'affectionne. Enfin, je crois, ajouta Louisa d'un ton hésitant.

— J'en suis persuadée. Il se montre très attentionné à votre égard.

— Envers vous également, rétorqua Louisa en jouant avec la natte posée sur son épaule. Il n'a rien dit qui puisse prouver quoi que ce soit, mais il n'est pas très bavard de manière générale.

— Oui, il est plutôt silencieux. Il semble constamment plongé dans ses pensées et peu enclin aux effusions de sentiments.

Bella n'éprouvait aucune aversion à l'égard de Lord Wentworth et, s'il s'était entiché de sa cousine, elle devait au moins reconnaître qu'il avait bon goût.

— Vous n'avez donc pas l'intention de l'épouser ?

Louisa haussa un sourcil blond, mais l'étincelle dans ses yeux laissait entendre qu'elle connaissait déjà la réponse.

— Pas la moindre, déclara Bella en se levant, les bras tendus vers le plafond pour s'étirer.

Vivement que le soleil se lève pour qu'elle puisse sortir se promener dans les champs.

— Aucun d'eux ne m'intéresse.

— Pas même le duc de Claremont ? ajouta Louisa d'un ton mi-sérieux mi-moqueur.

Bella manqua de s'étouffer et fut prise d'une quinte de toux. Quand elle eut recouvré son souffle, elle se tourna vers sa cousine en plissant les yeux. Louisa avait quelque chose derrière la tête. C'était évident. Sinon pourquoi aurait-elle nommé Rhys par son titre alors qu'elle le connaissait suffisamment bien pour l'appeler par son prénom ?

— Je ne pourrai jamais l'épouser.

— Pourquoi pas ? C'est le meilleur parti du comté. Et vous avez entretenu cette pensée autrefois, il me semble.

Bella sentit le rouge lui monter aux joues et les mots lui manquèrent.

— N'a-t-on pas raison de dire que le temps fait toujours son œuvre ? poursuivit Louisa avant que Bella n'ait pu trouver la moindre repartie.

— Qu'est-ce que vous manigancez ? demanda-t-elle en croisant les bras sur sa poitrine.

— Moi ? s'exclama Louisa une main sur la poitrine, avec une expression faussement outrée sur le visage.

Bella n'était pas idiote. Elle savait que sa cousine avait un esprit tout aussi stratégique que le sien.

— Je crois me souvenir que vous vous étiez entichée de lui, il fut un temps. Et il est désormais clair comme de l'eau de roche que l'intérêt vous est retourné.

— Ne soyez pas ridicule, s'esclaffa Bella. Il est venu à Hillcrest pour me présenter ses excuses.

Louisa esquissa un petit sourire des plus irritants.

— Voilà qui explique sa première visite.

— Et il a répondu à mon invitation hier soir parce qu'il avait une faveur à m'accorder.

— En vue de se racheter pour son comportement d'il y a cinq ans ?

— Pas exactement, avoua Bella en se frottant les tempes du bout des doigts. Nous avons passé un accord. Il a requis mon assistance pour aider Margaret à faire ses débuts dans le monde et pour régler certaines affaires concernant Edgecombe. En échange, je lui ai demandé de participer à la soirée dansante dans l'espoir de faire fuir Hammersley et les autres.

Louisa cessa de jouer avec la couverture sur ses genoux et releva les yeux vers elle, la bouche légèrement ouverte.

— Mais c'est un mauvais marché.

— Pourquoi ? Il a très bien fonctionné.

— Il attend beaucoup de choses de vous et tout ce que vous avez exigé de lui, c'est qu'il se présente à Hillcrest pour que vous lui offriez un dîner et une danse ?

Bella croisa les bras. Louisa n'avait pas tort. L'idée d'inviter Rhys avait été prise sur un coup de tête et elle n'ignorait pas que, une fois tous les prétendants repartis, cela ne résoudrait en rien le dilemme auquel elle faisait face, à savoir le fait que ses parents voulaient la marier au plus vite.

C'était à se demander si elle parviendrait à échapper à ces épousailles qui se profilaient à l'horizon avec la ténacité d'un soupirant qui revient à la charge après avoir été éconduit.

— Il doit bien y avoir autre chose qu'il peut vous accorder en retour. Il est duc, après tout, dit Louisa d'un air pensif.

L'esprit en ébullition, comme souvent lorsqu'une idée lui venait, Bella se dirigea vers sa penderie et lança un coup d'œil à sa cousine par-dessus son épaule.

— Vous avez raison. Et je crois que j'ai trouvé.

La brume enveloppait encore la terre et la douce lueur dorée du soleil matinal se reflétait sur les gouttes de rosée accrochées aux brins d'herbe à l'est d'Edgecombe. Debout sur la véranda à l'arrière de la maison, Rhys se délectait de la vue sur ces landes ancestrales. Prenant une grande inspiration, il emplit ses poumons d'air frais et étouffa une petite toux.

Fichu pollen. La nature sentait la terre et les feuilles, mais la suie et la fumée de Londres lui manquaient. Tout comme les ambiances obscures. Il plissa les yeux face aux nuages d'un blanc éclatant et se répéta, pour la énième fois, que la campagne était bien trop lumineuse à son goût.

Il était devenu un oiseau de nuit, au fil du temps, et aimait le crépuscule, moment où sa journée à lui commençait, en profitant jusqu'au bout de la nuit pour ne se lever qu'au milieu de l'après-midi suivant. Voilà comment il menait sa vie.

Mais pour une raison qu'il ignorait et qui l'agaçait, son corps avait décidé de le trahir depuis son arrivée à Edgecombe. Tous les matins sans faute, ses paupières s'ouvraient dès que l'aube pointait son nez et il ne supportait pas de rester allongé dans son lit sans rien faire.

Une fois debout, ses muscles réclamaient de l'action, du mouvement. Tournant la garde de son fleuret dans sa paume, Rhys leva sa lame et la pointa vers le bosquet à l'horizon des terres du domaine Claremont. L'escrime lui manquait, même s'il n'avait jamais été très doué dans ce sport. Sa partenaire préférée avait été une adversaire formidable et rares avaient été les fois où il était sorti victorieux de leurs combats.

Bella. Tout semblait toujours le ramener à elle. Le souvenir de la jeune femme s'immisçait dans chacune de ses pensées. Partout où il posait les yeux, quelque chose lui rappelait les bons moments qu'ils avaient passés ensemble dans l'Essex.

Mais tout n'était pas uniquement réminiscence. L'image plus récente de Bella lui venait également à l'esprit.

Pendant si longtemps, la culpabilité l'avait rongé et il avait cru que des excuses suffiraient à atténuer cette douleur qu'il ressentait au fond de lui.

Mais elle était toujours là, présente dans son cœur, peut-être même plus intensément que jamais.

Aucune des relations qu'il avait entretenues ces cinq dernières années n'était, de près ou de loin, comparable à la complicité et à la confiance qui existaient autrefois entre Bella et lui. Pas même son amitié avec Iverson et Tremayne, deux hommes au grand cœur qui avaient gardé foi en lui alors même que toute la société lui avait tourné le dos. Non, vraiment, même s'il était associé avec eux en affaires, jamais il ne s'était senti aussi proche d'eux qu'il ne l'avait été de Bella.

Rhys fendit l'air de son fleuret et se plaça en garde en imaginant la jeune femme debout en face de lui en tenue d'escrime.

— Vous manquez cruellement de pratique.

Pendant un instant, il se demanda s'il n'était pas victime d'hallucinations, mais des bruits de pas sur les dalles de pierre le convainquirent qu'il n'avait pas rêvé.

— J'ai surtout besoin d'un partenaire pour m'entraîner,

rétorqua-t-il en jetant un regard à Bella par-dessus son épaule.

La jeune femme se tenait sur le seuil de la véranda. Son corsage était boutonné de travers et des mèches de cheveux s'étaient échappées de sa coiffure. Visiblement, elle s'était habillée à la hâte et, à en juger par l'ourlet de sa jupe et ses joues roses, avait fait le trajet à pied depuis Hillcrest.

Elle était absolument magnifique.

Après avoir examiné sa posture un instant, elle s'approcha de lui et tendit le bras pour s'emparer de sa lame.

— Permettez ?

Les doigts de Bella réchauffèrent sa peau froide et il savoura la sensation quelques secondes avant de lâcher la garde de son fleuret. Elle fendit l'air du bout de l'épée et, en dépit de sa robe qui limitait ses mouvements, se plaça en garde dans une bien meilleure position que celle qu'il avait adoptée quelques instants plus tôt.

Rhys fronça les sourcils.

— Avec qui vous êtes-vous entraînée depuis mon départ ?

Ignorant la question, elle lança une attaque en fente, visant la poitrine d'un adversaire imaginaire.

— Louisa, répondit-elle dans un souffle. Je la bats la plupart du temps, elle aussi.

Elle lui décocha un sourire en coin qui lui réchauffa le cœur. Comme ces expressions lui avaient manqué ! Surtout celles qui sous-entendaient un défi.

— J'ai conscience de l'heure matinale de ma visite, reprit-elle en baissant le fleuret avant de le lui rendre.

— Je suis tout aussi impatient que vous de me mettre au travail sur ces livres de comptes. Meg souhaite se rendre à Londres, mais les finances d'Edgecombe sont prioritaires.

— Oui, bien sûr, dit-elle en se mordillant la lèvre. Mais j'aimerais d'abord m'entretenir d'autre chose avec vous.

L'urgence qu'il décela dans sa voix le surprit. Hammersley avait-il fait des siennes ? Bella s'était-elle disputée avec sa mère ?

— Quelque chose ne va pas ?

Elle secoua la tête.

— Oh ! non, tout va bien. Mais une idée m'est venue.

Voilà qui ne le surprenait pas le moins du monde. Il ne connaissait pas d'esprit aussi fertile que celui de Bella.

— Je suis tout ouïe.

— Parfait.

Elle esquissa un petit sourire qui s'effaça rapidement.

— Ce que je vais vous annoncer nécessitera quelques explications.

— Dans ce cas, installons-nous plus confortablement, suggéra-t-il.

Ils montèrent dans le cabinet de feu le duc de Claremont, une pièce que Rhys s'était mis à considérer comme un endroit maudit du fait de la présence de ces registres qui lui causaient tant de tracas. Il avait passé tellement de temps dans ce bureau dernièrement qu'il en était presque arrivé à le considérer comme le sien.

Une fois dans la pièce aux murs habillés de panneaux sombres, Rhys ferma la porte. Quelque chose lui disait que ce que Bella était venue lui annoncer ne devait pas tomber dans les oreilles de Meg ni dans celles du personnel de maison.

— Je peux faire monter une collation, si vous le souhaitez. Avez-vous déjeuné ?

— Non, répondit-elle en balayant sa question d'un geste de la main comme si cela importait peu. Je n'ai rien pu avaler.

Elle se mit à faire les cent pas entre le canapé et le bureau, le tapis foncé aux décors de lierre absorbant le bruit de ses pas.

— Un thé suffira.

Rhys s'approcha de la sonnette et tira le cordon, puis attendit. Non pas que les domestiques arrivent – l'un d'eux frapperait à la porte dans moins de deux minutes – mais que Bella se décide à parler.

C'était un rituel dont il avait l'habitude. Lorsque Bella avait une idée derrière la tête, il patientait en silence pendant qu'elle cherchait comment formuler ses pensées. Elle détestait se tromper et se montrait intransigeante envers elle-même dès qu'elle commettait une erreur.

— Vous faites des affaires à Londres.

Ce n'était pas à proprement parler une question, mais elle lui jeta un coup d'œil interrogatif sans cesser ses allers-retours.

— C'est exact, répondit-il en se demandant où elle voulait en venir.

— Et vous pariez de l'argent.

— Cela m'arrive.

Il rechignait à admettre ouvertement qu'il avait été, autrefois, le genre de gentilhomme qui emplissait les caisses d'établissements tels que le Lyon's Club. Dieu savait combien souvent il s'était retrouvé penché au-dessus du tapis vert, vidant sa bourse dans l'espoir que ses pièces et billets à ordre se multiplient avant la fin de la soirée !

Rhys était un homme chanceux. Jamais il ne misait sans s'attendre à gagner. Mais pourquoi un tel préambule ?

Bella contourna le sofa et vint s'asseoir en son centre.

— Je vous en prie, prenez place, fit-elle en tapotant le coussin à côté d'elle comme si elle était la maîtresse de maison.

Sans la quitter des yeux, Rhys la rejoignit et se laissa choir contre le dossier du canapé en feignant un air détendu.

— Quoi que vous soyez venue m'annoncer, je suis prêt à l'entendre.

« Impatient » aurait été plus exact, mais il se retint de le dire à voix haute.

— Je voudrais passer un marché avec vous.

Le ton était confiant, la voix claire, et pourtant Rhys se demanda si ses oreilles ne lui jouaient pas des tours.

— Qu'entendez-vous par là ? Un pari ?

Quand ils étaient enfants, ils avaient pour habitude de miser sur tout et sur rien : la distance que pouvait parcourir une grenouille en un seul bond, lequel d'entre eux gagnerait la course jusqu'au bout du champ… Que pouvait-elle bien avoir derrière la tête ?

— J'appellerais plutôt cela un échange de bons procédés, répondit-elle avec un enthousiasme prononcé.

— N'avions-nous pas déjà décidé de troquer une faveur contre une autre ? s'étonna Rhys.

Savoir qu'elle avait accepté de l'aider à mettre ses finances en ordre l'avait aidé à mieux dormir et il était prêt à dîner chez les Yardley et à valser avec Bella autant de fois qu'il le faudrait en contrepartie.

— J'aimerais revenir sur les termes de notre contrat.

Rhys ne put retenir un petit rire.

— Depuis quand est-ce autorisé ?

— Le fait qu'un événement soit rare ne signifie pas

qu'il est interdit, rétorqua-t-elle en se penchant légèrement vers lui. Disons que nous ferons une exception à la règle.

Quand Bella s'était engagée dans une voie, elle ne laissait rien se dresser en travers de son chemin. Elle était la femme la plus inébranlable qu'il connaisse. Et sa détermination était un trait qu'il appréciait chez elle, du moins lorsqu'elle ne jouait pas contre lui.

— Qu'avez-vous à l'esprit ?

Une multitude d'images se bousculaient dans le sien, celles-là mêmes qui s'immisçaient dans son cerveau dès que Bella se trouvait dans la même pièce que lui, mais il doutait qu'elle entretienne le même genre de pensées indécentes.

Elle lui renvoya un regard dans lequel il décela de l'inquiétude.

— Je vous écoute, l'encouragea-t-il.

— Tout le comté parle de vous.

— Vraiment ? Mon retour ne date que de quelques jours, je n'ai pas encore eu le temps d'accumuler les impairs.

— Vous êtes duc. Et célibataire. Le parti le plus prisé à des kilomètres à la ronde.

Les paroles de Bella déclenchèrent en lui une vague de frayeur qui lui donna envie de courir barricader la porte et tirer les rideaux pour repousser l'armée de mères et entremetteuses qui s'apprêtait à descendre sur Edgecombe.

— Si vous étiez fiancé, cela tiendrait les chasseuses d'époux à distance.

Et prenant une grande inspiration elle ajouta :

— Je suggère que nous nous mariions.

« Nous » ? Ce pronom qui, en toute logique, les

englobait, lui et Bella, lui était bien parvenu aux oreilles, ainsi qu'un verbe ressemblant vaguement à « se marier », mais Rhys avait beau retourner ces termes maintes fois dans son cerveau, il ne parvenait pas à en tirer une quelconque signification. Tout cela n'avait aucun sens.

— Je ne comprends pas, dit-il enfin avec difficulté.

Sa langue était devenue aussi engourdie que son esprit.

— Il ne s'agirait pas d'un véritable mariage, bien sûr, précisa Bella avec une petite expression dédaigneuse, balayant ainsi cette idée du royaume des possibles. Nous n'en arriverons pas à ce point. Je vous propose simplement de nous fiancer publiquement.

Rhys ouvrit la bouche mais aucun son n'en sortit. Il se leva du sofa et se mit à arpenter la pièce de long en large. Il n'avait pas l'habitude de rester sans voix, ni que son esprit décide soudain de ne plus former aucune pensée cohérente.

— Une fois que papa et maman seront partis pour la Grèce, je romprai notre engagement, expliqua-t-elle calmement comme si c'était une évidence. C'est un marché avantageux, pour vous comme pour…

— Pourquoi vos parents quitteraient-ils le pays ?

Son cerveau s'était remis à fonctionner normalement.

— Et pourquoi diable auriez-vous envie de vous fiancer avec un réprouvé ? poursuivit-il. Hier encore, l'idée que je prétende vous faire la cour vous horrifiait et, aujourd'hui, vous voulez que je demande votre main ! ?

Bella se leva et s'approcha. Quand elle posa les yeux sur lui, son regard vert émeraude eut un effet calmant immédiat.

— Vous m'avez demandé de préparer la saison de Meg et de résoudre le mystère de vos livres de comptes, dit-elle en désignant les fichus registres empilés sur le bureau. Une aide bien supérieure à celle que vous m'avez accordée en acceptant de venir dîner hier soir à Hillcrest, vous ne pouvez pas le nier, ajouta-t-elle en esquissant un petit sourire mutin.

— Si je comprends bien, vous voulez équilibrer les comptes ! Mais acheter des robes et vérifier des sommes dans des registres ne me semblent en rien comparables avec un contrat de mariage.

— Pas un mariage, corrigea-t-elle. Seulement des fiançailles et elles ne seront que temporaires.

Elle poussa un petit soupir tremblant, le premier signe d'émotion derrière la façade sereine qu'elle affichait depuis son arrivée.

— J'ai besoin de votre aide, Rhys. Mon père a reçu une offre que je ne veux pas qu'il repousse : un poste dans une école en Grèce. Mes parents n'accepteront d'y aller que si je suis en ménage.

— Mais vous disiez qu'il ne s'agissait pas de nous marier !

— Nous prétendrons simplement en avoir l'intention, dit-elle avec une lueur d'excitation dans les yeux. C'est la solution la plus pratique, Rhys. Rendez-vous compte. Cela me permettra d'aider Meg dans ses préparatifs et de m'occuper des comptes d'Edgecombe sans que personne n'y trouve à redire. Et vous tiendrez ainsi à distance les mères qui espèrent jeter leur fille dans vos bras. Je suis sûre que vous avez déjà reçu de nombreuses invitations, depuis votre retour dans l'Essex.

— Je suis parfaitement capable de les décliner par mes propres moyens, s'écria-t-il.

Il s'approcha de la fenêtre pour s'éloigner de Bella,

mais poser le regard sur les champs à l'horizon ne permit pas à son esprit de s'évader. Chaque centimètre carré de ce domaine lui rappelait les années qu'il avait passées à explorer ces terres en compagnie de Bella.

— J'ai plusieurs questions, dit-il au reflet de Bella dans la vitre avant de se tourner vers elle, mais une seule est essentielle.

— Je ferai de mon mieux pour y répondre.

— Vous rendez-vous compte de ce que votre plan implique ? Nous allons devoir passer une grande partie de notre temps ensemble.

Chapitre 10

Bella plongea les yeux dans le regard bleu clair de Rhys et sentit ses joues s'embraser.

Avant qu'il pose sa question, ses pensées avaient été ordonnées de manière méthodique, à l'image des pages de son livre étalées sur sa table.

Des doutes avaient fait leur apparition sur le chemin qui l'avait menée à Edgecombe, mais ils s'étaient envolés quand elle avait pénétré dans la pièce. Elle savait présenter ses arguments de manière à ce qu'ils lui soient favorables et Rhys avait toujours été suffisamment raisonnable pour les écouter.

Le seul défi à relever consistait à le convaincre que son idée était sensée. Et à chaque mot qu'elle avait prononcé, elle en était devenue de plus en plus persuadée. C'était logique. Les chances de réussite étaient considérables.

Pourtant, Rhys venait de faire voler son raisonnement en éclats, telle l'aigrette d'un pissenlit sur laquelle on souffle pour en éparpiller les akènes.

Une terrible pensée lui traversa l'esprit. Rhys ne croyait tout de même pas qu'elle avait élaboré cette stratégie dans le seul but de se rapprocher de lui ?

Comment lui faire comprendre qu'elle faisait appel

à lui parce qu'elle n'avait personne d'autre vers qui se tourner ? Aucun homme n'accepterait un tel marché et elle s'imaginait mal feindre des fiançailles avec quelqu'un d'autre que Rhys. Après tout, il était le seul qu'elle ait un jour désiré épouser.

— Loin de moi l'idée de vous tendre un piège, si c'est là ce que vous craignez.

La chaleur sur ses joues se répandit jusque dans son cou et son pouls se mit à battre plus vite.

— Ce n'est pas ce que je voulais dire, répliqua-t-il.

— Ce stratagème nous sera bénéfique à tous les deux.

Rhys fit un pas en avant et les rayons du soleil matinal dans son dos dessinèrent sa silhouette dans le cadre de la fenêtre. Ses cheveux ébouriffés lui donnaient un air des plus séduisants, mais il semblait éreinté.

Du bout du fleuret qu'il tenait encore à la main, il traça des tourbillons sur les motifs entrelacés du tapis.

— Wentworth se trouve encore à Hillcrest, non ?

— J'ai quitté la maison tôt ce matin, mais j'imagine qu'il y est toujours, oui.

— Il me semble être le plus supportable du lot. Pourquoi ne pas envisager d'accepter une réelle demande de sa part ?

Il posa sa lame en équilibre au-dessus de la pile de livres et se tourna vers elle, une hanche appuyée contre le bureau.

— Je le connais à peine, argua-t-elle.

L'intensité du regard qu'il lui renvoya suffit à augmenter la température de la pièce de quelques degrés et Bella sentit son pouls s'accélérer.

Elle releva le menton pour lui faire face en tentant

de retrouver cette confiance qu'elle avait ressentie en poussant les portes d'Edgecombe.

— Il m'a l'air d'être quelqu'un de bien, rétorqua Rhys.

— Je n'ai pas confiance en lui.

Rhys retroussa les lèvres en un petit rictus étrange.

— Et en moi ?

— Oui.

Le mensonge lui brûla la langue.

— Non, corrigea-t-elle aussitôt.

— Évidemment. Vous savez tout comme moi que je ne suis pas un homme en qui l'on peut se fier.

Il y avait une telle douleur dans sa voix que Bella fut tentée de le rassurer, mais elle ne pouvait se le permettre. Elle ne lui faisait pas confiance – son cœur, du moins –, mais elle croyait suffisamment en lui pour lui proposer un accord qui leur serait bénéfique à tous les deux.

— Conclure des marchés n'est-il pas le genre d'activités auxquelles vous vous adonnez dans l'Antre du duc ?

— Non. Pas des marchés de cette sorte.

— Je vous connais bien, commença-t-elle en cherchant les mots qui sauraient le convaincre. Nous sommes en termes familiers, vous et moi.

Les pupilles de Rhys brillèrent d'un éclat malicieux et il esquissa un petit sourire en biais.

— Nous étions amis, oui, autrefois, concéda-t-il.

Il se repoussa du bureau et s'approcha.

— Mais vous avez affirmé que nous ne pourrions probablement plus le redevenir.

— Je n'ai pas dit cela. Du moins, pas de cette manière.

L'incident de la veille l'avait perturbée. Elle détestait qu'il ait entrevu une infime partie de cette douleur qui l'habitait.

— Ah oui, seulement que nous ne serions certainement plus jamais aussi complices qu'avant, corrigea-t-il d'un ton amèrement nostalgique. Pourtant, si j'accepte votre marché, nous partagerons un secret considérable.

Bella serra les dents. Il se montrait plus difficile que prévu.

Les bras croisés sur la poitrine, il fit un pas vers elle et la fixa d'un regard implacable. Comment avait-il pu prendre le dessus dans cette négociation ? Elle était venue à Edgecombe pour lui transmettre une requête et voilà qu'il la remettait en question. Carrant les épaules, elle prit une inspiration.

— Mes parents souhaitent que je me marie. Je n'accepterai pas, simplement parce que l'occasion se présente, de prendre pour époux un homme que je connais à peine et que je n…

Elle s'interrompit de justesse, alors qu'elle avait été sur le point de confesser les sottes idées d'amour et de romance qui lui emplissaient encore la tête.

— … que je ne trouve pas attirant, conclut-elle.

— Ah, s'exclama-t-il tandis que ses yeux s'illuminaient. Ainsi, vous êtes attirée par mon charme.

— Je l'ai été, oui, il fut un temps, admit-elle. Mais ce n'est plus le cas.

Jamais elle ne se risquerait à fouler de nouveau cette voie.

Le petit rire de Rhys la surprit et elle sentit son cœur battre de plus belle quand il se rapprocha.

— Cela ressemble à s'y méprendre à un défi, Bella.

— Croyez-moi, c'est impossible.

S'il y avait un homme, dans toute l'Angleterre, auquel elle ne confierait plus jamais son cœur, c'était bien la canaille qui se tenait devant elle avec ce petit air charmeur et son sourire en coin.

— Vous me sous-estimez, riposta-t-il.

Pour un peu, elle aurait levé les yeux au ciel. Rhys n'était pas seulement audacieux ; son assurance avait atteint des proportions phénoménales. Il l'avait taquinée maintes fois par le passé, mais jamais avec un tel feu dans le regard.

Il était trop près d'elle. Elle remarqua les taches d'un bleu plus sombre dans ses pupilles, les poils dorés de sa barbe sur sa joue dans lesquels se reflétaient les rayons du soleil matinal.

Cela n'allait pas du tout. Elle n'était pas venue pour évaluer ses charmes masculins mais pour passer un marché.

— Papa et maman vous connaissent, laissa-t-elle échapper sans même réfléchir, comme si les mots avaient décidé de se déverser de sa bouche sans consulter son cerveau.

La mention de Lord et Lady Yardley sembla désarçonner Rhys. Il se passa une main sur le visage et sa mâchoire se contracta.

— C'est vrai, et je les admire tous les deux, mais que penseront-ils de moi après une telle trahison ?

— La supercherie n'est que temporaire. Et pour leur bien. Ils n'auront pas besoin de savoir qu'il s'agissait de fausses fiançailles, seulement que nous avons changé d'avis.

En vérité, l'idée de mentir à ses parents lui retournait l'estomac, mais c'était un mal nécessaire.

— Ils se soucient sans cesse de mon bonheur et veulent me voir fonder un foyer.

— Ils vous aiment, murmura Rhys en souriant.

— Et attendent beaucoup de moi.

Rhys esquissa un autre sourire, mais différent cette fois, dépourvu de son charme habituel. Plus doux, presque tendre.

— Et vous vous êtes toujours montrée à la hauteur de leurs espérances.

— Ma mère serait certainement en désaccord avec vous.

Cette dernière avait probablement écrit des douzaines de poèmes pour exprimer à quel point sa fille unique avait été source de déception.

— Mes quatre saisons ratées sont la preuve, si l'en est, que j'ai échoué.

— Savoir ce que vous voulez dans la vie est tout sauf un échec.

Bella n'avait jamais vu les choses sous cet angle. Personne n'avait encore présenté ses refus comme une décision dont elle pouvait être fière.

— Peut-être suis-je trop obstinée.

— Vous avez toujours été têtue, Arry, mais je trouve admirable de votre part de vouloir attendre d'être certaine de votre choix.

Il fit un pas en avant, le regard fixé sur elle.

— C'est pourquoi il n'existe pas de pire choix que moi.

Bella sentit la panique la gagner. Il fallait absolument qu'il accepte.

— Ce serait seulement…

— Même si ce n'est que temporaire.

Les épaules de Rhys s'affaissèrent et Bella sentit qu'il n'avait pas terminé son propos.

— Ma réputation est notoire et ne réussirait qu'à ruiner la vôtre.

Pire que les rumeurs qui circulaient déjà ? Celles qui prétendaient qu'elle était une femme froide incapable d'aimer ?

— Je me fiche de ce que l'on pense de moi.

— Pas moi. Mon comportement passé risque déjà de nuire à Meg. Je ne veux pas non plus qu'il vous cause du tort.

Bella s'éloigna de Rhys pour revenir vers le bureau où trônaient les livres de comptes. Quel que soit le souci qui affectait les finances d'Edgecombe, il lui faudrait certainement plusieurs jours avant de le découvrir, voire des semaines, si le problème datait de plusieurs mois.

Soulevant le fleuret en équilibre sur les épais registres, elle s'empara du premier sur la pile.

— Fiançailles ou non, nous devrons de toute manière passer du temps ensemble. Je suis prête à vous apporter mon aide si vous acceptez ma requête. Je vous assure que ce plan est la meilleure solution.

Il avait été un temps où ils s'échangeaient des faveurs sans y penser à deux fois, mais cette époque était révolue. Les années les avaient éloignés l'un de l'autre. Rhys devait pourtant bien se rendre compte de la nécessité d'un tel stratagème, non ?

Il se frotta la nuque d'une main, les yeux perdus à l'horizon, visiblement indécis.

Bella attendit patiemment qu'il hoche la tête ou lui adresse un signe en guise d'assentiment, mais l'on frappa à la porte et il pivota presque instantanément, comme heureux qu'une distraction lui évite de devoir répondre.

À peine eut-il tiré le loquet que Meg fit irruption dans le bureau.

— Miss Prescott, quelle agréable surprise ! s'exclama-t-elle avec un enthousiasme bienvenu dans l'atmosphère tendue de la pièce.

Bella ne put s'empêcher de sourire.

— Je vous en prie, appelez-moi Bella, comme vous le faisiez avant.

Meg posa une main sur son avant-bras.

— J'en serai ravie. Et je vous sais infiniment gré, Bella, d'avoir accepté de m'assister dans mes préparatifs pour la saison à venir. Nos enseignantes à l'école du Hampshire nous parlaient sans cesse du jour où nous serions présentées à la cour, mais la réalité est bien plus complexe que ce que l'on raconte.

— Beaucoup de paramètres entrent en compte, en effet, répondit Bella en grimaçant au souvenir de ses propres débuts.

Tant de robes à essayer, de tenues à commander, de décisions à prendre. Sans parler d'une montagne d'espoirs et d'attentes.

— Vous êtes expérimentée en la matière, je suis persuadée que vous saurez me guider.

Le sourire de Meg s'effaça à peine ces mots eurent-ils franchi ses lèvres.

— Oh ! pardonnez-moi, je ne voulais pas…

— Ce n'est rien, la rassura-t-elle. Vos dires sont exacts. J'ai connu quatre saisons et participé à tellement de bals que j'en ai perdu le compte. Et je suis revenue de Londres il y a peu, mes souvenirs de la mode vestimentaire qui y a cours sont donc suffisamment récents.

— Merveilleux, s'exclama Lady Margaret en joignant

les mains, une étincelle enthousiaste à la limite de la malice dans le regard qui n'était pas sans rappeler celui de son frère. J'ai encore tellement de pain sur la planche. Me feriez-vous l'honneur de vous joindre à moi pour déjeuner la semaine prochaine ? Nous pourrions discuter des préparatifs, si vous n'y voyez pas d'inconvénient.

— Meg, peut-être pourriez-vous parler de tout cela à un autre moment, intervint soudain Rhys.

Ses paroles soufflèrent tel un vent glacial sur le soleil que Meg avait fait entrer dans la pièce.

L'expression joyeuse de la jeune fille s'assombrit et elle les dévisagea, l'un après l'autre, la mine soudain sérieuse.

— Bien sûr. Pardonnez mon interruption indélicate, fit-elle avec un sourire penaud avant de se tourner vers Rhys. J'étais venue vous rappeler que nous sommes attendus au presbytère à midi.

— J'avais oublié, reconnut Rhys. Merci de m'avoir rafraîchi la mémoire.

Meg les salua tous deux d'un signe de tête.

— Je serai dans le salon, si vous avez le temps de passer avant votre départ, ajouta-t-elle à l'intention de Bella sur le pas de la porte.

Tout dépend du temps que votre frère mettra à me donner sa réponse, eut-elle envie de répondre à Meg. Elle ne put s'empêcher de jeter un coup d'œil à Rhys. Il était clair qu'il n'avait pas pris sa décision, ou tout du moins que cette dernière n'allait pas lui plaire.

— Entendu, dit-elle à la place. Dans le cas contraire, je vous ferai porter un message.

Meg partie, Rhys se tourna vers elle.

— J'ignore sincèrement comment éviter de la décevoir

et je n'ai nulle envie de vous désappointer, soupira-t-il, mais je ne peux entrer dans votre stratagème.

— Je vous en prie.

Bella n'avait jamais eu à supplier Rhys pour obtenir ce qu'elle souhaitait. Il s'était toujours plié volontairement à ses requêtes. Et pourtant, sa coopération était plus cruciale en ce jour qu'elle ne l'avait été par le passé.

— Nous pourrions d'ores et déjà commencer à éplucher les livres de comptes.

Elle contourna le bureau et s'empara de l'un des volumes.

— Si nous nous mettons au travail tout de suite, nous aurons parcouru la moitié de celui-ci avant l'heure de votre rendez-vous.

Elle n'était pas certaine de pouvoir relever le défi, mais elle était prête à tout faire pour y parvenir.

Rhys secoua la tête, un air obstiné sur le visage.

— M'inviter à dîner pour repousser quelques prétendants pompeux n'est en rien comparable avec le fait d'annoncer publiquement que nous avons l'intention de nous marier.

— Vous êtes le duc de Claremont, pour l'amour du ciel ! D'aucuns diront que j'ai mis la main sur le parti le plus convoité de toute l'Angleterre.

— Vous voulez dire le célibataire le plus incorrigible du pays. Je n'ai que peu de mérites, Bella. On me connaît comme quelqu'un d'immoral, une fripouille et un dépravé. Et je ne peux même pas contredire ces accusations.

Quel que soit l'homme qu'il était devenu, Bella restait persuadée qu'il disposait toujours des qualités qu'elle lui connaissait quand ils étaient amis : la fidélité et la prévenance.

— Votre réputation est à l'opposé de la mienne, continua-t-il. On dit de vous que vous êtes…

— Froide.

— Intelligente, corrigea-t-il. Personne n'irait croire que vous avez été assez stupide pour jeter votre dévolu sur moi.

Soudain, son beau visage se fit las et les muscles de sa mâchoire se serrèrent. Toute trace de son habituel sourire charmeur avait disparu. Il la fixa un instant, s'arrêtant brièvement sur ses lèvres avant de baisser les yeux sur le haut de sa robe. Cherchait-il à savoir si elle portait dessous, comme à son habitude, son pendentif en marguerite ?

— Je suis désolé, vous n'imaginez pas à quel point.

— Alors je n'ai rien à ajouter.

Elle avait entendu la douleur dans sa voix, mais ne put s'empêcher de lui en vouloir.

— Bonne chance avec vos finances.

Elle tourna les talons et se dirigea vers la porte.

— Et Meg ? lança-t-il alors qu'elle posait la main sur le loquet.

— D'autres sauront la conseiller aussi bien que moi. Lady Bembridge ou la veuve du vicomte de Cartwright, par exemple.

Rhys poussa un petit grognement dédaigneux.

— Des femmes mesquines et promptes à porter un jugement, qui prennent ma famille de haut malgré notre rang.

Bella soupira.

— Dites à Meg que je suis navrée.

Bella se rappela à quel point elle s'était rendue à sa première saison avec la peur au ventre et elle eut une pensée compatissante pour la jeune fille.

— Si vous n'êtes pas en position de m'aider, alors j'accompagnerai mes parents en Grèce.

Elle lui lança un dernier regard par-dessus son épaule et une vague de tendresse la submergea, aussi puissante que perturbante. Elle était en colère contre lui, mais le savoir malheureux ne cesserait jamais de lui fendre le cœur.

— Au revoir, Rhys.

Les mots de Bella résonnèrent à ses oreilles bien après qu'elle eut quitté la pièce et qu'il se fut laissé choir sur la chaise de bureau de son père. Repoussant la pile de livres devant lui pour créer de la place, Rhys plaça ses jambes sur le buvard, se renversa dans son siège et se couvrit les yeux de son avant-bras.

Dieu qu'il avait envie d'un verre. De plusieurs, même. Mais il ne voulait pas que Meg le découvre soûl aussi tôt dans la journée.

Des pas précipités se firent entendre dans le couloir. Sa sœur avait dû voir Bella partir très contrariée et venait aux nouvelles.

— Qu'avez-vous fait ? s'écria Meg en poussant la porte avec une telle brusquerie que cette dernière claqua contre le mur.

— La liste est longue, ma chère sœur. J'espère que vous avez du temps devant vous.

Meg soupira et Rhys se passa une main sur le visage avant d'affronter son regard irrité.

— Je parle de Miss Prescott. Elle a quitté la maison sans un mot et semblait en colère.

Rhys se demanda inutilement si elle l'était plus ou moins que cinq ans plus tôt, le jour de son dix-huitième anniversaire. Il l'avait déçue, une fois de plus.

— J'ai refusé d'accéder à une requête de sa part.

Meg plissa les yeux d'un air soupçonneux.

— Il fut un temps où vous auriez déplacé des montagnes pour Arabella Prescott.

— C'est toujours le cas. Dire non était dans ce cas la meilleure chose à faire.

Rhys repoussa sa chaise, se leva et se remit à arpenter la pièce. Il ne supportait plus de rester assis.

— Croyez-moi quand je vous dis que je ne désirais rien de plus que d'accepter, mais c'était pour son bien.

— Je ne comprends pas.

Meg planta les poings sur les hanches, ce qui n'était jamais bon signe.

— Expliquez-moi, exigea-t-elle.

Rhys s'empara du fleuret sur le bureau et vint se placer devant la fenêtre, la lame levée devant ses yeux.

— Parfois, le mieux que l'on puisse faire pour une personne, c'est de refuser de lui accorder ce qu'elle désire.

— Je vois mal de quoi il peut s'agir. Seule une demande absolument scandaleuse aurait pu vous obliger à décliner.

— Oui, il s'agit bien de cela.

— Bella est connue pour être l'une des demoiselles les plus convenables de tout le comté. Je n'arrive pas à croire qu'elle ait pu vous faire une proposition indécente.

Le ton de Meg se fit hésitant et elle haussa un sourcil.

— Est-ce le cas ?

— Elle a besoin d'un époux.

La réaction de Meg ne le déçut pas. Sa sœur écarquilla les yeux, bouche bée.

— Vous épouser ? Vous ?

Rhys pouffa légèrement.

— Non, ce serait absurde. C'est plus compliqué que cela.

— Étrange. Après tout, il est de notoriété publique qu'Arabella Prescott ne souhaite se marier avec personne.

— Elle veut faire plaisir à Lord et Lady Yardley.

— Un bon mariage pourrait également la rendre heureuse, s'enthousiasma Meg.

Elle se mordit la lèvre, comme si elle en avait trop dit.

Rhys s'efforça de ne pas penser à combien sa sœur était impatiente de trouver un époux et à quel point elle serait vulnérable sur le marché conjugal. Que n'aurait-il donné pour qu'elle possède ne serait-ce qu'une once de cette réserve dont Bella faisait preuve ? C'était précisément la raison pour laquelle il avait voulu que ce soit Bella qui conseille Meg.

— Un jour, commença-t-il, elle finira par trouver un fiancé qui…

Il hésita à prononcer ces mots qu'il haïssait.

— … qui lui conviendra.

Quel genre de prétendant pourrait bien mériter Bella ? Il eut beau se creuser la tête, il ne trouva pas. Elle était belle, intelligente et incroyablement têtue. Seul un homme encore plus astucieux qu'elle et pourvu d'une patience phénoménale serait en mesure de faire son bonheur.

— J'en conclus qu'elle ne reviendra pas à Edgecombe, dit Meg d'une petite voix où pointait désormais l'inquiétude.

— J'enverrai une note à la duchesse de Tremayne. C'est une hôtesse très populaire pendant la saison.

Meg joua avec le ruban noué sur le devant de sa robe.

— Mais elle n'a jamais connu de saison, si ?

— En effet.

L'épouse de Nick était une maîtresse de maison redoutablement efficace lorsqu'il était question de gérer un foyer mais, née d'un père régisseur de terres, elle n'avait pas été officiellement présentée à la cour.

— Peut-être que Miss Prescott, je veux dire Bella, acceptera de me parler.

Elle lui décocha un regard plein de reproches.

— À moins que vous ne l'ayez mise suffisamment en colère pour qu'elle ne veuille plus entendre parler de nous.

— Ses parents vont bientôt aller s'installer sur le Continent et elle se joindra certainement à eux.

— Quand ?

— Je ne sais pas.

— Pensez-vous qu'elle acceptera une invitation malgré tout ?

— Je ne sais pas.

— Et si…

— Assez de questions, Meg, coupa-t-il sèchement.

Il grimaça en voyant le choc sur le visage de sa sœur. Elle n'avait pas l'habitude qu'il s'adresse à elle de cette manière.

— Je vous ai promis que votre première saison serait un succès et j'ai l'intention de tenir parole. Nous vous trouverons un chaperon bien intentionné qui saura vous guider à travers ces idioties de bals et de jeux de salon.

Meg eut une moue réprobatrice.

— De préférence quelqu'un qui ne considère pas la saison comme un ramassis d'idioties.

— De préférence, acquiesça-t-il en souriant.

Elle mit du temps à lui rendre son sourire.

— À présent, allez vous préparer pour notre visite au presbytère. Je vous rejoins très vite.

Plutôt que de tourner les talons, Meg le fixa un long moment.

— Êtes-vous sûr de vous ?

— De quoi parlez-vous ?

— De votre refus de venir en aide à Bella.

Elle fit un pas en avant, les mains tendues en signe de supplication.

— Bella et vous étiez les meilleurs amis du monde, autrefois. Vos chemins se sont séparés, certes, mais vous semblez avoir des choses à vous reprocher. Pourquoi risquer de vous brouiller à nouveau ?

Rhys s'approcha de la porte et l'ouvrit en lui faisant signe de sortir.

— Plus de questions pour aujourd'hui, ordonna-t-il, sauf quand nous serons devant le pasteur.

— Êtes-vous certain de ne pas pouvoir l'aider ? insista-t-elle. Elle s'est tournée vers vous, Rhys, et vers personne d'autre.

Rhys serra si fort la poignée de la porte entre ses doigts que ses phalanges le firent souffrir.

Meg avait raison. Bella avait fait appel à lui et il l'avait déçue, une fois de plus.

— À quelle heure avons-nous rendez-vous au presbytère ?

— Dans une petite heure.

— Je devrais être revenu à temps.

— Avez-vous décidé d'accepter sa demande ?

Il n'en était pas encore certain. Au fond de lui, il craignait plus que tout de causer du tort à la réputation de Bella, mais le désir de lui porter secours était tellement fort qu'il ne pouvait se résoudre à la laisser se débrouiller toute seule…

— Je vais faire de mon mieux.

Chapitre 11

Les poings et la mâchoire serrés, Bella avançait à grands pas en direction de Hillcrest en frappant du pied sur le sol champêtre. Des vibrations lui remontaient dans les dents dès qu'elle foulait un lopin de terre rocailleux, mais peu lui importait. Elle était furieuse.

Quelle idée l'avait prise de s'adresser à Rhys ?

Le mufle ! Elle ne lui demandait pourtant pas la lune. Seulement de faire semblant pendant quelques jours. Quelques semaines, tout au plus, à l'issue desquelles ils pourraient s'éloigner de nouveau. Rhys reprendrait son train de vie irresponsable à Londres et elle aurait tout le loisir de se concentrer sur son livre.

Certes, il tenait le mariage en aversion, mais ne pouvait-il ne serait-ce que prétendre vouloir l'épouser pendant un temps ?

— Bella !

Perdue dans ses pensées, elle ne se rendit pas compte immédiatement que quelqu'un l'appelait. Mais le cri se renouvela, plus fort, plus désespéré, l'arrêtant net dans sa course.

Rhys !

Sa voix était suffisamment lointaine pour qu'elle puisse

feindre de ne pas l'avoir entendue. Alors elle reprit sa marche, le pas moins lourd mais plus rapide. Elle avait eu son compte du duc de Claremont pour la journée.

— Bella, attendez. Je vous en prie.

Ce furent ces derniers mots qui l'immobilisèrent sur place, mais elle ne put se résoudre à se retourner pour lui faire face. Prenant une grande inspiration, elle tenta de calmer les battements de son cœur et d'atténuer la colère qui bouillonnait en elle. Quand elle y fut à peu près parvenue, elle pivota sur ses talons.

Rhys avançait à travers les hautes herbes, ses cheveux blonds ébouriffés par la brise, les pans de son manteau noir flottant dans son dos. Il n'avait pas jugé utile d'enfiler une cravate – décidément, cela devenait une habitude – et sa chemise déboutonnée au niveau du col laissait entrevoir les muscles de son cou et quelques poils plus foncés en haut de son torse. Il semblait tellement déterminé que Bella eut un mouvement de recul involontaire.

— Êtes-vous revenu sur votre décision d'entrer dans mon stratagème ? lança-t-elle quand il fut suffisamment proche pour qu'elle n'ait pas à crier.

— J'ai pensé que nous pourrions nous mettre d'accord comme nous le faisions à l'époque.

Ralentissant à peine, il se pencha pour ramasser une pâquerette parmi les fleurs sauvages.

— Comme vous le voyez, j'ai même prévu l'outil adéquat.

Ce que Bella voyait, surtout, c'était son gilet gris souris dont le tissu tendu et les boutons peinaient à contenir sa large poitrine.

Les émotions se bousculèrent dans son esprit. Rhys avait-il changé d'avis ? Une vague de soulagement la submergea à cette pensée, mais pouvait-elle réellement lui faire confiance ?

— Allez-vous annoncer publiquement que nous avons l'intention de nous marier ?

— C'est ce que nous allons découvrir très vite, annonça-t-il en s'arrêtant à un mètre d'elle.

Sa respiration était rapide, le froid avait rougi ses joues et une étincelle se reflétait dans ses yeux à la lumière du soleil.

— À vous l'honneur, dit-il en tendant sa trouvaille devant lui.

— Nous ne sommes plus des enfants, grommela-t-elle.

Et puis elle n'allait tout de même pas fonder son avenir et celui de ses parents sur les simples caprices d'une pâquerette.

— Très bien, je commence.

Il arracha un pétale à la fleur.

Bella soupira et en retira un deuxième.

Rhys sourit jusqu'aux oreilles, comme s'il venait de recevoir le plus beau des compliments, puis en ôta un troisième et ils répétèrent l'opération, l'un après l'autre, jusqu'à ce qu'il ne reste plus qu'un pétale à la fleur. Le dernier tour revenait à Bella.

Face à son hésitation, Rhys prit un air sérieux.

— J'ai comme l'impression que je vais devoir avoir une discussion avec vos parents.

C'étaient précisément les mots que Bella avait voulu entendre. Pourtant, pour la première fois depuis que cette idée avait germé dans son esprit, elle fut prise d'un doute.

Peut-être désirait-elle un peu trop cet arrangement.

— Votre mine inquiète me dit que vous avez conscience que ce marché comporte des écueils.

— Des écueils ?

Bella déglutit, certaine que Rhys n'avait pas en tête la même idée qu'elle.

— Nous devons rendre notre annonce aussi plausible que possible et prouver notre sincérité, sans pour autant devenir…

Rhys ne termina pas sa phrase et la fixa droit dans les yeux en attendant qu'elle finisse à sa place, comme ils le faisaient souvent étant enfants.

— … emmêlés, conclut-il face à son absence de réponse.

— Emmêlés ?

Rhys pouffa.

— Règle numéro un : cessez de répéter mes paroles sous forme de question à chaque fois que j'ouvre la bouche.

Bella croisa les bras sur la poitrine.

— Et la deuxième ?

— Nous devons éviter de nous chamailler de la sorte en public, dit-il en agitant la main entre eux.

— Nous ne nous disputons pas, nous discutons.

Avec irritation, certes.

— Gardons désormais ce genre de conversation pour la sphère privée. Rien ne voyage aussi vite que les rumeurs et notre but est de convaincre le beau monde que nous sommes amoureux et en accord.

— Y a-t-il une troisième règle ? s'enquit Bella.

Il la fixa pendant si longtemps qu'elle en vint à se demander s'il n'avait pas oublié la question.

— Vous ne devez pas chercher à me défendre, déclara-t-il enfin.

— Cela se révélera-t-il nécessaire ?

Comptait-il, dans la liste de ses ennemis, quelque mari offensé qui souhaiterait se venger ?

— Bella, dit-il en pesant ses mots. Je ne me suis pas comporté de la meilleure des façons, ces derniers temps, et lorsque les commères de la bonne société londonienne apprendront que j'ai l'intention d'épouser la demoiselle convenable que vous êtes, les ragots iront bon train. Vous en apprendrez probablement plus à mon sujet que vous ne l'auriez voulu.

Il grimaça légèrement, comme si cette idée l'effrayait.

— Je ne veux pas que vous vous retrouviez mêlée à toutes ces histoires. Laissez-les parler et n'y prêtez pas oreille.

— Ne vous inquiétez pas pour moi.

— Si vous devenez ma fiancée, il en ira de mon devoir.

Bella leva les yeux au ciel. Vingt minutes plus tôt, elle pensait encore qu'il était impossible que Rhys lui vienne en aide et voilà qu'à présent il prenait son rôle trop au sérieux.

— Je vous rappelle que je ne le serai pas réellement.

— Les gens devront y croire et, comme vous avez pu le constater avec Lord Hammersley, le fait que nous soyons associés risque de vous attirer des ennuis. Souhaitez-vous, de votre côté, ajouter des règles à cette liste ?

Bella le dévisagea et son regard tomba sur ses lèvres. Charnues et joliment dessinées, elles esquissaient toujours un petit sourire charmeur ou en coin. Quand Rhys parlait, elle avait une bonne excuse pour les fixer, mais ses yeux semblaient irrésistiblement attirés vers elles, quelles que soient les circonstances.

— Pas de baisers, lâcha-t-elle brusquement.

Il haussa un sourcil étonné.

— Très bien. Autre chose ?

— Pas de promesses que nous ne serons pas en mesure de tenir.

Son deuxième sourcil rejoignit le premier au milieu de son front.

— Nous serons honnêtes l'un envers l'autre, promit-il avec sérieux.

Il fit un pas en avant et son manteau vint frotter contre sa jupe. Un hoquet de surprise lui échappa lorsque, tendant une main pour venir caler une mèche derrière son oreille, il laissa ses doigts s'attarder sur la peau de son cou.

— Je ne vous décevrai pas, cette fois, promit-il.

Seigneur, comment allait-elle survivre à ce stratagème si le simple fait qu'il l'effleure la mettait dans tous ses états ?

— Pas de contact, murmura-t-elle d'une voix éraillée. C'est ma dernière règle. Les gestes tactiles seront réservés aux cas d'extrême nécessité.

Rhys recula vivement le bras, comme s'il s'était brûlé.

— Pouvez-vous venir parler à mes parents demain ? enchaîna Bella.

— Grand Dieu, si vite ?

— Nulle raison de nous attarder maintenant que notre décision est prise. Plus tôt nous leur annoncerons la nouvelle, plus vite nous pourrons mettre fin au subterfuge.

— D'accord. Je passerai dans l'après-midi.

— Pourquoi pas dans la matinée ? Père rejoint son bureau à 10 heures.

— J'arriverai à dix heures et quart.

Bella s'attendait à ce qu'il prenne congé, mais il n'en

fit rien. Le sourire confiant qu'il arborait habituellement disparut, il détourna les yeux et son regard se perdit à l'horizon un instant avant de revenir sur elle.

— Qu'y a-t-il ? s'inquiéta-t-elle.

Ils venaient de se mettre d'accord pour se montrer honnêtes l'un envers l'autre ; autant commencer tout de suite.

— Ne devrais-je pas vous offrir une bague ?

— Ce ne sera pas nécessaire.

— Mais ce serait préférable, non ? Notre mascarade sera principalement basée sur les apparences. Les gens doivent avoir l'impression que nous sommes véritablement fiancés.

— J'apprécie votre volonté de bien faire les choses mais, la priorité, ce sont mes parents. Et je n'ai aucunement l'intention de retarder notre plan pour un bijou.

À vrai dire, elle ignorait quelles étaient les convenances en matière d'épousailles fictives.

— Je comprends, répondit Rhys d'un air solennel.

Le voir aussi sérieux était étrange. La mine sombre ne lui allait pas. Bella recula d'un pas, impatiente de retourner à Hillcrest et de mettre sa stratégie en marche.

— À demain matin, dans ce cas.

— Entendu.

Bella lui adressa un sourire par-dessus son épaule avant de s'éloigner, soulagée. Elle avait obtenu ce qu'elle désirait. Alors pourquoi diable était-elle aussi perturbée ? Et comment se faisait-il que l'idée de revoir Rhys dans à peine vingt-quatre heures la mette autant en émoi ?

— Je suis venu vous demander la main de votre fille.

Rhys laissa échapper un petit soupir de soulagement.

Son estomac ne s'était pas retourné et sa voix n'avait pas déraillé. Seul dans le salon silencieux des Yardley, il attendait depuis maintenant une demi-heure, à en croire l'horloge accrochée au mur, mais il avait l'impression que cela faisait des jours. Prenant son mal en patience, il avait ressassé les mots, les reformulant maintes fois en changeant d'intonation, tel un acteur sur le point de monter sur scène.

L'exercice ne lui était pas étranger, en quelque sorte. Il savait feindre le rire, apporter de la joie et afficher un sourire même lorsqu'il était au bord de l'épuisement. Pourtant, chaque fois qu'il répétait ces paroles, une onde de choc lui traversait le corps.

— Lord Yardley, tenta-t-il de nouveau à voix haute en imaginant le regard chaleureux de ce dernier face à lui, je désire faire de Bella ma duchesse.

Mieux valait employer une tournure personnelle. Mais en agissant ainsi, ne risquait-il pas de rendre le subterfuge encore plus infâme ?

Des pas retentirent dans le vestibule et il se tourna vers la porte, mais personne n'entra. Un domestique qui passait par là, peut-être ? Ne tenant plus en place, il se leva, s'approcha de la fenêtre, repoussa le rideau et leva le cadran. Une petite voix dans sa tête lui murmura de prendre ses jambes à son cou pour échapper à cette folie. Nom d'un chien, quelle idée avait-il eu d'accepter des fiançailles, si fictives soient-elles ? Et avec Bella, par-dessus le marché, la seule femme de tout le pays qu'il ne voulait plus jamais blesser ni décevoir. Un mouvement en périphérie de son champ visuel attira son attention et il se pencha à la fenêtre. Deux serviteurs émergèrent des portes principales de la résidence

Hillcrest, les bras chargés de bagages. Wentworth les suivit peu après et Rhys le vit lever un regard envieux vers la façade de la maison avant de monter à bord de la calèche qui l'attendait.

Était-ce Bella qui déclenchait un tel désir dans les yeux de cet homme ?

— Envisagez-vous de vous enfuir ou bien aviez-vous simplement besoin de prendre l'air ?

Rhys sourit en entendant la voix de Bella, teintée de cette petite pointe de malice qui eut pour effet immédiat d'apaiser son esprit.

— Prête ? demanda-t-il en se retournant pour la trouver en train d'arranger un énorme bouquet dans un vase posé sur un guéridon près de l'entrée.

Fidèle à son esprit pratique habituel, elle avait revêtu une robe dorée qui épousait ses formes sans pour autant lui donner une apparence frivole.

— Oui, murmura-t-elle en jetant un coup d'œil à la porte, comme si ses parents risquaient de faire irruption dans la pièce d'un moment à l'autre et de surprendre leur conversation. J'imagine que vous l'êtes également.

— Je le suis.

Rhys tira sur les pans de sa redingote.

— Les voilà, annonça Bella en leur ouvrant. Maman, papa, asseyez-vous, je vous en prie.

Lord Yardley plissa les yeux d'un air soupçonneux dès qu'il l'aperçut dans la pièce.

— Il est bien tôt pour une visite de courtoisie, Claremont.

— Certaines choses ne peuvent attendre, Lord Yardley.

Derrière son époux, la mère de Bella affichait un

sourire rayonnant. La vicomtesse serait la moins difficile à convaincre des deux.

— Prenons place, suggéra Bella d'une voix nerveuse.

— Vous avez l'intention de vous marier, c'est cela ?

Lord Yardley les dévisagea tous les deux avec attention.

— Oui, répondit Rhys d'un ton détaché.

— C'est ce que nous souhaitons, ajouta Bella à voix basse.

Rhys fut soulagé de voir qu'elle ne se dérobait pas et sa détermination le rassura légèrement sur le bien-fondé de leur démarche.

Restait à convaincre Lord Yardley, qui scrutait sa fille en plissant les yeux derrière ses verres.

— Tout ceci est très soudain, Bella.

— Vraiment ?

— Oui, et très opportun, si j'ose dire.

Il les observa l'un après l'autre par-dessus la monture en laiton de ses lunettes.

— Je dirais plutôt inattendu, nuança Bella d'un ton qui se voulait rassurant. Rhys et moi sommes amis depuis très longtemps. Cette décision est nouvelle et inopinée, je vous l'accorde.

— Ah oui ? fit le vicomte d'une voix sceptique, les sourcils froncés.

Il prit place dans un fauteuil. Rhys s'assit à côté de lui et lui adressa un sourire.

— Je vous connais bien, Claremont. Ou du moins, c'était le cas autrefois. Je vous ai vus grandir, tous les deux, crapahutant dans la campagne et vous attirant toutes sortes d'ennuis.

Il se caressa la barbe, comme pour peser les mots qui allaient suivre.

— Mais vous vous chamailliez beaucoup.

— Nous débattions, corrigea Bella.

— Et elle gagnait la plupart du temps, admit Rhys.

— Parce que j'avais généralement raison.

— Ou que je vous laissais me vaincre.

Lord Yardley hocha la tête d'un air approbateur.

— Sage principe, Claremont. Conservez-le.

Il adressa un sourire à son épouse qui était restée étrangement silencieuse depuis le début de cette conversation.

— Pensez-vous pouvoir trouver le bonheur ensemble ? demanda Lady Yardley comme s'il existait une réponse simple à cette question.

Soudain, Rhys fut soulagé de savoir que ces fiançailles n'étaient pas réelles. Il ne pourrait jamais rendre Bella heureuse et n'était même pas certain d'être en capacité de réussir cet exploit avec une autre femme, du moins au-delà de quelques nuits de plaisir.

— Rhys est en mesure de faire de moi une épouse comblée, déclara Bella.

Rhys n'en crut pas ses oreilles. Un rapide coup d'œil à Bella, qui l'encouragea d'un hochement de tête entendu, lui rappela que tout ceci faisait partie de leur ruse. Quelles que soient les inquiétudes de Lord et Lady Yardley, il fallait les rassurer.

— Et je ferai de cet objectif ma mission principale, renchérit-il.

Bella haussa les sourcils, visiblement surprise. En faisait-il trop ? Mais quand la mère de Bella applaudit des deux mains, tout sourire, sa fille laissa échapper un soupir de soulagement et Rhys se détendit.

— Alors des rafraîchissements s'imposent, déclara Lady Yardley en se levant pour aller sonner la cloche posée sur une petite table basse dans un coin du salon. Nous avons un mariage à organiser.

— Maman…

Rhys avait envisagé cette réaction. Les parents de Bella attendaient cette nouvelle depuis si longtemps. Il n'était pas étonnant qu'ils veuillent se mettre à préparer leurs noces sur-le-champ.

— Donnez-moi juste un instant que je fasse venir une feuille et un crayon pour prendre des notes.

— Je peux m'arranger avec le pasteur Eames pour qu'il nous réserve l'église avant Noël. Il ne devrait pas faire de difficultés, surtout pour un Claremont, annonça Lord Yardley avant de se tourner vers Rhys. À moins que vous ne souhaitiez que la cérémonie ait lieu à Londres, auquel cas cela risque d'être plus compliqué.

— Nul besoin de nous presser, déclara Bella. Rhys et moi avons l'intention d'attendre.

— D'attendre ?

La mère de Bella manqua de trébucher sur le tapis.

— Mais pour quelle raison ? demanda-t-elle d'une voix aiguë.

Bella prit une grande inspiration. Rhys avait abordé ce point avec elle et ils savaient tous deux qu'il s'agissait du maillon faible de leur plan. Leur réponse à cette question serait déterminante.

— Rhys a des affaires à régler au domaine et Lady Margaret est sur le point de faire ses débuts à la cour. Nous avons déjà beaucoup de choses à organiser sans devoir y ajouter des noces ducales en même temps.

— Ce serait très inhabituel, Bella, poursuivit Lady Yardley, visiblement réticente à accepter cette décision.

Rhys s'avança sur le bord de son siège, croisa les doigts

entre ses genoux et fit appel au charme qu'il avait pris l'habitude de déployer, tout au long de sa vie, pour se sortir de situations difficiles.

— Votre enthousiasme me fait chaud au cœur, Lady Yardley.

Il se leva pour aller prendre place sur le sofa à côté de Bella et lui adressa un sourire confiant. Cette dernière le fixa un instant, incertaine, avant de l'imiter.

— Ce délai est entièrement ma faute. Je veux ce qu'il y a de mieux pour ma sœur.

— Un mariage ducal attirera tous les regards, ajouta Bella en comprenant visiblement où il voulait en venir. La dernière chose que nous souhaitons, c'est faire de l'ombre aux débuts de Lady Margaret.

— Je peux comprendre cela, murmura Lady Yardley en laissant échapper un petit soupir déçu.

Elle s'approcha du fauteuil de son mari et se mit à jouer machinalement avec le napperon posé sur le dossier.

— Un an, ce n'est pas si long, dit Rhys.

— Cela vous permettra de prendre vos marques en Grèce en attendant, poursuivit Bella.

— Oh ! mais nous ne pouvons pas partir maintenant, s'exclama la vicomtesse en jetant un regard à sa fille puis à son époux. Comment allons-nous vous assister dans vos préparatifs si nous ne sommes pas sur place ?

— Par lettres, maman. Vous aviez bien l'intention de nous rendre visite de temps en temps, non ? Nous choisirons la date en conséquence.

— Mais…

— Très chère, ils ont décidé de se marier. C'est tout ce que nous demandions à Bella, n'est-ce pas ? Des fiançailles.

Pendant un moment, Rhys se demanda si Lord Yardley ne voyait pas clair dans leur petit jeu. Il était clair qu'il voulait accepter ce poste, et il semblait tout aussi déterminé que Bella à convaincre sa femme de quitter le pays.

— Je sais que vous êtes impatient de découvrir la Grèce, dit Lady Yardley à son mari avec un petit sourire réticent. Très bien. Dans ce cas, il nous faut préparer nos bagages.

— Parfait, lança Bella en se levant. Nous vous tiendrons au courant de l'avancement des affaires à Edgecombe et de la saison de Lady Margaret.

Une domestique entra dans la pièce, un plateau à thé dans les mains, et Lady Yardley l'aida à disposer la vaisselle sur la table basse devant le sofa.

Lord Yardley se pencha vers Bella et lui prit la main.

— Votre mère est déçue, chuchota-t-il.

— La Grèce lui fera oublier sa contrariété.

— J'espère que vous savez ce que vous faites, ma fille.

Bella serra les doigts de son père.

— J'ai attendu des années avant de faire ce choix, papa. J'ai refusé cinq demandes en mariage.

Lord Yardley lui tapota l'avant-bras.

— Alors j'ose croire que vous suivez votre cœur.

— C'est le cas.

Rhys se rendit compte qu'il retenait son souffle et qu'il avait serré les poings. Cette mascarade n'avait rien à voir avec le cœur de Bella. Il ne laisserait pas les choses en être ainsi. Pas question que Bella souffre à cause de lui. Plus jamais il ne referait la même erreur.

Il avait accepté de l'aider parce qu'elle était dans le besoin et qu'il se devait de faire amende honorable après l'avoir blessée et déçue. Cet arrangement leur serait mutuellement profitable et, le temps venu, il prendrait fin. Avec un peu de chance, cette histoire serait close d'ici quelques mois.

Rhys n'avait jamais passé aucun marché sans s'assurer au préalable qu'il pourrait se désengager. Et il n'allait pas commencer aujourd'hui.

Chapitre 12

— Je dois bien pouvoir me rendre utile.

Assis dans la bergère du cabinet de son père, Rhys tapait du pied avec impatience en regardant Bella feuilleter un livre de comptes avec attention.

— Donnez-moi quelque chose à faire, l'apostropha-t-il.

Comment pouvait-elle examiner les lettres et les chiffres sur ces pages sans que ses yeux ne se mettent à voir flou ? L'immobilité aurait déjà eu raison de lui et, eût-il été à sa place, il serait probablement déjà en train de se battre en duel contre un ennemi invisible au milieu de la pièce.

Bella releva la tête et son regard s'arrêta sur le talon de sa botte qui battait furieusement le tapis.

— Vous pourriez prendre des notes à mesure que je déniche des informations dignes d'intérêt, suggéra-t-elle en désignant une feuille de papier ministre près de son coude. J'ai commencé, mais nous serions plus rapides à deux.

Tout était bon à prendre pour ne pas rester les fesses posées sur un siège à ne rien faire.

— D'accord.

Rhys se leva et tira le fauteuil à oreilles près de la

chaise de bureau. Bella lui tendit l'encrier et un crayon. Quand il eut pris place, elle le dévisagea un instant. Il ne lisait plus en elle comme dans un livre ouvert et ses beaux yeux verts pailletés d'or lui renvoyèrent une émotion indéchiffrable.

— Prêt ? demanda-t-elle en retournant son attention sur les colonnes de chiffres.

— Toujours.

Elle lui décocha un regard en biais avant de déclarer :

— Un achat considérable a été effectué en juin de l'année dernière. Une petite maison nommée « La Marée haute » en bord de mer, près de Margate. Cela vous évoque-t-il des souvenirs ?

— Rien du tout. Père ne me donnait pas de ses nouvelles.

Bella fronça les sourcils.

— Étiez-vous en froid ?

— Vous savez parfaitement ce qu'il pensait de moi.

Rhys n'eut pas besoin de se répandre en explications. Bella en avait vu et entendu suffisamment.

— Quand je me suis installé à Londres, nous avons cessé de nous parler. Toutefois, un pavillon sur la côte ne lui ressemble guère. Il n'a jamais aimé le littoral et n'était pas du genre à dépenser de l'argent dans autre chose que la mode et les frivolités.

— Il a également fait l'acquisition d'une propriété à Londres, en octobre de l'année dernière, annonça-t-elle en tournant les pages de l'épais registre. Une résidence à Gordon Square.

— Cela n'a aucun sens, fit remarquer Rhys en notant l'information sur le papier ministre. Il possédait déjà la résidence Claremont à Belgravia et une autre, héritée d'un oncle, à Grosvenor Square. Il n'avait nul besoin d'un troisième pied-à-terre à Londres.

— Peut-être les louait-il, suggéra Bella en se tapotant la lèvre inférieure du bout de l'index. Toutefois, je ne vois aucune mention de revenu locatif dans ces lignes. Regardez, voilà une autre dépense. Tout cela est très étrange.

Rhys se pencha au-dessus du livre.

— Encore une propriété ?

— Non. Un mois après l'achat du pavillon de Margate et de la résidence londonienne, il y a une série de mécomptes de presque mille livres dans le total. C'est trop évident.

— C'est donc intentionnel ?

— Je pense, oui. Les erreurs de l'intendant sont stratégiques. Le schéma est identique à chaque fois et la différence est toujours au détriment des finances du duché. Si c'était un hasard, il y aurait également des ajouts accidentels.

— On dirait presque que vous admirez son audace, lâcha Rhys, agacé.

— Je ne m'émerveillerai jamais devant les agissements d'un voleur. Il n'est pas si intelligent que cela. Un seul coup d'œil à ces livres suffit à se rendre compte de ses méfaits.

Rhys n'estima pas nécessaire de mentionner qu'il les avait examinés un par un et que les fautes que Bella avait mentionnées étaient passées inaperçues à ses yeux.

— Il semblerait qu'il manque un volume, reprit-elle.

Elle feuilleta celui qu'elle tenait à la main pour lui montrer la première page.

— Ceux qui se trouvent là, dans le coin, correspondent

aux six premiers mois de cette année. Celui-ci est le dernier trimestre de l'année dernière. Où sont juillet, août et septembre ?

— Aucune idée, répondit-il avec la désagréable sensation d'être un parfait idiot.

— Où avez-vous obtenu ceux-ci ?

Rhys désigna la bibliothèque derrière elle.

— J'ai regardé, il n'y en a pas d'autres, dit-il. Ils sont facilement reconnaissables avec leur reliure en cuir.

Bella parcourut les ouvrages des yeux avec attention, puis se leva et s'approcha du mur à rayonnages.

— J'ai déjà cherché, Bella.

— En êtes-vous certain ?

— Oui, répondit-il, irrité.

— Alors c'est quoi, ça ?

Elle se tourna vers lui, un sourire triomphant sur le visage.

Rhys suivit des yeux l'index qu'elle pointait en direction de la troisième étagère et aperçut, tout en haut, dans un coin sombre, plusieurs volumes à la couverture noire. L'un d'entre eux était plus grand et plus épais que les autres.

Avant même qu'il ait pu admettre qu'elle avait peut-être raison, Bella se dirigea vers l'échelle coulissante.

— C'est trop haut pour vous, dit-il en s'approchant.

— Je devrais m'en sortir, répondit-elle, le pied déjà posé sur le premier barreau.

Dieu qu'elle était têtue, déterminée à faire ce qui lui plaisait même quand elle risquait de se briser le cou.

Ses jupes s'emmêlèrent autour de ses chevilles et elle chancela en tentant de les secouer. Instinctivement, Rhys s'empara du cadre en bois tout en plaçant une main sur les mollets de Bella pour l'empêcher de tomber.

Elle poussa une petite exclamation choquée et lui décocha un regard courroucé du haut de son perchoir.

— « Geste tactile nécessaire », argua-t-il.

— Je suis stable, maintenant. Merci.

Rhys retira sa main des jambes de Bella et tira sur le tissu de sa robe pour l'aider à libérer ses chevilles.

— Très bien, mais je ne lâcherai pas l'échelle, Bella. Soyez prudente.

Elle ne l'écoutait déjà plus. Se tenant d'une main à un barreau de l'échelle, elle tendit le bras aussi loin que possible, effleura la tranche du gros livre sombre et parvint à le crocheter de son pouce pour le faire sortir du rang.

— Je l'ai, s'exclama-t-elle.

Ce n'était pas vrai. Le volume avait bougé de quelques centimètres mais restait bien calé entre ses voisins. Bella soupira et baissa les yeux vers lui. Il s'attendait à ce qu'elle descende pour le laisser prendre le relais, ce qui aurait été logique. Il était plus grand qu'elle et ses bras nettement plus longs ; il n'aurait aucun mal à atteindre le livre.

— Tenez bien l'échelle, ordonna-t-elle en se mordillant la lèvre inférieure.

Rhys ne put s'empêcher de s'attarder sur l'endroit où ses dents s'enfonçaient dans la chair molle et pulpeuse de sa bouche et il fut pris d'un impérieux désir de l'embrasser à cet endroit.

— D'accord.

Serrant les doigts autour du cadre en bois, à quelques centimètres à peine de l'ourlet de sa robe, il résista à l'envie de glisser une main sous sa jupe pour caresser ses bas, voire descendre ces derniers pour toucher sa peau. Le bref contact de ses mollets semblait avoir déclenché en lui un instinct charnel inattendu.

Ce n'était pas comme s'il n'avait jamais vu ses jambes. Ils avaient nagé des dizaines de fois dans l'étang près du moulin. Mais ils n'étaient plus des enfants désormais et les réactions qu'elle déclenchait en lui étaient précisément le genre de pensées qu'il ne pouvait se permettre d'entretenir. Elle méritait un homme bien mieux que lui.

— Prêt ? demanda-t-elle d'une voix dans laquelle il décela une pointe d'inquiétude.

Son instinct protecteur prit le dessus, chassant d'un seul coup ses idées lubriques.

— Je ne vous laisserai pas tomber.

Bella se figea un instant, comme pour évaluer la véracité de cette promesse, puis se pencha vers le livre, étirant le bras au maximum avec un petit grognement d'effort.

— Je l'ai, s'écria-t-elle, triomphante.

Cette fois, le volume quitta l'étagère. Elle le serra fermement contre sa poitrine et se mit à descendre l'échelle, mais sa bottine se posa sur l'ourlet de sa robe et elle vacilla.

— Attention.

Elle tenta de pivoter pour libérer son pied, mais se pencha en avant et perdit l'équilibre. Lâchant le livre qui s'écrasa au sol, elle tomba droit sur Rhys, les yeux écarquillés, et il ouvrit grand les bras pour amortir sa chute.

Chancelant sous son poids, il atterrit sur le dos, le corps de Bella allongé au-dessus du sien. Elle s'empressa de se redresser à califourchon, les mains appuyées sur son torse. Quand elle se tortilla au-dessus de son entrejambe pour se repositionner, il la saisit instinctivement par les hanches.

Bella s'immobilisa, le souffle court, les yeux rivés sur lui, encore tremblante sous l'effet du choc.

— Est-ce que ça va ? demanda-t-il avec douceur.

Plutôt que de répondre, elle serra le tissu de sa chemise entre ses doigts.

— Êtes-vous blessée ?

Il tourna la tête pour tenter d'apercevoir ses pieds. Peut-être s'était-elle foulé la cheville ?

Mais Bella approcha une main de son visage et lui tourna le menton pour l'obliger à la regarder en face. Elle le fixa intensément et il reconnut dans ses pupilles les émotions qui bouillonnaient en lui ces derniers jours. L'avidité. Le désir.

— Je ne suis plus la fillette d'autrefois, murmura-t-elle.

Le moment semblait étrange pour lui annoncer un fait dont il avait conscience chaque fois qu'il se trouvait en sa compagnie, mais Rhys acquiesça d'un hochement de tête sans mot dire.

Bella ne bougea pas. Elle resta là, à califourchon sur sa taille, une main serrant sa chemise, l'autre appuyée sur son torse.

— Qu'y a-t-il ?

Si elle conservait cette position, elle se rendrait rapidement compte de la direction qu'avaient prise ses pensées. Son imagination lui jouait-elle des tours ? L'envie qu'il avait aperçue dans ses yeux était-elle réelle ? Non pas que la situation le dérangeât le moins du monde – il était prêt à rester collé à elle toute la journée – mais il savait au plissement de son front entre ses sourcils qu'elle avait quelque chose en tête.

— Parlez-moi, Bella.

Bella ne parla pas ; elle réagit. Elle posa un index sur

ses lèvres pour le faire taire et ce simple geste déclencha en lui une vague de chaleur.

Elle était si douce, si tendre au-dessus de lui. Et elle le désirait. Cela ne faisait plus aucun doute, désormais. Son regard expressif ne lui cachait plus rien. Il s'était promis de ne rien tenter avec elle, mais Dieu qu'il en avait envie ! Combien de fois il avait souhaité qu'elle le regarde avec des yeux affamés ? Beaucoup plus qu'il ne souhaitait l'admettre.

Il resserra les doigts sur les hanches de Bella, mais était-ce pour la garder près de lui ou pour la tenir à distance ? C'était Bella qui se trouvait devant lui : une femme brillante, douce et respectable. Elle méritait tellement mieux qu'un homme qui avait passé les cinq dernières années à se complaire dans les plaisirs en tous genres.

Elle se redressa soudain, comme si son esprit venait de revenir à la raison, et Rhys ressentit un curieux mélange de frustration et de soulagement.

Il s'attendait à ce qu'elle se relève mais, au lieu de cela, elle se pencha de nouveau au-dessus de lui, faisant glisser les mains sur son torse pour venir en placer une sur le tapis à côté de sa joue.

Puis, à sa grande surprise, elle baissa lentement la tête et vint poser ses lèvres chaudes sur les siennes. Ce n'était pas vraiment un baiser, plutôt une expérimentation, un effleurement, qu'elle interrompit bien trop rapidement à son goût, avant d'examiner sa bouche avec attention en y faisant courir son pouce, comme si elle renfermait un mystère à résoudre.

Rhys retint son souffle, n'osant pas bouger malgré tout le désir qu'il éprouvait de le faire. Bella l'explorait, le testait, et il aurait souhaité que cela ne finît jamais. Mais il en voulait tellement plus. Comme il aurait été facile de la faire basculer sur le dos, de lui ôter ses bas et d'embrasser chaque centimètre de sa peau nue.

Des images, toutes plus indécentes les unes que les autres, se bousculaient dans son esprit. Sa maîtrise de soi avait toujours été minime, mais elle venait de s'évaporer entièrement.

Il descendit une main sur la cuisse de Bella, et la délicieuse et tendre intimité qui s'était installée entre eux vola en éclats.

Bella se redressa, les mains posées sur son torse, prête à se relever, mais il lui saisit le poignet.

— Restez, dit-il, inquiet à l'idée qu'elle retourne se cacher derrière les règles et les convenances.

— Nous ferions mieux de retourner à ces comptes.

Elle se leva en époussetant ses jupes. Rhys se redressa sur les coudes. L'atmosphère de la pièce avait changé, nota-t-il. Un nuage tempétueux flottait désormais au-dessus de leurs têtes.

— Bella…

— J'ai été impulsive.

Elle glissa la marguerite dans son corsage et entreprit de rattacher les quelques mèches de cheveux qui s'étaient échappées de son chignon.

— J'aime quand vous l'êtes.

— Je ne suis pas sûre de partager cet avis.

Avant qu'il ait pu répondre, trois petits coups retentirent à la porte et il se remit sur ses pieds en grommelant.

— Entrez.

Un valet de pied se tenait sur le seuil.

— Votre Grâce, un visiteur affirme devoir s'entretenir avec vous de toute urgence.

— A-t-il mentionné la raison de sa venue ?

Depuis son retour dans l'Essex, nombreux étaient les villageois qui s'étaient présentés à sa porte, presque quotidiennement, mais hormis les quelques-uns que Meg souhaitait recevoir autour d'une tasse de thé accompagnée de biscuits, Rhys avait l'intention de tous les renvoyer d'où ils venaient aussi longtemps qu'il le pourrait.

— Il a parlé de Mr Radley.

— Faites-le entrer.

Rhys lança un regard en direction de Bella. Elle avait terminé d'arranger sa coiffure et pris place derrière le bureau, prête à reprendre leur tâche comme s'il ne s'était rien passé.

— L'intendant, lui expliqua-t-il face à son air interrogateur. Celui qui m'a fait faux bond, il y a quelques jours. J'ai tenté, en vain, d'en découvrir un peu plus sur cet homme et ses actions. J'ose espérer que ce mystérieux visiteur aura des réponses à m'apporter.

Bella semblait beaucoup plus calme qu'il ne l'était intérieurement. Le goût de ses lèvres n'avait pas quitté sa bouche et son parfum floral flottait encore sur ses vêtements.

Un homme frappa un coup à la porte ouverte du bureau et pénétra dans la pièce comme s'il était un vieil ami de la famille. Petit et trapu, d'âge moyen, il les dévisagea l'un après l'autre de ses yeux sombres.

— J'imagine que vous êtes le duc de Claremont, dit-il en examinant Rhys de la tête aux pieds.

— Vous supposez bien.

L'inconnu lança un coup d'œil en direction de Bella.

— Puis-je m'entretenir avec vous en privé, Votre Grâce ?

Rhys grinça des dents face au ton impérieux du visiteur. Il n'avait aucunement l'intention de demander à Bella de sortir. Il n'avait pas besoin de la regarder pour savoir qu'elle mourait d'envie de découvrir ce que cet homme avait à lui annoncer, mais risqua néanmoins un coup d'œil par-dessus son épaule. Ses lèvres et ses joues étaient encore roses d'émotion.

— Miss Prescott est ma promise. Je n'ai rien à lui cacher. Pourquoi ne pas commencer par nous dire votre nom ?

— Macadams, Votre Grâce, des services de police de Scotland Yard.

Il inclina légèrement la tête en guise de salut et eut la bienséance d'en faire de même en direction de Bella. Puis, sans attendre, il sortit un petit carnet et un crayon de bois de la poche de son manteau et en vint aux faits.

— Vous employez un homme du nom de Radley, n'est-ce pas ?

— L'avez-vous retrouvé ? s'écria Rhys.

L'idée que Macadams ait déniché l'intendant et que ce dernier soit en train de croupir dans une cellule à Londres n'était pas pour lui déplaire.

Les épaules de Macadams s'affaissèrent.

— J'en conclus que vous ignorez également où il se trouve, dit le policier.

Et mince ! Rhys refoula un grognement déçu.

— En effet, mais je dois lui parler. Si vous parvenez à mettre la main sur lui, je vous en serais reconnaissant.

Rhys jeta un coup d'œil à Bella. Malgré la curiosité

qui se lisait sur son visage, elle paraissait tout aussi désappointée que lui.

— À première vue, il semblerait que cet homme ait allégé les coffres du domaine de plusieurs milliers de livres, annonça-t-elle à l'inspecteur. Avez-vous des indices, si minimes soient-ils, nous permettant de retrouver sa trace ?

Macadams fronça les sourcils.

— Je sais qu'il ne s'appelle pas Radley, milady. Son dernier pseudonyme était Hayes, dit-il en consultant son carnet. Et son véritable nom est Roger Ellsworth. Il a officié en tant qu'employé de banque à Londres, puis comme majordome à Bristol pendant un temps. Dans les deux cas, des irrégularités ont été remarquées dans les comptes.

— Génial, lança Rhys en se pinçant l'arête du nez.

Au fond de lui, il avait espéré que les anomalies dans ses finances n'étaient rien de plus que des erreurs, des paiements accidentellement versés en sus qui pourraient être récupérés auprès des vendeurs concernés, ou une situation que l'embauche d'un intendant plus compétent pourrait aisément redresser. À présent, les chances qu'il récupère ce que Radley – ou Hayes ou Ellsworth, quel que soit son nom – avait volé étaient bien minces.

— Nous le retrouverons, Votre Grâce. Il ne pourra pas toujours avoir un temps d'avance sur nous.

— C'est néanmoins le cas, actuellement, nota Bella. Et pas qu'un peu, si vous me permettez. Savez-vous vers où diriger vos recherches désormais ?

L'inspecteur ne put dissimuler sa stupéfaction. Visiblement, il n'avait pas l'habitude de s'adresser à une femme dans le cadre de ses enquêtes ni que cette dernière le questionne sans merci.

— Nous avons des raisons de croire qu'il pourrait se trouver dans le Buckinghamshire, mademoiselle, car il y a de la famille. C'est donc là que nous allons nous rendre.

Bella secoua la tête.

— Il me semble peu probable qu'il se réfugie dans sa famille, surtout s'il est au courant que vous avez découvert sa véritable identité.

— Nous nous dirigerons là où nos recherches nous conduiront, Miss Prescott, répondit Macadams en fronçant ses sourcils broussailleux, visiblement offensé par sa remarque.

— Je ne doute pas que vous y mettrez tous les moyens nécessaires, inspecteur, interjeta Rhys pour lui signifier la fin de leur conversation. Je serais enchanté de pouvoir récupérer les sommes qu'il a dérobées.

— Bien sûr, Votre Grâce. Et s'il devait réapparaître chez vous, merci de nous en informer sans délai.

L'homme quitta la pièce aussi rapidement qu'il y était entré. Sentant le regard de Bella dans son dos, Rhys se retourna pour lui faire face.

— Avec un détective aussi nonchalant que Macadams à ses trousses, Radley ne sera jamais appréhendé, maugréa-t-elle.

— Vous êtes un peu dure avec lui, ne trouvez-vous pas ? la taquina Rhys d'un ton joueur.

Il avait foi dans le jugement de Bella presque autant qu'il faisait confiance à son propre instinct. Elle avait toujours été très perspicace, sauf peut-être quand elle avait décidé de se lier d'amitié avec lui.

— Non. Pensez-vous vraiment qu'un homme

avec plusieurs milliers de livres à sa disposition et une tendance à contourner la loi retournerait à l'endroit où on le connaît le mieux ?

Elle croisa les bras sur sa poitrine en fixant la porte.

— Si seulement les gens réfléchissaient logiquement.

Rhys prit sur lui pour ne pas sourire. Il savait que le temps n'était pas aux plaisanteries. Si l'ombre d'une opportunité lui avait été donnée, Bella aurait déjà envoyé Radley sous les verrous.

— Vous avez raison. Macadams ne trouvera pas Radley dans le Buckinghamshire, conclut Rhys en tentant se concentrer sur l'état de ses finances plutôt que sur le souvenir des lèvres de Bella sur les siennes.

— J'ai accepté de m'entretenir avec Meg. Je ferais mieux de descendre la trouver.

— Bella…

— Je sais ce que vous allez dire, le coupa-t-elle en se levant. J'ai été impulsive et j'ai conscience d'avoir enfreint l'une de nos règles.

— Tout comme moi.

Elle jeta un regard en direction de l'échelle coulissante contre l'étagère.

— Votre geste était nécessaire. Nous sommes d'accord sur ce point.

Rhys n'estima pas judicieux de lui faire part de son désir de renouveler l'expérience mais, quand elle passa devant lui pour se diriger vers la sortie, il ne put s'empêcher d'enrouler délicatement les doigts autour de son poignet pour l'arrêter.

— Que feriez-vous s'il ne tenait qu'à vous de retrouver Radley ?

— J'inspecterais les propriétés qu'il a acquises au

nom de votre père. Si je voulais disparaître, j'opterais probablement pour le bord de mer ou une maison en ville où je passerais inaperçue parmi la foule. En aucun cas je ne me rendrais à la campagne pour y retrouver ma famille.

— Alors allons y jeter un coup d'œil.

Qui plus est, il avait promis à Meg de l'emmener à Londres.

— Tous les deux ? Ma mère insistera pour qu'un chaperon nous accompagne.

L'intérêt qu'il décela dans la voix de Bella lui plut, même s'il n'était pas certain qu'il s'agisse de l'impatience d'entreprendre ce voyage en tête à tête avec lui. N'était-ce pas plutôt l'excitation de se mettre à la recherche de Radley ?

— Nous sommes fiancés, Bella. Ne devrions-nous pas nous afficher en public ? Meg nous accompagnera. Elle a des achats à faire à Londres en vue de sa saison. Elle souhaitera certainement la présence de sa conseillère.

Son enthousiasme s'entendait à sa voix, mais il ne pouvait dissimuler son désir de se lancer dans cette aventure avec Bella. Il ressemblait à s'y méprendre à ces inventeurs désireux d'obtenir le soutien financier de l'Antre du duc pour leur dernière création.

L'expression de Bella se fit pensive et il retint son souffle dans l'attente de sa réponse. Son hésitation était palpable. Quelque chose la perturbait.

— Pouvons-nous attendre samedi ? finit-elle par demander.

— Pourquoi ?

— Nous aurons l'occasion de nous montrer en public, ce vendredi.

Elle joua nerveusement avec la chaîne de son collier en pinçant les lèvres, visiblement réticente à en dire plus.

— Laquelle ?

— Maman a prévu un petit quelque chose pour annoncer nos fiançailles devant les familles du comté. Trois fois rien. Cela ne devrait pas prendre très longtemps.

— C'est-à-dire ?

La mention de Lady Yardley le rendit nerveux. Il s'était attendu à ce que les parents de Bella publient la nouvelle dans le *Times*, mais c'était sans compter le goût de la vicomtesse pour les annonces en grande pompe devant la haute société.

Bella fronça les sourcils, visiblement peu encline à participer à ce qui avait été organisé.

— Une réception champêtre, dans le jardin de Hillcrest.

— Pouvons-nous y échapper ?

— Non. Nous savions qu'arriverait un moment où nous devrions feindre ces fiançailles aux yeux de tous. Ne vous inquiétez pas. Tout se passera bien.

Elle semblait tellement convaincue que Rhys se détendit.

— Nous devrions réussir à nous montrer convaincants pendant quelques heures, ajouta-t-elle.

Convaincre le beau monde qu'il désirait Bella ? Aucun problème.

Se retenir de la toucher ? À la limite de l'impossible.

Chapitre 13

— Au moins, vous n'avez pas de discours à prononcer, dit Louisa.

Debout devant la fenêtre, sa cousine observait les domestiques qui s'affairaient dans le jardin. Elle adorait les festivités presque autant que Rhys et son excitation était palpable.

— Vous m'en voyez soulagée.

Assise derrière le bureau de son salon privé, Bella était en réalité tout sauf soulagée. Elle avait passé une bonne partie de la matinée à se demander comment se dérober à toute cette mascarade.

Non seulement à la fête, mais aussi à ces fiançailles.

Pour la première fois, elle était persuadée d'avoir fait une grosse erreur en concevant cette stratégie. Depuis que Rhys avait pénétré dans la salle de billard à l'improviste, elle ne réfléchissait plus correctement. Plutôt que de l'éviter, comme elle aurait dû le faire, elle se retrouvait obligée de passer la majorité de son temps en sa compagnie jusqu'à nouvel ordre.

Comment contrecarrer ce plan déjà en marche ? Rhys serait certainement heureux de mettre fin à leur subterfuge, mais ses parents seraient déçus et embarrassés, une fois de plus.

— Il semble très à l'aise avec votre proposition.

Bella n'eut pas besoin de demander à sa cousine à qui elle faisait référence. Rhys s'était peut-être montré réticent à l'idée de cette célébration mais, s'il y avait bien un homme capable de feindre une sérénité absolue, c'était Rhys Forester.

— Je crois qu'il apprécie les fêtes autant que j'aime créer des casse-tête.

Bella leva les yeux vers le mur rempli de feuilles où ses énigmes et mystères l'attendaient avec impatience. C'était sur son livre qu'elle aurait dû être en train de plancher.

— Vous vous connaissez bien. Vous ne devriez pas avoir trop de mal à convaincre ces gens que vos fiançailles sont sincères.

Louisa s'éloigna de la fenêtre et prit place sur la chaise en face du bureau.

Bella avait confié son stratagème à sa cousine, qui avait été plus qu'heureuse d'être mise dans la confidence.

— J'en suis certaine.

Ce n'était pas la réception qui rendait Bella nerveuse. Elle avait aidé sa mère avec les préparatifs, savait ce qui était prévu au programme et avait répété ce qu'elle répondrait aux personnes qui l'interrogeraient sur sa décision.

Ce qu'elle n'avait pas anticipé, en revanche, c'était de se retrouver à califourchon sur Rhys au milieu de son cabinet de travail et d'être incapable de résister à l'envie de l'embrasser. L'expérience s'était révélée enivrante : le corps dur et chaud de Rhys sous le sien, la sensation d'être aux commandes, pour une fois, de contrôler la situation. Et Rhys s'était laissé faire.

Depuis aussi longtemps qu'elle le connaissait, il avait toujours été un catalyseur de tentations : celles de faire des bêtises, de s'amuser, de s'affranchir des règles de la société qu'elle s'efforçait pourtant de respecter.

Elle ne pouvait nier l'attrait qui existait entre eux, mais il fallait absolument qu'elle restreigne ses impulsions.

— Les invités devraient arriver d'une seconde à l'autre, nous ferions mieux de descendre pour qu'ils vous aperçoivent en compagnie du duc, suggéra Louisa.

— Vous avez raison. Il y a peut-être des tâches de dernière minute pour lesquelles on aura besoin de notre aide.

Elle avait grand besoin d'une distraction pour chasser ses inquiétudes.

— Tante Gwendoline a dit que vous n'aviez pas le droit de lui prêter main-forte, lui rappela Louisa avec un petit sourire. Elle prend son rôle très à cœur.

— Je sais.

Sa mère s'était plongée dans ces préparatifs avec un véritable enthousiasme. Cela faisait des années qu'elle espérait que sa fille se marie.

— Ce sera amusant.

— Du moment que c'est un succès, je n'ai pas besoin que ce soit divertissant, commenta Bella. Après cela, il ne me restera plus qu'à convaincre papa et maman de partir sans tarder pour la Grèce.

— Tante Gwendoline a déjà parlé de faire ses bagages et je sais à quel point votre père est impatient de voir les ruines grecques. Je doute que cette étape soit difficile.

Bella acquiesça d'un hochement de tête. La mine

joyeuse de sa cousine l'aidait à effacer quelque peu ses doutes et ses soucis, mais son esprit têtu s'acharnait à les lui rappeler.

— Espérons que cet événement ne finisse pas en catastrophe, dit-elle d'une voix tremblante.

Elle eut une pensée pour Rhys et sa confiance légendaire. Si seulement il pouvait lui prêter un peu de cette bravade imperturbable qu'il affichait en toutes circonstances.

Louisa la dévisagea avec curiosité, les sourcils froncés.

— Je vous ai rarement connue aussi pessimiste au sujet d'un de vos propres plans.

— Oui… mais, jusqu'à présent, aucun d'entre eux n'impliquait le duc de Claremont.

Rhys sortit sa montre à gousset de sa poche. Quinze minutes seulement s'étaient écoulées depuis la dernière fois qu'il avait regardé l'heure. Personne ne l'avait prévenu qu'une fête de fiançailles consistait à accepter des félicitations de parfaits inconnus sans passer la moindre minute en compagnie de l'heureuse élue. Bella et lui s'étaient tenus l'un à côté de l'autre quand Lord Yardley avait annoncé leurs épousailles. Quelques murmures de félicitations leur étaient parvenus aux oreilles et ils avaient adressé des sourires à la foule, avant d'être séparés peu après.

Cette annonce n'avait pas semblé surprendre beaucoup d'invités. La plupart d'entre eux, tous des habitants du comté issus de familles respectables, n'avaient même pas haussé un sourcil. Visiblement, ils étaient déjà au courant. Les nouvelles se répandaient comme une traînée de poudre dans un village aussi petit et c'était probablement le premier ouï-dire en lien avec la famille Claremont depuis une décennie à ne pas être entaché de scandale.

— Je ne vous trouve pas très souriant.

Meg s'était approchée du recoin qu'il avait déniché en périphérie de la célébration. Elle rayonnait de bonheur et lui tendit une coupe de cristal remplie de cocktail fruité.

— Vous semblez nerveux. J'ai pensé qu'un rafraîchissement pourrait vous être utile.

— À moins que vous n'ayez ajouté une rasade de whisky dans ce verre, je suis au regret de le refuser, répondit Rhys en sentant son estomac se retourner.

Il avait eu son compte de cette concoction sucrée pour la journée.

— Pourquoi restez-vous à l'écart ? demanda-t-elle en perdant son sourire. Vous êtes plutôt friand de festivités, d'ordinaire. Quelque chose ne va pas ?

— À vrai dire, j'espérais pouvoir passer un moment en compagnie de Bella.

Tous deux se tournèrent vers la foule dans l'espoir d'y apercevoir la jeune femme. Rhys la repéra au milieu d'un petit attroupement de dames qui la retenaient depuis près d'une demi-heure. Elles bavardaient joyeusement et quelques rires fusèrent.

— Les invitées sont curieuses, dit Meg. Elles veulent savoir où Bella va se procurer sa robe, quand aura lieu la cérémonie et dans quelle église. Bella dit que ces décisions n'ont pas encore été prises. Je comprends que vous souhaitiez attendre. Préparer un mariage ne se fait pas en un jour.

— Tout comme une saison, répondit-il en adressant un clin d'œil à sa sœur.

Meg ouvrit la bouche de surprise.

— Seigneur, ne me dites pas que je suis la raison pour laquelle vous avez décidé de décaler la date de votre mariage à l'année prochaine !

— Ce n'est pas le cas, mais vous conviendrez qu'il est préférable que Bella soit suffisamment disponible pour vous aider à organiser vos débuts.

— C'est déjà fait, déclara Meg en se tournant vers lui. Nous avons dressé la liste des achats nécessaires et des tâches à accomplir. Bella sait dans quelles échoppes nous allons trouver tout ce dont j'ai besoin.

— Alors il est temps de nous rendre à Londres. Que diriez-vous de partir dès demain ? Nous pourrions loger quelques jours dans notre résidence en ville.

Rhys s'attendait à voir un sourire se dessiner sur le visage de Meg, mais elle lança un regard inquiet en direction de Bella.

— Cela me semble un peu tôt.

— Pourquoi ?

— Je dois en discuter avec Bella. Elle a contacté un chapelier et une modiste à Knightsbridge, mais nous ignorons encore s'ils seront en mesure de nous recevoir pour les essayages.

— Très bien, nous lui demanderons ce qu'elle en pense.

Rhys dirigea lui aussi son regard vers Bella et vit qu'elle affichait un sourire crispé.

— En attendant, je vais la sauver des griffes de ces dames, annonça Meg comme si elle avait lu dans les pensées de Rhys.

— Laissez-moi m'en charger. Après tout, c'est mon rôle en tant que fiancé.

Meg eut un petit rire.

— C'est vrai mais, dans le cas présent, je crois que j'aurai plus de succès que vous. Je vous propose de distraire les invitées pour que vous puissiez profiter d'un moment en tête à tête avec elle.

— Entendu.

Rhys jeta un coup d'œil aux grandes haies de buis derrière lui et son estomac se serra au souvenir de ce qui s'y était déroulé cinq ans plus tôt.

— Dites-lui que je l'attends devant le temple.

Lord Yardley avait laissé parler son amour pour l'architecture hellénique en faisant construire sur sa propriété une réplique d'un sanctuaire grec qui avait souvent servi de terrain de jeux à Bella et Rhys dans leur enfance.

Meg hocha la tête et se dirigea vers le cercle féminin pendant que Rhys s'éloignait en direction du petit édifice. Il n'avait pas fait la moitié du chemin que Bella l'appelait.

Il se retourna et la découvrit à quelques mètres de lui, les joues rouges, sa robe jaune pâle parsemée de brins d'herbe. Elle ressemblait tellement à la fillette avec laquelle il gambadait autrefois pieds nus dans les champs qu'il sourit malgré lui.

— Avez-vous couru ?

— Mère n'approuverait jamais un tel comportement.

Elle lança un regard par-dessus son épaule à la véranda près de laquelle Lady Yardley discutait avec des invités.

— Mais j'avoue que je me suis élancée à votre poursuite dès que j'ai été certaine de ne plus me trouver dans son champ de vision.

Elle s'était exprimée d'une voix amusée et, soudain, Rhys se sentit plus léger.

— La fête semble bien se dérouler.

Il n'y avait pas participé autant qu'il l'aurait dû, mais Bella s'était entretenue avec la quasi-totalité des personnes présentes.

— À merveille. J'ai rarement vu maman aussi heureuse. Papa s'est retiré dans son bureau peu après le début des réjouissances, mais je pense qu'il est satisfait, lui aussi.

Elle fit un pas vers lui.

— Pourquoi avez-vous battu en retraite ?

— Je n'ai rien fait de la sorte, protesta Rhys. Je me suis montré aimable et avenant, la conversation est devenue moins animée et je me suis simplement éloigné. Je ne crois pas avoir donné à quiconque une raison de suspecter que…

— Que nous mentons à toutes nos connaissances ?

Rhys serra les dents. La culpabilité le rongeait. Il ne voulait pas l'admettre devant Bella mais, s'il s'était retiré, c'était pour éviter les murmures et les regards méprisants dirigés à son encontre. Il s'y attendait et, au vu de ses antécédents, il les méritait. En temps normal, il n'y prêtait guère attention, mais désormais il était le fiancé de Bella.

— Vos intentions sont louables, la rassura-t-il. Vous avez monté ce subterfuge par amour pour vos parents.

— Je sais.

Les inquiétudes de Bella étaient compréhensibles. Lui non plus n'aimait pas la duperie et il s'inquiétait des conséquences que ce plan pourrait avoir sur la réputation de Bella. Mais, par-dessus tout, il détestait la voir ainsi tourmentée.

— Allons voir le temple, suggéra-t-il en marchant à reculons, le regard fixé sur Bella pour l'inviter à le suivre.

Il était prêt à tout pour lui faire oublier ses doutes et son malaise.

— Je n'y ai pas mis les pieds depuis des années, ajouta-t-il.

Mais Bella ne bougea pas de l'endroit où elle se tenait, à l'entrée du sentier bordé de haies.

— Si c'est une discussion que vous souhaitez, nous pourrions trouver un endroit où nous asseoir, proposa-t-elle avec une étincelle de défi dans le regard.

Rhys ravala son sentiment de culpabilité. Bella semblait déterminée à revivre ce qu'il s'était passé ce jour-là, cinq ans plus tôt, au moins autant que lui désirait l'éviter.

— Comme vous voudrez.

Il la dépassa en direction des allées de buis, tourna à gauche, aperçut le banc sur lequel elle l'avait surpris en bonne compagnie et pivota pour lui faire face.

Rhys n'avait rien d'un homme respectable. Il pariait imprudemment, dépensait toute son énergie dans des soirées sans fin et avait cherché et trouvé le plaisir bien plus de fois qu'un homme ne le devrait. Avec le recul, il n'y avait pas grand-chose dont il puisse être fier, hormis son acquisition de l'Antre du duc. Pourtant, cet incident en particulier le hantait plus que tout ce qu'il avait pu faire d'odieux dans sa vie.

Personne ne l'avait jamais tenu en aussi haute estime que Bella et il l'avait déçue.

Quand elle apparut au coin du sentier, ce n'était plus la Bella mature et confiante qu'il avait devant lui, mais la jeune fille, douce et innocente, qui lui avait voué une confiance aveugle et l'avait placé sur un piédestal.

— C'est ici que je vous ai découvert, dit-elle calmement. Pourquoi avez-vous fait cela ?

— Pour la même raison que d'habitude.

Était-ce cela qu'elle voulait ? L'entendre confesser qu'il n'était qu'un misérable poussé par les caprices de sa libido ? Tout Londres était au courant. Il aurait pu lui fournir une douzaine de coupures de journaux parus dans les mois précédents relatant ses exploits.

— Qu'entendez-vous par là ?

Elle fronça les sourcils, visiblement désorientée, et Rhys se rendit soudain compte que tout ceci n'avait rien d'un stratagème conçu en vue de l'obliger à revivre l'humiliation de son méfait. Fidèle à elle-même, Bella voulait simplement comprendre comment il fonctionnait. S'il avait été une horloge, elle l'aurait démonté pour examiner ses rouages.

— Je crois que vous savez très bien ce que je veux dire, maugréa-t-il.

Rhys la contourna pour venir se placer devant l'entrée du petit recoin, de sorte que quiconque viendrait à passer dans l'allée ne pourrait apercevoir Bella.

Elle recula de plusieurs pas, jusqu'à ce que ses jambes touchent le banc.

— Vous parlez de désir.

— Non.

À vrai dire, il n'avait pas réellement désiré cette charmante veuve aux cheveux roux. Le désir était une émotion plus profonde n'impliquant pas uniquement le corps ou l'attirance physique. C'était l'envie d'être proche de son partenaire, d'entendre sa voix dans le creux de son oreille, de sentir son parfum.

— Je parle de l'assouvissement d'un besoin.

— Vous vouliez… coucher avec elle.

— J'ai cédé à une impulsion.

— Sans aucune considération pour le fait que votre présence à mon discours m'importait ?

— Pas la moindre. J'ai été égoïste.

Il n'estima pas nécessaire d'ajouter qu'il l'était encore, la plupart du temps. C'était un trait de sa personnalité qu'il devrait corriger, à l'avenir. L'altruisme dont Bella faisait preuve envers ses parents était un exemple qu'il avait l'intention de suivre pour rendre Meg heureuse.

— Et cruel.

— Vous ne l'avez jamais été.

Rhys pouffa légèrement.

— Voilà que vous me défendez encore. Vous savez pourtant que c'est contraire à nos règles.

— Non, l'accord que nous avons passé sous-entendait que je n'aurais pas le droit de vous défendre en présence d'autrui. Or, nous ne sommes que tous les deux.

— En effet.

Il fit un pas vers elle.

— Me referez-vous un jour confiance ?

Les mots résonnèrent à ses oreilles telle une supplique. De toutes les affaires qu'il avait conclues au cours de sa vie, de toutes les inventions dans lesquelles il avait investi, rien n'était plus précieux à ses yeux que de récupérer la complicité qui existait autrefois entre eux.

— Revenir en arrière m'est impossible mais, croyez-moi, je changerais le passé si je le pouvais, ajouta-t-il avant qu'elle n'ait pu ouvrir la bouche.

Bella réfléchit un instant.

— Les émotions peuvent s'avérer gênantes, murmura-t-elle, pourtant nous ne sommes pas toujours en mesure de les contrôler.

Ce n'était pas à proprement parler une réponse à sa

question, mais Rhys sentit que Bella faisait référence à bien plus que l'erreur qu'il avait commise cinq ans plus tôt.

— Comme hier, par exemple ?

— Oui, confessa-t-elle dans un souffle teinté d'une note de culpabilité et d'embarras.

Rhys sentit son cœur se serrer en la voyant ainsi tourmentée, mais il avait besoin de savoir pourquoi elle avait agi ainsi.

— Était-ce seulement une impulsion ? Ou davantage ? demanda-t-elle.

— Davantage ?

Il fit un pas en avant et se retint de céder à la tentation de la prendre dans ses bras. Ces fichues règles étaient passées par la fenêtre depuis longtemps et il s'en contrefichait.

— Une impulsion ou du désir ? reprit-il.

L'hésitation qu'il lut sur le visage de Bella lui fit regretter d'avoir insisté. La réponse qu'elle lui donnerait importait énormément à ses yeux, pourtant il n'avait aucun droit d'exiger qu'elle la lui fournisse.

— Quelle différence ? balbutia-t-elle.

— L'impulsion est une émotion simple, superficielle et fugace.

Bella baissa la tête et prit une grande inspiration.

— Et le désir ?

Se penchant vers elle, Rhys sortit le pendentif de son corsage. La marguerite de métal s'était réchauffée au contact de la peau de Bella et il se surprit à envier le bijou.

Du bout de l'index, il souleva le menton de Bella. Elle releva les yeux vers lui, s'attardant un instant sur ses lèvres.

Le souvenir de leur baiser était encore frais dans son esprit. Et à la fois tellement lointain.

— Le désir, c'est ça.

Il se pencha doucement en avant pour s'emparer de sa bouche avec tendresse. Et Bella s'ouvrit à lui.

L'instant d'après, elle prenait les rênes en inclinant légèrement la tête en arrière et en pressant ses lèvres contre les siennes dans un baiser long et langoureux qui alluma un feu dans ses entrailles. Elle agrippa le revers de son veston, puis plongea les doigts sous le vêtement, et il sentit la chaleur de sa paume à travers sa chemise.

Oubliant toute retenue, il la serra un peu plus contre lui et toucha le rebord de son sein.

Elle laissa échapper un petit hoquet de surprise.

— Rhys…

Il avait toujours aimé l'entendre prononcer son nom, surtout quand elle était énervée contre lui et qu'elle s'attardait sur la dernière consonne sifflante.

— Ce que vous avez ressenti hier dans le bureau, c'était du désir, murmura-t-il.

Elle ne recula pas, une main toujours posée sur son torse, telle une invitation. Se sentant pousser des ailes, Rhys l'attira par la taille jusqu'à ce que leurs deux corps se touchent comme ils l'avaient fait la veille.

Pour la première fois, il lut de la trépidation dans le regard de Bella.

— Il ne faut pas faire cela, déclara-t-elle avec une certitude calme. C'est contraire à nos règles.

Ces paroles s'enfoncèrent en lui tel un poignard.

— Je n'ai jamais été très doué pour suivre les consignes.

— Moi si. Ce sont précisément ces dernières qui

m'ont empêchée de céder à mes impulsions chaque fois que j'en avais envie, rétorqua-t-elle d'un ton mordant.

Était-elle en colère contre lui ou contre elle-même ?

— Je vous l'ai dit, Arry. Ce n'était pas une impulsion.

— Si.

Elle secoua la tête et recula, prête à partir et à l'abandonner à côté de ce banc sur lequel il avait détruit leur amitié.

— Quoi que soit le nom que vous lui donnez, je ne peux m'autoriser à y céder.

Sur ces mots, elle tourna les talons et s'en retourna à la fête.

Pendant un bref instant, Rhys fut submergé par le même sentiment de désolation qu'il avait connu ce jour-là : la peur de ne plus jamais la revoir.

Chapitre 14

— Tout va bien se passer, dit Bella.

Elle poussa un petit soupir agacé en fouillant parmi ses vêtements à la recherche de ses gants de voyage noirs.

— Est-ce moi que vous tentez de rassurer ou vous-même ? commenta sa cousine.

Assise près de la fenêtre, Louisa sirotait un thé pendant que Bella rassemblait les quelques affaires dont elle aurait besoin pour son voyage à Londres.

— Probablement les deux.

— N'est-il pas préférable de prévenir le duc ?

— Non.

Bella ouvrit un autre tiroir et souleva une pile d'écharpes.

— Si l'issue est positive, alors je me ferai un plaisir de mettre tout le monde au courant.

Elle avait rendez-vous avec un éditeur le lendemain et bien qu'elle ait tout prévu dans les moindres détails, l'idée de fausser compagnie à Rhys sans éveiller ses soupçons la rendait nerveuse. Pourtant, quand elle en avait discuté en privé avec Lady Margaret, son plan lui avait semblé aisément réalisable.

Mais, à présent, l'inquiétude la rongeait.

Meg s'était montrée encourageante et lui avait promis

de couvrir son absence de son mieux. Elle paraissait comprendre les raisons qui la poussaient à ne pas aborder le sujet avec Rhys.

De bien des manières, ce dernier la voyait encore comme une fille obéissante dont le seul avenir possible était le mariage. En cela, il rejoignait ses parents. Mais Rhys s'était également comporté de manière protectrice par le passé, et si elle lui annonçait sa décision de rencontrer l'éditeur, il voudrait certainement lui prêter main-forte, ce qui était hors de question.

— J'aurais cru que tante Gwendoline me demanderait de me joindre à vous.

La pointe de déception dans la voix de sa cousine ne lui échappa pas. En d'autres circonstances, Bella aurait été ravie que Louisa l'accompagne à Londres, mais ce voyage promettait d'être chargé. Meg avait rendez-vous chez la modiste et le chapelier, et il fallait aussi lui trouver des chaussures et tout un tas d'accoutrements pour ses débuts à la cour.

— Vous serez bientôt de retour à Hampstead pour préparer votre saison. Maman considère probablement que Meg fera un parfait chaperon.

Malgré l'horrible réputation de Rhys, le vicomte et la vicomtesse de Yardley semblaient encore le voir comme le jeune homme qu'il était autrefois, celui qui passait une bonne partie de ses journées à jouer avec leur fille.

— Rhys et moi sommes fiancés. Cela nous donne le droit de nous afficher en public. Et puis le duc et la duchesse de Tremayne ont accepté de me loger pendant mon séjour à Londres. Je n'aurai donc pas à dormir dans la résidence Claremont.

— Certes, mais ce sera la première fois que la haute

société londonienne vous apercevra tous les deux ensemble. Les têtes vont se retourner sur votre passage.

— Tout ira bien, répéta Bella comme pour s'en persuader elle-même.

En fait, l'idée même de rester plusieurs heures dans une calèche nez à nez avec Rhys la tracassait, mais il fallait qu'elle garde son calme.

Un bruit provenant de l'extérieur attira l'attention de Louisa. Elle se pencha par la fenêtre pour jeter un coup d'œil dans la cour.

— C'est la voiture des Claremont.

Déjà ?! Bien qu'ayant l'estomac noué, Bella s'obligea à enfiler calmement ses gants de voyage noirs qu'elle avait finalement dénichés au fond du tiroir.

— Bon voyage, lui souhaita Louisa en déposant un baiser sur sa joue. Et bonne chance avec votre livre.

— Merci, très chère.

Bella sourit, récupéra son écharpe et agrippa la poignée de la valisette dans laquelle elle avait décidé de transporter son manuscrit. Serrant la mallette contre sa poitrine, elle essaya de calmer les battements de son cœur par la simple force de son esprit.

— Je peux le faire.

Louisa pouffa.

— Je n'en doute pas un seul instant.

Une fois au rez-de-chaussée, Bella fut soulagée de voir que le personnel avait chargé ses bagages. Elle avait déjà dit au revoir à ses parents. Il n'y avait plus qu'à partir.

À peine descendue du véhicule, Meg se précipita vers elle.

— Je suis tellement impatiente de partir ! s'écria-t-elle.

Avant que Bella ait pu ouvrir la bouche, la jeune

femme l'enlaça. Son enthousiasme était palpable. Et sans doute déteignit-il un peu sur elle car Bella sentit la tension dans ses épaules s'amenuiser.

Un coup d'œil par-dessus l'épaule de Meg lui apprit que Rhys mettait pied à terre à son tour.

Pour un homme de sa taille et de sa stature, il s'extirpait de la calèche avec une grâce étonnante, songea Bella. Tout occupée qu'elle était à observer comment il se mouvait, elle ne remarqua pas tout de suite que Rhys avait les yeux rivés sur elle.

Quand Meg finit par relâcher son étreinte, il s'avança pour prendre sa main.

— Que faites-vous ? murmura-t-elle, alarmée.

Bien qu'ils aient déjà enfreint cette règle à plusieurs reprises, ils étaient convenus d'éviter tout geste tactile.

— Je vous aide à porter votre bagage.

Baissant les yeux, Bella se rendit compte que Rhys tentait de s'emparer de la poignée de sa valisette. Même à travers le tissu de son gant, elle sentit la chaleur de sa large paume qui englobait la sienne.

— Que c'est lourd ! Auriez-vous pris l'habitude d'emporter vos livres partout où vous allez, à l'image de votre père ?

— Oui, mais je m'en sors à merveille, dit-elle en reculant d'un pas.

Resserrant sa prise sur la mallette, elle passa devant Rhys et grimpa dans la calèche.

Ils n'avaient même pas entamé leur voyage que son cœur battait déjà la chamade. Elle s'assit au milieu de la banquette, faisant ainsi comprendre à Rhys qu'il devait prendre place à côté de sa sœur.

Pile en face d'elle… Peut-être pas une si bonne idée,

finalement ! Quelle que soit la direction vers laquelle elle tournait la tête, elle ne pouvait l'éviter. Quand elle releva les yeux pour le dévisager, Bella s'aperçut qu'il la fixait.

Un sourire se dessina lentement sur les lèvres de Rhys. Était-il impatient de prendre la route ou bien savait-il à quel point le fait de se retrouver dans un espace aussi confiné en sa compagnie la rendait mal à l'aise ?

— Cela vous dérangerait-il que je m'asseye à côté de vous ?

Visiblement surprise, Bella laissa tomber le livre qu'elle tenait jusqu'à présent contre sa poitrine tel un bouclier entre leurs deux corps.

Rhys se pencha pour le ramasser et le lui tendit.

— Que… qu'avez-vous dit ?

En guise de réponse, il porta un index à sa bouche en jetant un coup d'œil en biais à Meg qui avait posé la tête contre la paroi de la calèche et dormait paisiblement.

— Chut.

— Oh ! lâcha Bella.

Son visage s'adoucit.

— J'ai pensé que je pourrais changer de place pour qu'elle puisse s'allonger, chuchota-t-il.

— Bien sûr.

Bella se décala jusqu'à l'extrémité de la banquette en rassemblant ses jupes volumineuses sous ses jambes.

Enroulant un bras autour des épaules de Meg, Rhys l'attira vers lui et l'étendit sur le siège, la joue sur le manteau qu'il avait ôté et plié.

Il prit ensuite place à côté de Bella.

Leurs doigts se frôlèrent sur le siège lorsqu'il s'assit et

il l'entendit retenir son souffle. Elle avait ôté ses gants ; il n'en portait pas.

Sa peau était douce et tiède, mais Rhys retira sa main. Bella avait été extrêmement claire à ce sujet : quoi qu'elle ressente pour lui, elle était décidée à ne pas succomber à la tentation. Et elle avait parfaitement raison, car jamais il ne pourrait se montrer à la hauteur de ce qu'elle méritait.

Elle observait le paysage en tapotant du bout des doigts la couverture du livre posé sur ses genoux.

Laissant son regard errer par la fenêtre de son côté, Rhys écouta la respiration régulière de Bella tout en se délectant de son parfum de violette. Quelles pensées pouvaient bien habiter cette tête intelligente ?

— Hormis faire des emplettes et inspecter la propriété dont votre père a fait l'acquisition à Gordon Square, avez-vous prévu autre chose, pendant notre séjour à Londres ? demanda-t-elle à voix basse sans se détourner de la fenêtre.

— Je pense me rendre au Lyon's Club.

— L'Antre du duc ? demanda-t-elle en lui décochant enfin un coup d'œil intéressé.

— Oui, même si je ne pense pas avoir le temps de m'arrêter pour écouter les présentations des inventeurs du moment.

— J'aime assez l'idée d'investir dans de nouvelles idées, dit-elle d'un ton rêveur en posant une main sur le cuir marron de sa valisette.

— Souhaiteriez-vous que je vous fasse visiter le club ?

Il se tourna vers elle. Ils étaient si proches l'un de l'autre qu'il aperçut les éclats d'or qui brillaient dans ses yeux émeraude.

— Je croyais que les femmes n'étaient pas autorisées à mettre le pied dans ce genre d'endroit.

— En tant que copropriétaire de l'établissement, je suis prêt à vous faire entrer en douce, déclara-t-il en souriant.

—J'en serai ravie alors.

Pendant plusieurs minutes, le roulement de la calèche et le léger ronflement de Meg furent les seuls sons qui emplirent l'habitacle. Puis Rhys se décida à briser le silence.

— Avez-vous amené d'autres romans ? demanda-t-il en scrutant avec intérêt la mallette qu'elle avait coincée entre son flanc et la paroi du véhicule.

Bella sursauta à ces mots et serra les doigts sur la poignée de son bagage. Baissant les yeux sur ses genoux, elle s'empara du livre qui s'y trouvait et le lui tendit.

— Tenez, vous pouvez lire celui-ci.

— Et vous ?

— Je vais prendre exemple sur Meg et me reposer.

Rhys ouvrit l'ouvrage et lut la page de titre. *Jane Eyre,* d'un certain Currer Bell.

Dans la périphérie de son champ de vision, il vit Bella remuer et s'installer un peu plus confortablement sur le banc rembourré. Quand elle porta une main à son col et desserra son écharpe, son parfum de violette lui parvint aux narines. Quelques instants plus tard, elle défaisait le bouton supérieur de sa robe pour se masser le cou. .

Jamais il ne parviendrait à se concentrer sur ce fichu livre avec Bella à quelques centimètres de lui.

Il attendit que la respiration de la jeune femme ait ralenti et quand il fut certain qu'elle avait fermé les paupières, il reposa l'ouvrage sur le siège et s'autorisa un regard. Bella somnolait, le visage paisible et détendu, et il ne put s'empêcher de remarquer à quel point elle était belle ainsi. Éveillée, elle semblait toujours être en train de réfléchir, comme si les idées se bousculaient dans son esprit, impatientes de sortir à l'air libre. Au repos, en revanche, ses traits s'adoucissaient et un léger sourire se dessinait sur ses lèvres, comme si elle songeait à des choses agréables.

Rêvait-elle de lui, à l'occasion ?

Pendant un long moment, il se délecta simplement de sa présence, puis il inclina la tête en arrière et ferma les yeux en tentant d'oublier le désir qu'il éprouvait chaque fois qu'elle se trouvait près de lui. Il avait accepté de l'aider, mais il n'avait pas le droit d'entretenir de telles pensées.

Soudain il sentit quelque chose sur sa cuisse et rouvrit brusquement les paupières. La main de Bella ! Dans l'abandon du sommeil, la jeune femme avait desserré les bras. Les cahots de la voiture y avaient peut-être aussi contribué.

Pour ne pas que Bella se sente horriblement gênée à son réveil, Rhys s'empara de sa main avec douceur pour la replacer sur ses genoux. Dieu qu'il aimait le simple contact de sa peau. Mais ils avaient établi des règles et Bella était bien décidée à les appliquer. Sans compter qu'il ne pouvait nier qu'il souhaitait bien plus que de lui effleurer les doigts.

Il ne pouvait changer le passé, mais il se devait de faire preuve de toute la retenue dont il était capable.

Un petit coup d'œil en biais lui apprit qu'une veine battait à la base du cou de Bella et il dut résister à l'envie d'y déposer les lèvres.

Seigneur ! la tâche ne s'annonçait pas des plus aisées.

Chapitre 15

Assise dans le magasin de robes le plus en vogue de toute la capitale, le lendemain matin de leur arrivée à Londres, Bella gardait les yeux rivés sur l'horloge accrochée au mur. Comment allait-elle réussir à s'échapper ?

À en croire le tapotement incessant de ses doigts contre sa cuisse, Rhys semblait tout aussi impatient de quitter cet endroit qu'elle.

Quand Lady Margaret et la couturière s'installèrent côte à côte sur le canapé pour feuilleter un catalogue de tenues, Bella serra la valisette contenant les pages de son manuscrit contre sa poitrine, prête à partir.

Une minute plus tard, Rhys se levait de sa chaise.

— Mesdames, me permettez-vous de vous abandonner une petite heure pendant que vous faites votre choix ?

Bella se tourna vers Meg en lui adressant un clin d'œil subreptice. Cette dernière lui répondit d'un petit hochement de tête complice. Il était nettement préférable que Rhys prenne congé en premier. Le rendez-vous qu'elle avait avec l'éditeur ne durerait probablement pas longtemps et Meg serait occupée avec la modiste et ses assistantes. À son retour, Rhys ne se rendrait même pas compte qu'elle s'était absentée.

— Aucun problème, déclara Meg. Bella m'aidera si besoin et je doute que nous ayons terminé d'ici là.

— Merveilleux, s'exclama-t-il d'une voix enjouée qui contrastait avec son air embarrassé.

Bella s'interrogea un instant à ce sujet. Pendant la seconde moitié de leur trajet en calèche, il avait à peine engagé la conversation et s'était contenté, la plupart du temps, de regarder par la fenêtre ou de sommeiller pendant que Meg s'épanchait sur les échoppes qu'elle souhaitait visiter et les vêtements qu'elle avait l'intention d'acheter.

Elle le suivit des yeux comme il se dirigeait vers la sortie. Arrivé sur le seuil de la porte, il se retourna et lui fit signe de le rejoindre.

— Vous semblez troublée, dit-il. Est-ce à cause de Mr Radley ?

Radley. L'intendant lui était sorti de la tête, tout comme leur décision d'inspecter la propriété de Gordon Square.

— Non, j'espère simplement que tout se déroulera comme prévu aujourd'hui.

Bella ne voulait pas l'informer de son rendez-vous chez l'éditeur. Pas avant d'être en mesure de lui annoncer un succès plutôt qu'un échec. Même s'il l'encouragerait certainement dans sa démarche, c'était quelque chose qu'elle devait mener à bien sans l'aide de personne.

— Ne vous tracassez pas, lui répondit-il. Vous avez été d'une aide immense et quand Meg aura retrouvé la duchesse de Tremayne, la tâche de l'assister dans ses préparatifs ne reposera plus uniquement sur vos épaules.

— Cela ne me dérange pas.

— Tant mieux.

Le sourire qu'il lui adressa était sincère, semblable à

ceux qu'ils s'échangeaient étant enfants, et Bella ressentit une pointe de culpabilité.

— À tout à l'heure.

Une fois Rhys parti, Bella récupéra sa mallette et informa Meg qu'elle ne serait pas longue.

— Les bureaux de la maison d'édition ne sont pas très loin d'ici, précisa-t-elle.

Meg se leva d'un bond, manquant de renverser les deux rouleaux de tissu posés sur le sofa à côté d'elle.

— Bonne chance ! s'écria-t-elle en déposant un baiser sur sa joue. Je n'y connais pas grand-chose en casse-tête, mais Rhys a toujours dit que vous étiez la fille la plus intelligente qu'il connaisse.

— Vraiment ?

Il l'avait complimentée, à l'occasion, mais jamais elle n'aurait imaginé qu'il irait partager cette opinion avec autrui.

— Absolument. Et il est toujours de cet avis. Voilà pourquoi il vous a demandé de l'aider avec la comptabilité du domaine.

— Je sais.

— Qui eût cru que cette requête conduirait à des fiançailles aussi rapides ? Je suis impatiente de pouvoir dire que nous sommes sœurs.

Meg rayonnait de joie à cette perspective et Bella n'eut pas le courage de croiser son regard. Depuis que Rhys et elle avaient lancé ce subterfuge, un sentiment de culpabilité ne la quittait plus.

— Je ferais mieux d'y aller, balbutia-t-elle en serrant la main de Meg dans la sienne. Si vous avez besoin de quoi que ce soit, dites à la modiste d'attendre mon retour. Je vous promets de revenir au plus vite.

Une fois dehors, Bella hésita sur le moyen de transport à adopter. Lequel serait le plus rapide ? Un cabriolet ou un omnibus ?

Elle opta pour ce dernier et balaya la rue du regard à la recherche d'un véhicule libre.

— Bella ?

Rhys remontait le trottoir dans sa direction.

Flûte ! Une explication lui ferait perdre du temps. Ses chances d'arriver à l'heure mincissaient à vue d'œil.

— N'étiez-vous pas censé être de retour dans une heure ?

La question sembla le blesser.

— Je revenais pour vous. Je compte me rendre au Lyon's et je me demandais si vous aimeriez le visiter maintenant.

— Maintenant ? répéta-t-elle en rougissant. Je ne…

Rhys parut soudain prendre conscience de l'étrangeté de sa présence dans la rue en cet instant.

— Vous rendiez-vous quelque part ? demanda-t-il en fixant la mallette qu'elle tenait serrée contre sa poitrine. Avez-vous abandonné Meg à ses essayages ?

— Je ne serai pas longue. Pardonnez-moi, mais je suis en retard, dit-elle en levant le bras pour héler un cabriolet vide.

Mais la voiture passa devant elle sans s'arrêter.

— Où allez-vous comme cela ?

Ignorant l'interrogatoire, Bella vint se placer au bord du trottoir, les yeux fixés sur un omnibus qui avançait dans leur direction.

Rhys la suivit, visiblement irrité.

— Que me cachez-vous ? Ne devriez-vous pas me mettre au courant ? Je suis votre fiancé, après tout.

Sa question ressemblait à s'y méprendre à un ordre. Oublié, le ton joyeux qu'il avait employé jusqu'à présent lorsqu'il faisait référence à leur subterfuge.

— Vous ne l'êtes pas, du moins pas pour de vrai, rétorqua-t-elle. Et c'est quelque chose que je dois faire seule.

Devant son air soupçonneux, elle poussa un petit soupir frustré et souleva la mallette qu'elle tenait à la main.

— J'ai compilé mes casse-tête dans un manuscrit. J'ai rendez-vous avec un éditeur dans l'espoir qu'il accepte de le publier, mais je vais être en retard.

— Hors de question.

Sur ces mots, Rhys fit volte-face et s'approcha du coin de la rue. Grimpant sur le rebord pavé du trottoir, il leva un bras en l'air et siffla à l'intention d'un cabriolet qui passait par là. Le cocher tira sur ses rênes et arrêta son cheval.

— Vous serez à l'heure, Bella. Je vous le promets.

De toute évidence, Bella hésitait. Sa confiance ne serait pas facile à regagner, songea Rhys avec désespoir. Après quelques secondes de réflexion, elle courut vers lui et glissa les doigts dans la paume qu'il lui tendait pour l'aider à grimper à bord du véhicule. Une fois assise sur la banquette, elle donna au chauffeur une adresse près de Green Park et la voiture se mit en route sans attendre.

— Merci, murmura-t-elle sans lui jeter un regard.

L'habitacle était restreint ; leurs cuisses se touchaient presque et leurs bras se frôlaient. La proximité était tentante, troublante même. Rhys était aux anges, mais Bella ne semblait pas partager son bonheur.

L'angoisse de la jeune femme était palpable et il se sentait impuissant face à elle.

— Tout va bien se passer, tenta-t-il pour l'apaiser.

Laissant son regard s'attarder sur la bouche pulpeuse de Bella, il fouilla dans son esprit à la recherche d'un moyen de faire cesser l'inquiétude qui la tiraillait. Les yeux rivés droit devant elle, probablement sur l'objectif qu'elle s'était fixé, elle exsudait une détermination à toute épreuve.

— Je suis sûr que l'éditeur va aimer votre livre et vos idées.

Interrompant sa concentration sans faille, elle lui décocha un bref regard en biais.

— Vous n'en savez rien.

— J'ai un bon pressentiment.

— L'intuition n'a rien à voir là-dedans, lâcha-t-elle d'un ton irrité. Mon ouvrage lui plaira uniquement s'il pense qu'il peut bien se vendre. Il s'agit seulement de faire affaire, rien de plus.

— Je m'y connais un peu en la matière.

Le Lyon's Club était son plus grand – et son unique – succès, le seul aspect de sa vie dans lequel il avait fait des choix dont il pouvait être fier.

— Vous n'avez même pas vu mon livre, contra-t-elle un peu plus calmement. Qui vous dit que mes efforts ne sont pas futiles ?

— J'en doute fortement.

Elle lui décocha un autre coup d'œil sceptique et haussa un sourcil.

— Pourquoi ?

— Parce que vous êtes arrivée jusqu'à ce point, dit-il en tapotant la mallette qu'elle tenait fermement sur ses genoux comme s'il s'agissait d'un trésor. Vous avez, couché vos idées sur le papier et vous avez su les organiser pour en faire un livre. Je n'aurais jamais été capable d'une telle chose.

— Balivernes. Je ne vous ai jamais vu échouer dans tout ce que vous avez entrepris.

Les compliments de Bella le surprenaient toujours au moment où il s'y attendait le moins et avaient le don de le laisser sans défense. Avant même qu'il ait pu la contredire ou la remercier, le cabriolet s'arrêta.

Bella sauta immédiatement hors du véhicule et balaya les alentours du regard.

— Nul besoin de m'attendre, lança-t-elle en s'élançant le long du trottoir. Je ne serai pas longue. Retournez auprès de votre sœur.

— Bonne chance ! s'écria-t-il avec un tel enthousiasme qu'une dame qui passait par là lui décocha un regard outré.

Du moment que Bella l'avait entendu, c'était tout ce qui importait. Et il en eut la confirmation quand elle se retourna, deux bâtiments plus loin, pour lui adresser un petit sourire hésitant alors qu'elle gravissait les premières marches d'une maison donnant sur la rue.

Rhys remonta dans le cabriolet, mais ne put se résigner à partir. Après avoir payé la course et congédié le cocher, il se posta en face des bureaux de l'éditeur et attendit patiemment. La fortune lui avait toujours souri au cours de sa vie, et souvent sans raison, mais en cet instant précis il aurait tout donné pour transférer un peu de sa chance légendaire à Bella.

Quand il ne la vit pas réapparaître au bout de quinze

minutes, il commença à s'inquiéter. Après une demi-heure, il envisagea de la rejoindre.

À l'instant où il s'apprêtait à pousser la porte des locaux et à se tourner en ridicule, Bella sortit.

Son expression était suffisamment parlante pour qu'il n'ait pas besoin de poser de questions.

— Il n'est pas du tout intéressé, annonça-t-elle sombrement. Peut-être ai-je eu tort et que ce projet n'est qu'une gigantesque farce.

Elle baissa les yeux sur sa mallette d'un air triste, comme si elle songeait à jeter le bagage dans la Tamise.

— Arry, ce n'est pas la seule maison d'édition de Londres. Il y en a d'autres. Nous devons simplement trouver celle qui acceptera de publier votre livre.

— *Nous ?* Je vous ai dit que c'était quelque chose que je devais faire seule.

— Je sais. C'est votre travail, votre création, mais je veux vous aider et vous devriez m'accorder cette chance.

Bella retroussa les lèvres en une moue pensive.

— N'est-ce pas le but de cet arrangement ? reprit-il. De nous porter mutuellement assistance ?

La mâchoire de Bella se détendit, elle battit des cils, et Rhys sut qu'elle avait décidé d'accepter. Redressant les épaules, elle lui accorda un léger hochement de tête.

— Très bien, déclara-t-elle. Dans ce cas, à mon tour de vous aider. Allons visiter cette maison que votre père a achetée.

Le changement de sujet le décontenança. Il aurait préféré se concentrer sur le problème de Bella, mais elle avait raison, comme toujours.

— Ce n'est pas très loin d'ici, révéla-t-il. À quelques minutes de marche, tout au plus.

— Alors qu'attendons-nous ? Rayons cette tâche de notre liste de choses à faire, une bonne fois pour toutes.

— Croyez-vous que Meg va s'en sortir sans nous ?

Il ne voulait pas que sa sœur se sente délaissée.

— J'en suis persuadée. Lady Margaret est bien plus autonome que vous ne le pensez. Il ne s'est même pas écoulé une heure depuis que nous l'avons quittée.

Ils se mirent en route, remontant le trottoir côte à côte, et Rhys sentit naître sur ses lèvres un large sourire. La compagnie de Bella lui était familière et nouvelle tout à la fois. Tout ce qu'ils avaient accompli ensemble en ce jour lui donnait l'impression d'être en train de regagner peu à peu la complicité qui existait autrefois entre eux.

Après quelques minutes pendant lesquelles ils marchèrent en silence, Bella se tourna vers lui.

— Merci.

Depuis quand ce simple mot déclenchait-il un tel concert dans sa poitrine ?

— Pour quoi ?

— Vos encouragements.

Elle désigna sa valisette.

— Je pourrais vous en montrer quelques pages, si cela vous intéresse.

— Ai-je déjà refusé de jeter un coup d'œil à vos casse-tête ?

Un léger sourire fut la seule réponse qu'elle lui offrit.

Quand ils finirent par atteindre la maison de Gordon Square, Rhys en avait oublié l'existence de Radley. La seule image qui lui venait à l'esprit était celle du corps de Bella à califourchon sur le sien et le désir qu'il avait lu dans ses yeux. L'avait-elle déjà regardé de la sorte par le passé ? Il n'en était pas certain, mais Dieu qu'il aurait aimé que cela se reproduise.

Ils s'arrêtèrent sur le trottoir de l'autre côté de la rue et inspectèrent la bâtisse qui se trouvait à l'adresse indiquée dans le livre de comptes. Plongeant la main dans sa poche, Rhys en sortit toutes les clés qu'il avait dénichées dans les affaires de son père et emportées avec lui dans l'espoir que l'une d'entre elles corresponde.

— Il y a quelqu'un, murmura Bella. J'ai vu du mouvement à l'intérieur.

Rhys fit un pas en avant pour obtenir un meilleur angle de vue, mais Bella le saisit par le bras et le tira en arrière.

— Et si c'était Mr Radley ? Il est peut-être armé.

— Pourquoi le serait-il ? rétorqua-t-il pour rassurer Bella autant que lui-même. Je doute qu'il s'attende à notre visite.

— Certes, mais cet homme a subtilisé plusieurs milliers de livres de la poche d'un duc et ce n'était pas son premier vol. Même s'il rend ce qu'il a dérobé, il pourrait fort bien être pendu pour son crime.

Elle jeta un coup d'œil déterminé en direction de la maison.

— Il faut que j'y aille seule.

Cette fois, ce fut lui qui l'arrêta.

— Bella, non. De nous deux, c'est vous qui êtes censée être la voix de la raison. Si Radley est dangereux, c'est à moi de me présenter.

Il fit un pas vers elle et elle dut relever la tête pour le regarder.

— Faites-moi confiance, dit-elle en posant une main sur son torse comme si elle avait conscience du pouvoir de persuasion de ce geste. Ma présence sera moins menaçante que la vôtre. Comme vous l'avez très justement fait remarquer, il ne se doute pas de notre arrivée. Et de la mienne encore moins. Vous, en revanche, il vous a déjà rencontré.

— Très brièvement, et une fois seulement. Rien ne dit qu'il me reconnaîtra.

— Vous êtes très difficile à oublier.

Rhys restait rarement sans voix, mais le commentaire de Bella le figea sur place et lui emplit la poitrine d'une délicieuse chaleur. Si elle essayait de le charmer pour obtenir gain de cause, elle s'y prenait à merveille.

— Croyez-moi, murmura-t-elle d'une voix qui laissait peu de place à la contestation.

— Bon, je resterai ici et j'observerai de loin. Si j'aperçois le moindre signe de problème, j'arriverai à la rescousse.

— Je n'en attends pas moins de vous, lança-t-elle avec un petit sourire malicieux.

Pour la deuxième fois en moins d'une heure, Rhys la regarda s'éloigner. Cette fois, la sensation était encore pire.

Bella frappa à la porte et quelqu'un lui ouvrit, mais, d'où il se tenait, Rhys ne parvint pas à savoir s'il s'agissait d'un homme ou d'une femme.

Un frisson remonta le long de son échine quand il vit Bella hocher la tête et il se retint de toutes ses forces de l'appeler pour la faire revenir. Ils n'avaient aucune raison de faire confiance à quiconque se trouvait dans cette résidence. Comme si elle avait senti son inquiétude, elle tourna la tête vers lui.

Un sentiment de soulagement l'envahit, mais disparut aussitôt quand elle franchit le seuil de la maison et disparut à l'intérieur.

Au bout de quelques minutes, n'y tenant plus, Rhys se précipita vers la bâtisse. Dans sa vision périphérique, il remarqua du mouvement à travers la fenêtre. Une fois devant l'entrée, il cogna du poing avec une telle véhémence que l'anneau du heurtoir à tête de lion cliqueta contre le bois. Personne ne répondit. Il frappa de nouveau. Plus fort.

La porte s'ouvrit enfin sur Bella qui se tenait au milieu d'un vestibule. Rhys fit un pas en avant et lui prit le visage entre ses paumes.

— Tout va bien ?

Quelque chose dans le regard de Bella ne lui disait rien qui vaille. Il y lut une incertitude inhabituelle ainsi qu'une autre émotion, qu'il reconnut sans effort. De l'inquiétude. Pour lui.

— Bella, qu'y a-t-il ?

Elle prit la main qu'il avait posée sur sa joue et le conduisit à l'intérieur de la maison, jusqu'à la porte entrouverte d'un salon joliment meublé.

Après un bref serrement de doigts, elle releva la tête vers lui.

— Ce qui vous attend ne va pas être facile.

— Que se passe-t-il, voyons ?

Un coup d'œil à l'intérieur de la pièce lui apprit qu'une femme s'y trouvait.

— Qui est cette… ?

— Elle s'appelle Belinda Turner. Je ne pense pas qu'elle ait été malintentionnée et je crois même que vous devriez l'aider, murmura Bella.

Dès qu'il eut franchi le seuil, Rhys comprit qui était cette inconnue et pourquoi son père avait fait l'acquisition de cette maison.

Accroché au-dessus de la cheminée, un portrait du duc surplombait la pièce de son regard menaçant. Sur l'invitation de la petite dame blonde présente en ce lieu, Rhys prit place dans un fauteuil rembourré en chintz et l'écouta lui raconter son histoire.

— J'en conclus que vous n'aviez jamais entendu parler de moi, Votre Grâce.

— Non.

Rhys ignorait l'existence de Mrs Turner, mais il était au courant que son père entretenait des maîtresses, même alors que son épouse était encore en vie.

— Alors je suppose qu'il ne m'a rien laissé. N'évoquait-il jamais mon nom ? redemanda-t-elle d'une voix tremblante.

Rhys secoua la tête.

— Mon père et moi n'étions plus en contact, ces dernières années.

Bella toussota dans son dos, comme pour le rappeler à son devoir.

— Je peux vous aider financièrement dans une certaine mesure et à court terme, dit-il d'une voix légèrement pincée, plus défensive qu'il ne l'aurait voulu.

Ce n'était pas tant vers Mrs Turner que sa colère était tournée, ni même envers feu le duc de Claremont. Non, le dégoût qu'il éprouvait était dirigé vers lui-même. Rhys avait eu une maîtresse et connu plusieurs aventures au fil des ans, suivant ainsi l'exemple de son prédécesseur. Il s'était rarement intéressé à ce que ces femmes devenaient quand il finissait indéniablement par se lasser de leur compagnie.

— Vais-je conserver la maison ? s'enquit Mrs Turner d'une voix éraillée qui contrastait avec son regard d'acier.

— Pour le moment, oui.

Rhys n'avait pas le cœur de lui demander de quitter les lieux. Cette propriété était son foyer et le resterait, du moins dans l'immédiat.

— Jusqu'à quand ?

— Je ne sais pas.

Cette rencontre lui déplaisait. Elle lui donnait l'impression de se retrouver devant un miroir, l'obligeant de regarder en face ses propres péchés. Il aurait voulu réparer le mal causé mais n'avait aucune idée de comment s'y prendre. Si cela n'avait tenu qu'à lui, il se serait enfui le plus loin possible.

— Avez-vous de quoi subsister à vos besoins ? demanda Bella.

— Mes fonds me permettront de vivre pendant les quelques mois à venir, répondit Mrs Turner en tournant un regard circonspect en direction de Rhys.

— Je vous en ferai parvenir davantage, lui assura-t-il.

Il était d'accord avec la suggestion de Bella et souhaitait aider cette dame, mais, d'un autre côté, il aurait aimé pouvoir mettre toute cette histoire derrière lui.

— Merci, Votre Grâce.

Elle hocha légèrement la tête et Rhys s'inclina devant elle.

— Nous vous souhaitons une bonne journée, Mrs Turner.

— Attendez, l'arrêta Bella en le tirant par la manche alors qu'il s'apprêtait à sortir de la pièce. J'aimerais poser une dernière question.

— Qu'y a-t-il, Miss Prescott ? s'enquit la petite dame blonde en se levant de son fauteuil, son châle fermement serré sur ses épaules.

— Connaissez-vous un homme du nom de Radley ?

Que Dieu bénisse Bella ! pensa Rhys en son for intérieur. Elle avait toujours la tête sur les épaules quand la sienne se trouvait dans les nuages.

— Bien sûr, même si nous n'échangions que par écrit. C'est lui qui a organisé l'achat de cette maison et qui me transférait des fonds de la part du duc.

— Quand avez-vous eu de ses nouvelles pour la dernière fois ? interjeta Rhys, impatient de mettre enfin la main sur l'intendant.

Une vague de douleur passa sur le visage de Mrs Turner.

— Quelques semaines avant que votre père ne nous quitte.

Rhys ravala le sentiment de culpabilité qui enflait dans sa gorge. La douleur que le décès du duc de Claremont avait causée à cette dame était visiblement sincère. Bien qu'étant son fils, Rhys ne pouvait pas en dire autant.

— Merci de nous avoir accordé de votre temps, Mrs Turner. Au revoir.

À la grande surprise de Rhys, Bella glissa un bras dans le creux de son coude et se dirigea vers la sortie. Une fois dehors, ils traversèrent la place centrale en direction du petit coin de verdure situé en face de la maison. Prenant une grande inspiration, Rhys emplit ses narines des senteurs d'automne. Il était temps qu'il cesse de se comporter comme un idiot.

— Je craignais que vous ne soyez affecté par cette nouvelle, murmura Bella.

— Ce n'est pas le cas, du moins pas dans le sens où vous l'entendez. Je ne ressens aucune animosité envers Mrs Turner.

— Envers votre père, dans ce cas ?

— Comment le pourrais-je ? Ne voyez-vous pas ?

La manière dont il a traité cette femme, toutes ces promesses faites et jamais tenues, cela ne diffère en rien avec la façon dont j'ai conduit mes propres aventures.

Baissant les yeux au sol, Bella resta silencieuse un moment et il se prépara aux condamnations qui allaient suivre. Il les méritait amplement.

— Avez-vous une maîtresse, en ce moment ? finit-elle par demander.

La question le surprit. Bella et lui avaient toujours été honnêtes l'un envers l'autre, quand ils étaient plus jeunes, mais jamais ils n'avaient abordé le sujet de l'amour, encore moins celui de la luxure.

— Non.

— Et si vous aviez une épouse, en prendriez-vous une ?

— Non.

Ce n'était pas entièrement vrai. Rhys avait toujours eu l'intention de se marier pour le côté pratique et de séparer plaisir et vie conjugale. Mais, à présent, il n'était plus sûr de rien. Sauf du fait qu'il ne voulait pas décevoir Bella.

Il aurait aimé qu'elle le regarde comme autrefois, avec confiance.

À vrai dire, il espérait bien plus que cela. Voilà qu'il se remettait à vouloir l'embrasser et à la serrer dans ses bras. Il ne pouvait exister de pire moment pour se mettre à imaginer de telles choses, alors même que le hasard de la vie venait de lui rappeler pourquoi il ne la méritait pas.

— Au moins, nous savons que Radley n'a jamais mis les pieds dans cette maison.

Bella avait détourné la conversation avec naturel, mais la manière dont elle remit ses gants en place alors que ceux-ci étaient parfaitement lisses trahit sa nervosité.

Rhys comprenait qu'elle ne veuille pas s'épancher sur le sujet des aventures extraconjugales et des maris infidèles. Lui non plus n'était pas enclin à s'y attarder.

— Le scélérat est probablement en train de dîner dans un restaurant haut de gamme à Paris en se riant de nous.

— Ou bien il se repose à Margate avec vue sur l'océan, contra-t-elle. Je suggère que nous visitions sans tarder le pavillon dont il est fait mention dans les comptes de votre père.

Bella, fidèle à elle-même, avait un plan.

— Miss Prescott, votre ténacité m'impressionne, la taquina-t-il.

— Mystère et casse-tête ne sont pas si éloignés l'un de l'autre, répondit-elle avec une étincelle déterminée dans le regard. Et je crois que nous pouvons résoudre celui-ci.

— Avez-vous l'intention de vous convertir dans le métier de détective, après cela ?

— Possible. Autant utiliser mes capacités à bon escient.

Elle lui adressa un petit sourire coquin qu'il grava dans sa mémoire.

— Alors ? lança-t-elle. Quand partons-nous pour le bord de mer ?

Chapitre 16

Bella garda les paupières fermées un moment après s'être réveillée et se pelotonna contre le tissu doux et chaud qu'elle sentait sur sa joue. Le matériau semblait recouvrir une masse plus ferme. Il sentait bon l'air frais et l'eau de Cologne au bois de santal.

Et Rhys Forester.

Elle ouvrit les yeux et porta une main devant son visage pour se protéger du soleil éblouissant, avant de se reculer précipitamment contre la paroi de la calèche.

— Nous sommes arrivés, annonça Rhys.

— Je me suis endormie.

— Juste une sieste.

— Sur vous.

L'odeur du savon à raser de Rhys lui chatouillait les narines et la sensation de son manteau contre sa peau était encore fraîche dans son esprit.

Un sourire malicieux se dessina sur les lèvres de Rhys.

— Seulement sur mon épaule, malheureusement. Geste tactile nécessaire. Vous aviez besoin d'un coussin et j'étais ravi de me porter volontaire.

Malgré le ton taquin, le regard insistant de Rhys

déclencha en elle une vague de chaleur qui n'avait rien à voir avec les températures clémentes de l'après-midi.

Elle détourna la tête vers la fenêtre du véhicule et aperçut la mer. L'air sentait bon le sel, mais aucun pavillon n'était en vue. La voiture qu'ils avaient louée venait de s'arrêter devant une vieille auberge à la façade patinée par le vent.

— J'ai pensé que nous pourrions commencer nos recherches ici, expliqua Rhys. Le cocher nous attendra jusqu'à ce soir. Nous serons à Londres avant la tombée de la nuit.

Ils étaient partis le matin même, avaient souhaité à Meg de s'amuser pendant ses emplettes avec la duchesse de Tremayne, mais étaient restés vagues quant au but de leur expédition en promettant d'être de retour pour dîner.

— Cela me semble raisonnable.

Dommage que sa raison à elle ait soudain décidé de lui faire faux bond.

Évitant de croiser le regard de Rhys, Bella tenta de calmer les battements de son cœur. Ils avaient joué au bras de fer étant enfants, s'étaient accidentellement retrouvés l'un sur l'autre quelques jours plus tôt, mais combien plus intime et troublant avait été le fait de s'endormir sur l'épaule de Rhys et de se pelotonner contre lui avec délectation. Chaque fois qu'ils se touchaient, l'attirance qu'elle ressentait envers lui semblait se décupler.

Rhys laissa échapper un éclat de rire tout en s'extirpant du véhicule.

— Venant de vous, Bella, c'est un sacré compliment.

L'auberge était presque vide. Seuls quelques clients étaient attablés çà et là autour d'une bière. Rhys balaya la salle du regard, probablement à la recherche de Mr

Radley. D'après la description qu'il lui en avait faite, Bella savait que l'homme avait la cinquantaine, les cheveux gris, des lunettes et un air obséquieux. La plupart des hommes présents dans l'établissement, leur cocher inclus, ressemblaient à ce portrait, mais aucun ne portait de lunettes.

Rhys s'approcha du comptoir et s'adressa au petit vieux maigrichon qui tenait le bar.

— Ai-je l'honneur de m'adresser à l'aubergiste ?

— Tout à fait, répondit son interlocuteur en détaillant Rhys de la tête aux pieds avant de jeter un bref coup d'œil à Bella. Que puis-je pour vous, milord ?

— Que savez-vous d'une maison baptisée « La Marée haute » ?

La couronne que Rhys fit glisser dans sa direction sembla éveiller l'intérêt du patron.

— C'est un beau pavillon construit en bord de mer. Suivez la route vers l'est et vous le trouverez sans problème.

— Des locataires ? demanda Rhys de cet air nonchalant qui lui était propre.

— Lord Radley semble s'y plaire, pour sûr.

— Lord Radley ?

— *Aye*, milord. Un gentilhomme poli, nouveau dans le village. Il est arrivé récemment, je crois, et passe de temps à autre pour le repas. Maintenant que j'y pense, je ne l'ai pas vu depuis un petit moment.

Bella s'avança.

— Qu'est-ce à dire ? Deux jours ? Trois ?

Ils le traquaient de près. Radley n'avait pas pu les devancer de beaucoup.

Le vieil homme fronça les sourcils, le regard dans le vague.

— Je dirais quatre. Je pense qu'il était sur le départ, lors de sa dernière visite, car il avait des bagages avec lui et a fait venir une voiture.

— Où allait-il ?

Pour la première fois, l'impatience dans le ton de Rhys fit hésiter l'aubergiste. Il plissa les yeux sous ses sourcils gris broussailleux.

— Je ne saurais vous dire, milord. Il va et vient à sa guise.

— Connaissez-vous le cocher ? Est-ce l'un de vos clients ? continua Rhys en balayant une fois de plus les tables du regard.

L'homme secoua la tête avec prudence.

— Jamais vu avant ni depuis, milord.

— Merci, monsieur, intervint Bella. Vous nous avez été d'une grande aide.

Rhys haussa un sourcil d'un air peu convaincu, mais il suivit Bella hors de l'auberge sans mot dire.

— C'est une bonne nouvelle, dit-elle aussitôt. Nous allons pouvoir examiner le pavillon à la recherche d'indices.

— Je me demande s'il est vraiment parti ou s'il se trouve encore sur place, auquel cas nous pourrions le ramener à Londres avec nous, répondit-il d'une voix soucieuse en se tournant vers la mer. Des deux possibilités, je ne saurais dire laquelle me rebute le moins.

— Il n'existe qu'un seul moyen de le découvrir.

Ils se mirent en route vers la maison d'un pas rapide qui aurait paru suspicieux à n'importe quel villageois passant par là, mais Bella partageait l'impatience inquiète de Rhys.

Nichée sur la berge herbeuse, la petite bâtisse à la

façade blanchie à la chaux et patinée par la brise marine était le plus joli pavillon que Bella ait jamais vu.

— C'est absolument charmant.

Rhys lui adressa un regard interrogatif.

— Vraiment ?

— Certes, ce n'est pas Edgecombe ni la résidence Claremont, mais c'est sûrement… douillet, conclut-elle en mettant sa main en visière pour se protéger les yeux du soleil.

Rhys reporta son attention sur la maisonnette et ses traits s'adoucirent.

— Vous avez certainement raison. Maintenant, il ne nous reste plus qu'à découvrir si La Marée haute est habitée par un voleur ou si nous allons devoir y entrer par effraction.

Dix minutes plus tard, après avoir jeté plusieurs coups d'œil par les fenêtres et conclu que le lieu était désert, ils découvrirent avec stupéfaction que l'entrée n'était pas verrouillée.

Bella poussa prudemment la porte.

— Il y a quelqu'un ? lança-t-elle d'une voix forte au cas où Radley se cacherait dans l'obscurité.

Rhys passa devant elle et pénétra dans la maison. Il s'était toujours montré protecteur. Visiblement, cet aspect de sa personnalité n'avait pas changé avec les années.

— Vous avez raison : c'est douillet, admit-il avec un petit sourire entendu.

Tout le mobilier était flambant neuf et d'une qualité qui aurait fait pâlir d'envie sa mère, songea Bella. Le sofa en damassé vert installé devant la cheminée était assorti à deux fauteuils de la même couleur et le bois sombre des meubles luisait d'avoir été tant poli. L'unique chambre de la maison était d'un goût et d'une qualité similaires.

— Au moins, nous savons ce qu'il a fait d'une partie de l'argent qu'il a dérobé, commenta Bella.

Rhys secoua la tête.

— Je n'en suis pas si sûr. C'est exactement le style de mon père. Peut-être avait-il effectivement l'intention d'en faire une résidence de vacances en bord de mer. Il n'aura jamais eu l'occasion d'en profiter, soupira-t-il tristement.

— Regardez.

Dans un coin de la pièce, un bureau était recouvert de papiers roulés en boule. Bella s'empara du premier qui lui tomba sous la main et l'aplatit.

— Visiblement, notre homme a autant de mal que moi à rédiger ses lettres, plaisanta Rhys en ramassant une autre feuille chiffonnée par terre. Il dit qu'il part pour Bristol.

Bella lui montra celle qu'elle tenait à la main.

— Celle-ci prétend qu'il a prévu de se rendre en Irlande.

Une troisième mentionnait un voyage en France.

— C'est à croire qu'il se moque de nous. Ou de quiconque risquait de le traquer jusqu'ici, reprit-elle. Et si tout ce que nous allons trouver dans cette maison y avait été laissé à dessein ?

Après avoir rassemblé l'intégralité des missives, Bella se laissa choir sur le sofa et les déplia une par une sur la table basse.

— Cela n'a aucun sens.

Les courriers indiquaient au moins une douzaine de destinations différentes.

— Nous ferions mieux de suivre la piste du cocher dont il a requis les services, conclut-elle. Si le gérant de l'auberge ne le connaît pas, les villageois, eux, sauront peut-être nous renseigner.

Rhys croisa les bras d'un air pensif. Un léger mouvement de sa mâchoire trahit sa frustration.

— Non, déclara-t-il enfin. Nous sommes au bord de la mer. Allons à la plage.

— Rhys, soupira Bella. Nous ne sommes pas venus ici pour le plaisir. Meg est…

— En train de s'amuser avec la duchesse de Tremayne. Elle est entre de bonnes mains et le sera jusqu'à notre retour.

Il ôta son manteau, puis sa veste de costume et entreprit de retrousser les manches de sa chemise avant de dénouer sa cravate, tout cela sans la quitter des yeux.

Incapable de soutenir son regard, Bella se détourna. La tentation était trop grande de le détailler de la tête aux pieds. Son veston qui lui enserrait le torse, son pantalon qui laissait entrevoir les muscles de ses cuisses, même les poils blond foncé de ses bras semblaient dignes d'attention.

— L'événement le plus amusant est celui que l'on n'a pas planifié, ajouta-t-il en lui tendant la main. La spontanéité, Bella. Nous étions plutôt doués en la matière, il fut un temps.

Elle glissa les doigts dans sa paume délicieusement tiède.

— Vous avez toujours excellé dans cette discipline, concéda-t-elle.

Rhys pouffa.

— C'est l'une de mes rares qualités.

Rhys ne lâcha pas Bella tout le temps que dura le trajet jusqu'à la plage. Une fois les pieds dans le sable, c'est à contrecœur qu'il desserra les doigts.

— Nous ferions mieux d'ôter nos bottes, dit-il d'un ton faussement sérieux.

— Le jugez-vous nécessaire ?

— Il n'y a pas d'autre manière pour sentir l'eau sur nos orteils.

— Mais nous risquons d'attraper froid, objecta-t-elle avec bon sens.

Le soleil brillait dans le ciel depuis le début de la journée, mais la brise était fraîche. Rhys laissa son regard se perdre à l'horizon et repensa au pavillon.

— Il y a une cheminée dans la maison. Nous pourrons y allumer un feu avec les lettres de Radley pour nous réchauffer.

Un éclat de rire s'échappa des lèvres de Bella : sincère, bruyant et totalement contraire aux bonnes manières.

Rhys sourit. Obliger Bella à lâcher du lest et à remiser les convenances au placard était un exploit qui ne le rendait pas peu fier.

— Qui de nous deux y va en premier ?

— C'est vous, l'expert en frivolité, le taquina-t-elle.

— Très bien.

Rhys s'approcha d'un affleurement rocher à l'extrémité de la plage et s'y assit. Après avoir ôté ses bottes d'un coup de talon, il retira ses chaussettes et tapota la place à côté de lui pour inviter Bella à le rejoindre.

La pierre était froide et Bella laissa échapper une petite exclamation de surprise en s'asseyant. Elle se pencha en avant pour délacer ses bottines au moment où Rhys faisait de même pour retrousser le bas de son pantalon.

Leurs bras se frôlèrent, leurs regards se croisèrent. Elle avait soulevé légèrement sa robe et, à la vue de ses chevilles et de ses mollets délicatement enveloppés dans des bas blancs, il eut soudain la bouche sèche.

— Permettez ? offrit-il en tendant les mains vers ses pieds.

— Cela fait des années que j'ai appris à me déchausser toute seule, s'insurgea-t-elle.

Détournant la tête, Rhys tenta de se raisonner. Il n'était pas poli de la fixer ainsi. Du coin de l'œil, il vit qu'elle le détaillait du regard, comme elle l'avait fait un peu plus tôt au pavillon.

— Tout compte fait, j'imagine qu'un peu d'aide ne serait pas de refus, dit-elle.

Assise sur le bord du rocher, elle garda ses jupes dans une main et attendit.

Rhys s'agenouilla devant elle et continua de défaire les lacets. Quand il glissa les doigts à l'intérieur de la bottine pour la tirer vers lui, elle se mordit la lèvre. Lentement, il fit courir un index sur les fleurs brodées de part et d'autre de sa cheville, remontant le long de son mollet jusqu'à ce que Bella l'arrête en lui saisissant le poignet.

Mais plutôt que de le repousser, elle releva encore le tissu de sa robe et guida sa main un peu plus haut. Rhys humecta ses lèvres soudain sèches en imaginant le goût de la peau tiède qu'il touchait mais ne pouvait voir. Arrivé en haut de son bas, il s'immobilisa, la paume sur la cuisse douce et chaude de Bella.

— Ôtez-les, murmura-t-elle dans un souffle, la bouche entrouverte et le souffle rapide.

Rhys sentit son corps répondre à cette suggestion

avec autant d'ardeur que si elle venait de lui demander de la déshabiller entièrement.

Lentement, il fit descendre le premier bas le long de sa jambe, effleurant sa peau du bout des doigts, puis répéta l'opération de l'autre côté. Que n'aurait-il donné pour se trouver au pavillon en cet instant précis ? songea-t-il. Tous deux haletaient avec difficulté, et son entrejambe était dur contre son pantalon.

— Pensez-vous qu'elle soit froide ? demanda-t-elle en se levant, le regard sur les vagues qui venaient lécher le sable.

— Il n'existe qu'un seul moyen de le découvrir.

Il se mit en route vers le rivage, Bella dans son sillage, et la mer vint à leur rencontre.

— C'est gelé, s'esclaffa Bella.

— Un vrai glaçon, confirma Rhys. Qui a eu cette idée stupide ?

Bella poussa un petit cri qui lui fit tourner brusquement la tête avec inquiétude, mais c'était une exclamation de joie qui s'était échappée de ses lèvres. À quelques pas de lui, elle pataugeait dans la mer, éclaboussant l'ourlet de sa robe qu'elle tenait pourtant à hauteur de ses genoux.

Protégée de part et d'autre par une digue naturelle, la plage était déserte.

— Faites attention aux vagues, lança-t-il dans sa direction en s'enfonçant un peu plus profondément dans la mer jusqu'à sentir le courant sur ses mollets.

Bella poussa un autre cri perçant et éclata d'un rire joyeux quand une vague un peu plus forte que les autres vint s'écraser sur ses jambes.

— C'est rafraîchissant ! s'écria-t-elle.

— Je ne vous le fais pas dire.

Voir la joie et le bonheur sur le visage de Bella était effectivement revigorant.

Elle se pencha en avant et plongea la main sous la surface de l'eau, puis brandit un petit objet d'un air triomphant. Rhys se rapprocha.

— Du verre poli, précisa-t-elle en lui montrant le morceau de bouteille vert sombre qui resplendit à la lumière du soleil. Pensez-vous qu'il provienne d'un naufrage ?

— Possible.

À vrai dire, il était plus probable que quelqu'un ait jeté ses détritus dans la mer, mais Rhys n'eut pas le cœur à repousser l'idée fantaisiste de Bella.

— Regardez !

Elle courut jusqu'à la plage et se baissa pour ramasser une autre trouvaille dans le sable qu'elle vint déposer dans le creux de sa paume. Il s'agissait d'un magnifique coquillage rayé de spirales rougeâtres.

— Si j'avais su que vous étiez aussi chanceuse, je vous aurais emmenée dans une salle de jeux depuis longtemps, la taquina-t-il.

— Y invitez-vous souvent des femmes ?

De ses doigts froids, elle récupéra son trésor au creux de sa main et sa lèvre trembla légèrement tandis qu'elle attendait sa réponse.

— Non.

C'était vrai. Tout dépendait de ce que l'on entendait par « souvent »…

— Seigneur, vous frissonnez. Vous devez être gelée. Que diriez-vous de retourner nous réchauffer au pavillon ?

Elle balaya la plage du regard, s'attardant un instant

sur la mer à l'horizon, comme si quitter cet endroit l'attristait, puis elle hocha la tête d'un air décidé.

— J'adorerais cela.

La plaisanterie que Rhys avait faite au sujet des lettres laissées par Radley s'avéra on ne peut plus juste. Ils trouvèrent une pile de rondins de bois près de la cheminée, mais les feuilles froissées furent tout ce qu'ils avaient sous la main pour faire partir les flammes.

Quand Rhys se retourna pour aller récupérer le papier, il fut frappé de stupeur à la vue de Bella qui s'apprêtait à ôter ses jupons trempés.

— Avez-vous besoin de mon aide ? dit-elle quand elle surprit son regard.

— Non merci, je devrais m'en sortir.

Il n'avait pas l'habitude d'allumer un feu, mais la tâche semblait mille fois plus aisée que celle de contrôler ses pulsions charnelles.

Pivotant de nouveau pour faire face à l'âtre, il essaya de ne pas penser aux froissements de vêtements dans son dos. La grille du foyer était pleine de cendres et il s'empara d'une petite pelle en métal pour les retirer.

— Attendez une minute, s'écria soudain Bella en posant une main sur son épaule. Qu'est-ce que c'est ?

Rhys examina de plus près les débris qu'il avait collectés.

— Du papier. Des lettres, peut-être.

Bella se pencha au-dessus de lui et s'empara d'un gros morceau entre le pouce et l'index. Sous l'amas de poudre grise, elle trouva d'autres vestiges de feuilles, reliées ensemble comme l'auraient été les pages d'un journal ou d'un livre.

Une fois qu'elle eut récupéré une vingtaine de coupures suffisamment intactes pour pouvoir être déchiffrées, elle les porta jusqu'à la table près de la fenêtre et les étala les unes à côté des autres.

— Je doute que nous parvenions à en tirer grand-chose, lui dit Rhys.

— J'aimerais quand même essayer.

— Je vais allumer le feu.

Quand les flammes furent suffisamment hautes, Rhys retourna auprès de Bella. Penchée au-dessus du casse-tête qui se trouvait devant ses yeux, elle était tellement concentrée sur sa tâche qu'elle semblait à peine se rendre compte de la présence de Rhys dans la pièce.

— J'ai trouvé quelque chose, annonça-t-elle avec une pointe d'excitation dans la voix.

— Pensez-vous qu'il s'agisse d'une autre ruse destinée à nous envoyer dans la mauvaise direction ?

— Non, je crois que ce sont les pages d'un carnet.

Elle pointa du doigt deux morceaux brûlés dont les lignes se raccordaient, mais la plupart du texte manquait.

— Je n'ai pas l'impression que ce soit une lettre. Plutôt une liste.

Elle poussa une petite exclamation.

— Cela ressemble à une adresse.

Rhys posa une main sur le dossier de sa chaise et se pencha pour tenter de déchiffrer les symboles.

— Je vois un chiffre, deux *b*. Reconnaissez-vous le reste ?

— « Brine » ou « Byrne ». Probablement le nom d'une rue. Et ce mot-là, dit-elle en pointant du doigt un endroit moins calciné que les autres, est sans aucun doute possible « Bishopsgate ».

— Bien joué. Votre intelligence ne cesse de m'épater.

Des mèches de ses cheveux s'échappaient de sa coiffure

et ses mains étaient noires de suie, mais jamais Rhys n'avait vu de femme aussi désirable.

Le compliment fit rougir Bella.

— Merci, dit-elle à voix basse. Je suis navrée, il semble que nous soyons arrivés quelques jours seulement après qu'il a pris la route pour Londres.

— Nous ne l'aurions pas su si nous n'étions pas venus.

Un léger sourire se dessina au coin des lèvres de Bella et Rhys sentit une chaleur se diffuser dans son ventre qui n'avait rien à voir avec le feu qui brûlait dans la pièce.

— Venez près de la cheminée. Le bas de votre robe est trempé et vous tremblez de froid.

— Je ferais mieux de me laver, dit-elle en lui montrant ses mains grises.

— Laissez-moi faire.

Rhys alla récupérer une serviette dans la cuisine et s'agenouilla, comme il l'avait fait un peu plus tôt à la plage, devant Bella qui avait pris place dans le fauteuil en face de l'âtre. Un par un, il essuya chacun de ses doigts, en s'attardant sur le dernier pour savourer le moment.

Bella ne le lâcha pas des yeux un seul instant.

Quand il eut terminé, il déposa un baiser sur ses phalanges et, à sa grande surprise, Bella tourna la main pour lui caresser la joue. Elle fit courir son pouce le long de sa mâchoire, de son menton et de ses lèvres.

— Voulez-vous bien…

— Oui.

Quoi qu'elle exige de lui, il était prêt à l'accepter.

Bella gloussa.

— Vous ne savez même pas ce que j'ai l'intention de vous demander.

— Vos désirs sont des ordres.

— Embrassez-moi.

Un instant stupéfié par l'audace de la jeune femme, Rhys se remit debout. Bella le détailla de la tête aux pieds, en s'attardant sur sa taille, son cou, sa bouche. Il la laissa l'examiner tout son soûl avant de lui prendre la main pour l'inviter à se lever.

Prenant son visage entre ses paumes, il effleura sa peau soyeuse en la fixant dans les yeux et tout ce qu'il y lut n'était que le reflet de ses propres émotions. Le désir. L'attirance. L'avidité. Et autre chose qu'il n'osait pas nommer.

Quand il se pencha vers elle, elle ferma les paupières. Il avait prévu d'y aller avec douceur, mais la passion eut raison de lui : dès qu'il eut goûté ses lèvres, il ne put résister à la tentation de les lécher. Bella frémit à ce contact et elle s'ouvrit à lui, répondant à son baiser avec ardeur.

Elle croisa les bras derrière son cou et il l'attira par la taille en se délectant de la chaleur de son corps sous ces habits froids qu'il aurait voulu lui arracher.

— N'est-il pas temps d'ôter ces vêtements mouillés ? murmura-t-elle à son oreille comme si elle avait lu dans ses pensées.

Chapitre 17

Quand avait-elle pris sa décision ?

Était-ce lorsque Rhys s'était agenouillé devant elle et avait déroulé ses bas dans un geste tendre et révérencieux ? Ou quand il lui avait affirmé qu'elle était intelligente et qu'elle avait lu dans son regard qu'il était sérieux ? Ou encore au moment où il avait délicatement essuyé la suie sur ses doigts avant de les embrasser avec une tendresse infinie ?

Une chose était certaine : elle avait envie de lui. Depuis si longtemps. Mais pas comme avant. À dix-huit ans, elle s'était entichée de lui et s'était laissé charmer par la vulnérabilité qu'il laissait entrevoir quand ils n'étaient que tous les deux.

Mais, à présent, son désir était tout autre. Intense. Admiratif. Non parce qu'elle le croyait parfait, mais parce qu'elle voyait qu'il tentait de devenir un homme meilleur.

— Vous ai-je choqué ? demanda-t-elle à voix basse en craignant avoir mal interprété la situation.

— Non. Je n'ai qu'une seule crainte.

— Laquelle ?

— Que vous ne changiez d'avis, murmura-t-il à son oreille.

Le regard brûlant d'envie, il desserra les doigts qu'il avait enroulés autour de sa taille. Il lui laissait le choix, comprit-elle.

Sans mot dire, Bella porta une main à sa nuque et défit les boutons de sa robe jusqu'à laisser entrevoir ses épaules.

Rhys l'examinait avec une avidité criante.

— Permettez ? demanda-t-il doucement.

Faisant volte-face, elle lui offrit son dos.

— Il reste à peine quelques boutons, dit-elle en lui décochant un regard par-dessus son épaule.

— Dommage qu'il n'y en ait pas davantage.

Bella sourit.

— Rien ne vous empêche de prendre votre temps.

Elle aurait voulu qu'il s'attarde mais, d'un autre côté, elle était si impatiente.

Rhys déposa un baiser dans le creux de sa nuque.

— Vous sentez les fleurs au goût de sel.

— Qu'imaginez-vous ? Un marin au parfum de violette ?

— Vous feriez une pirate redoutable, acquiesça-t-il dans un murmure.

— Peut-être devrions-nous nous diriger vers la chambre, murmura-t-elle.

— En effet.

Mais il ne bougea pas.

— C'est par là, l'encouragea-t-elle en désignant la porte du menton.

— Je sais, dit-il, mais je veux que vous soyez sûre

de vous. Je ne supporterais pas que vous exprimiez des regrets.

Ce ne serait pas le cas. Même si cette journée, libre de toutes restrictions, ne devait jamais se répéter à l'avenir, elle n'éprouverait aucun remords.

Glissant une main dans celle de Rhys, elle le tira vers la sortie.

— Promettez-vous de me guider ?

— Tout ce que vous voudrez.

— J'ai bien une petite idée, mais…

Il l'interrompit d'un baiser fougueux.

— Contentez-vous de vous laisser porter, Bella, murmura-t-il contre ses lèvres. Plus de règles, plus de convenances à respecter, ni de devoirs à observer. Seulement le plaisir.

Il descendit une main jusqu'au creux de ses reins et Bella sentit une délicieuse chaleur lui remonter le long de l'échine. N'y tenant plus, elle se mit à défaire le veston de Rhys tandis qu'il s'affairait avec les crochets de son corsage. Bientôt, elle ne fut plus vêtue que de sa chemise et Rhys de son pantalon. C'est alors qu'elle posa une main sur son torse.

— Nous pouvons arrêter là, si vous le souhaitez, souffla-t-il.

— Non, laissa-t-elle échapper en comprenant qu'il avait mal interprété son geste. J'en ai envie.

— Et moi donc, répondit-il d'une voix rauque.

Il laissa échapper un petit hoquet de surprise quand elle se mit à déboutonner son pantalon, mais ne bougea tandis qu'elle faisait glisser l'habit le long de ses cuisses. Elle explora avec lenteur les muscles de son estomac, avant de descendre plus bas.

Elle n'avait jamais vu d'homme nu, hormis dans les livres de science et les musées d'histoire naturelle, mais Rhys semblait être taillé dans un bois bien différent. Chaud et dur contre sa main, il était bien plus large que tout ce qu'elle avait imaginé auparavant. Tout comme l'était le reste de son corps.

Pliant un genou, il glissa les mains jusqu'au bas de sa chemise et s'interrompit, comme s'il attendait sa permission. Quand elle lui adressa un petit hochement de tête, il souleva le vêtement par-dessus sa tête, puis redescendit en effleurant sa peau du bout des doigts, avant de la soulever de terre et de se diriger vers l'escalier.

Quand il la déposa délicatement sur le lit et vint se poster au-dessus d'elle en la détaillant de la tête aux pieds, Bella comprit que ses rêves allaient enfin devenir réalité.

— Vous êtes magnifique, Bella, déclara-t-il en remontant une main le long de sa jambe jusqu'à atteindre son intimité.

Elle ne put s'empêcher de pousser un soupir de plaisir quand il inséra un doigt en elle.

— J'aime quand vous vous abandonnez de la sorte, Bella, murmura-t-il avec passion. Et que vous me faites confiance.

Le passé, l'avenir, plus rien ne comptait que le moment présent.

— Oh ! Rhys, j'ai toute confiance en vous, murmura-t-elle malgré elle. Ne cessez pas.

Rhys n'aurait pas pu arrêter, même s'il l'avait voulu.

Au cours des années, il avait appris à maîtriser ses pulsions et pouvait passer des heures au lit avec une femme avant de chercher à satisfaire ses propres désirs.

Mais Bella était différente. Avec elle, il avait l'impression de revivre sa première fois.

Retirant sa main, il vint se placer entre ses cuisses et elle le laissa faire. Ils s'emboîtèrent comme s'ils étaient faits l'un pour l'autre.

Il aurait dû prendre son temps, savourer chaque seconde, mais elle arqua les hanches et enfonça les ongles dans son dos. Quand elle gémit de plaisir, il ne put se retenir et s'enfonça plus profondément.

— Encore, souffla-t-elle à son oreille en le serrant contre elle. Encore.

Il sentit qu'elle était sur le point de jouir et baissa les yeux sur elle. Le regard qu'elle lui rendit fit voler en éclats toute sa retenue. Baissant la tête, il s'empara de son téton entre ses lèvres en donnant un dernier coup de reins.

Une vague de plaisir balaya son corps tandis qu'il sentait celui de Bella se tendre sous le sien.

Quand il reprit ses esprits, Bella faisait courir ses doigts dans sa chevelure tout en l'embrassant. Roulant sur le côté, il l'attira contre lui et la serra dans ses bras en savourant la sensation de paix qui le submergea. Il ne s'agissait pas uniquement de satiété charnelle. Bella venait de changer quelque chose en lui.

— Je n'ai jamais désiré personne d'autre que vous, chuchota-t-elle en relevant la tête.

— Bella…

Il la voulait au plus profond de son être, mais elle méritait tellement mieux.

Comme si elle avait senti le conflit qui l'habitait, elle posa un index contre ses lèvres.

— Ce moment restera unique, murmura-t-elle.

Qu'entendait-elle par là ? Qu'elle n'oublierait jamais ce qu'ils venaient de partager ? Ou qu'elle le regrettait déjà ?

Cette éventualité le terrifia. Aussi se contenta-t-il de l'embrasser.

Quand il ouvrit les paupières, Rhys mit un moment avant de se rappeler où il se trouvait. Il n'était ni dans son lit à Londres ni dans sa chambre à Edgecombe.

Puis les souvenirs affluèrent. Margate. Le pavillon. Bella.

Il tendit le bras sur le côté pour la toucher, mais ne trouva qu'un espace vide et des draps encore tièdes.

Après avoir enfilé sa chemise et son pantalon, il partit à sa recherche dans la maison, mais elle avait déjà quitté les lieux.

Rhys chaussa ses bottes et s'aventura à l'extérieur.

Il la trouva sur la plage, face à l'océan, le regard tourné vers l'horizon. Ses cheveux détachés volaient dans le vent et la brise marine jouait avec ses jupes le long de ses jambes.

— Vous étiez partie à mon réveil, dit-il en approchant prudemment, hésitant à interrompre sa rêverie.

Bella lui adressa un regard par-dessus son épaule.

— Pas bien loin. Je suis simplement venue voir la mer.

Ce n'était pas à proprement parler une invitation, mais le ton de sa voix lui donna suffisamment de courage pour venir se poster à côté d'elle. Leurs coudes se frôlèrent et il dut résister à la tentation de la serrer contre lui. Instinctivement, il savait qu'elle se serait éloignée. Pas seulement de lui, mais aussi de cette intimité qu'ils avaient partagée.

— Des regrets ?

Il avait très peur de la réponse, mais il fallait qu'il sache.

Bella sourit et repoussa une mèche qui avait volé devant son visage avant de se tourner vers lui.

— Aucun, dit-elle en lui enlaçant la taille.

Soupirant avec soulagement, il enroula un bras autour de ses épaules et posa son menton sur le dessus de son crâne.

— Je n'oublierai jamais ce que nous avons vécu ici, murmura-t-il.

Elle releva la tête vers lui. Bizarrement, ce qu'il lut dans ses yeux ne reflétait pas son propre sentiment de contentement.

— Nous pourrons revenir quand il vous plaira, ajouta-t-il.

Sa proposition ne suscita pas de commentaires de sa part. – Nous ferions mieux de rentrer à Londres, dit-elle à la place en se libérant de son étreinte. Meg va commencer à se poser des questions.

— Et ensuite ?

— Nous reprendrons le cours de notre enquête, déclara-t-elle d'un ton détaché. Nous irons à Bishopsgate pour voir si Mr Radley s'y trouve.

— Je parlais de nous.

— Je crois…

Elle se hissa sur la pointe des pieds et déposa un baiser sur ses lèvres.

— Je crois que ce… moment restera un événement isolé.

Malgré la chaleur du soleil qui brillait dans le ciel, Rhys sentit une vague glacée lui remonter le long de l'échine.

— Qu'entendez-vous par là ?

— Comme une pièce de puzzle qui ne se raccrocherait à aucune autre. Un élément de notre relation significatif, mais séparé du reste.

— Une exception à la règle ?

Rhys tenta de refouler l'amertume qui lui montait à la bouche. Le sentiment de contentement qu'il avait ressenti à son réveil venait de voler en éclats.

— C'est cela. Un épisode merveilleux, certes, mais qui doit rester unique.

Elle recula d'un pas.

— Allons récupérer nos affaires. Il est temps de rentrer.

Plus il la dévisageait, plus il parvenait à voir derrière cette façade calme qu'elle affichait. Sa lèvre inférieure trembla quand elle posa les yeux sur lui et ses épaules raidies trahissaient un malaise. Il lut de la peur dans son regard.

— Vous n'avez aucune inquiétude à avoir, Bella. Tout ce que vous désirez, je l'accepterai.

Craignait-elle réellement qu'il n'aille raconter à la ronde le merveilleux moment qu'ils avaient partagé ?

— Faites-moi confiance, ajouta-t-il.

— Ce que je souhaite, c'est retourner à Londres.

Elle s'avança et entrelaça ses doigts aux siens.

— Je veux que nous nous rappelions cet interlude avec tendresse, tout en gardant à l'esprit qu'il ne doit pas se reproduire.

Ils regagnèrent le pavillon main dans la main. Rhys savoura ce contact aussi longtemps qu'il dura, caressant la peau douce de Bella de son pouce.

Elle ne lui avait pas clairement annoncé qu'il ne la toucherait plus jamais avec une telle liberté, mais au fond de lui il le sentait. Il le craignait. Et ils étaient censés mettre tout cela de côté une fois de retour à Londres ?

Mais comment allait-il parvenir à cesser de la désirer, surtout maintenant qu'il savait à quel point il était merveilleux de la tenir dans ses bras ?

Chapitre 18

Rhys donna un autre coup de poing et sentit avec satisfaction les muscles de son épaule et de son bras chauffer. Debout dans la véranda, à Edgecombe, il se battait dans le vide en imaginant se trouver face aux sacs de frappe suspendus au plafond de la salle de boxe qu'il fréquentait à Londres.

Deux autres crochets, un de la main gauche, un de la droite, puis il se tourna vers le bureau et s'empara de la lettre qui s'y trouvait.

Plissant les yeux, il tenta une nouvelle fois de déchiffrer le sens des mots.

Ce n'était pas tant le style ni la manière de s'exprimer de son auteur qui le dérangeait ; la calligraphie d'Iverson était impeccable. Non, ce qui lui faisait défaut, c'était la concentration. Sa seule certitude était que cette missive annonçait de bonnes nouvelles.

Iverson l'informait qu'un récent investissement avait porté ses fruits et généré plus de dividendes que prévu. Son compte en banque avait été renfloué, suffisamment pour qu'il n'ait plus à s'inquiéter de pouvoir payer tous ces chapeaux et ces robes que Meg avait achetés à Londres dernièrement.

Les finances ducales et l'argent dérobé par Radley n'étaient pas ce qui le préoccupait.

Non, toutes ses pensées semblaient dirigées vers une seule personne. Une femme. Ce n'était pas nouveau. À vrai dire, il ne se souvenait pas d'un seul jour, au cours de ces cinq dernières années, où elle ne lui avait pas traversé l'esprit. Mais, cette fois-ci, c'était différent. Il avait goûté à son corps, il savait comment elle réagissait quand elle se perdait dans l'extase du plaisir charnel et connaissait la sensation de sa peau brûlante contre la sienne.

Si ridicule que cela puisse paraître, il se languissait d'elle. La sensation était étrange. Aucune femme ne lui avait jamais manqué, a fortiori s'il n'avait partagé sa couche qu'une seule fois. Mais Bella n'était pas n'importe qui. Il pensait à elle chaque jour et craignait que ce nouveau souvenir ne revienne le hanter, une fois que leur subterfuge aurait pris fin.

Rhys n'éprouvait aucun remords. Vivre pour le plaisir sans jamais rien regretter, telle était sa devise. Le problème, c'était qu'il ne pourrait jamais revenir à une simple amitié avec Bella après avoir partagé autant. Il ne saurait se contenter de ce qu'ils étaient autrefois.

Malheureusement, Bella ne semblait pas entretenir les mêmes inquiétudes que lui. Depuis qu'ils étaient rentrés de Margate, trois jours plus tôt, ils n'avaient pas échangé un seul mot. Rhys avait envisagé de lui faire porter une lettre. La veille, il avait parcouru la moitié de la distance séparant Edgecombe de Hillcrest avant de faire demi-tour. Il avait juré de respecter les souhaits de Bella.

Il se haïssait d'avoir fait une telle promesse. Son

instinct lui intimait de la courtiser. Pourtant, elle méritait tellement mieux qu'un homme qui se laissait porter par ses pulsions.

Posant le front sur le verre froid de la vitre, il laissa son regard se perdre en direction de Hillcrest. Ils étaient fiancés, pour l'amour du ciel ! Il avait le droit de lui rendre visite.

— Qu'en pensez-vous ?

Rhys se retourna. Debout sur le seuil de la pièce, Meg arborait une robe violet sombre en satin au décolleté brodé de fleurs et à l'ourlet agrémenté d'une rangée de perles scintillantes.

— C'est pour le bal, précisa-t-elle.

— Elle est magnifique, l'assura Rhys, heureux de voir un sourire sur le visage de sa sœur.

— N'est-ce pas un peu trop voyant ?

— Vous êtes superbe.

Et bien trop innocente. Pour la première fois de sa vie, Rhys ressentit une certaine appréhension à l'idée du genre d'homme que Meg pourrait rencontrer sur la scène maritale. Il était prêt à offrir une dot importante pour sa main, mais elle semblait tellement impatiente de tomber amoureuse qu'il craignait qu'elle ne soit une proie facile pour les chasseurs de fortune.

— Pour un joueur, vous ne cachez pas très bien vos émotions.

— Vraiment ?

Sûrement une passade. Il avait mis des années à perfectionner sa façade imperturbable.

— Je vois bien que vous êtes préoccupé, reprit Meg. Maman avait la même expression lorsqu'elle était tracassée, ce qui arrivait souvent.

— Ce n'est pas étonnant. Père lui donnait de multiples raisons de se faire du souci.

Rhys repensa à Mrs Turner et son estomac se noua.

— Je vous en prie, ne vous inquiétez pas pour moi avant même que je n'aie participé à ma première soirée dansante. Bella m'a très bien préparée.

La simple mention de ce nom suscita son intérêt.

— Comment cela ?

Rhys déroula les manches de sa chemise qu'il avait retroussées et entreprit de les boutonner avec toute la nonchalance dont il était capable.

— Elle dit qu'il est possible de discerner les motivations des messieurs, même alors que ces derniers s'efforcent de les dissimuler.

— Un exercice difficile, sans aucun doute, commenta-t-il.

Rhys était certainement la raison pour laquelle Bella ne faisait pas confiance à la gent masculine.

— Et comment peut-on déchiffrer leurs véritables intentions ?

Meg parut surprise.

— Je ne suis pas censée confier ce genre d'information à un homme.

— Même à votre propre frère ? la taquina-t-il. Mais vous avez raison. Certaines choses doivent être tues.

Meg esquissa un pas de danse.

— Voulez-vous voir une autre robe ? C'est celle que j'ai l'intention de porter lors de notre visite chez le duc et la duchesse de Tremayne, la semaine prochaine.

— Quelle visite ?

— Ne vous ai-je pas dit que nous sommes conviés à dîner, vous, Bella et moi ? J'ai supposé que cela ne vous dérangerait pas. Aussi, j'ai pris la liberté d'accepter en votre nom. Ai-je mal fait ?

— Pas du tout, s'empressa-t-il de la rassurer, heureux d'avoir une occasion de revoir sa fausse fiancée. Quand elle vous a conseillée, Bella vous aurait-elle enseigné quelque chose que vous pourriez partager ?

En d'autres mots, quelque chose le concernant.

— Elle m'a expliqué comment décliner poliment une demande en mariage et les raisons qui pourraient me pousser à avoir recours à un refus.

— Je m'attends à ce que vous receviez plusieurs offres.

Meg leva les yeux au plafond un instant avec une moue pensive.

— Je l'espère. Ne vous faites pas de souci pour moi. Avec l'aide de Bella, je suis persuadée que je prendrai la bonne décision. Je sais désormais qu'il existe plusieurs moyens de se rendre compte qu'un prétendant est le bon.

Rhys serra les poings. Son cœur battait si fort dans sa poitrine qu'il craignit que sa sœur ne l'entende.

— Par exemple ?

— Une fois certaine que les intentions du gentilhomme sont honorables, je dois m'assurer qu'il est capable de me faire rire.

Rhys fouilla dans sa mémoire à la recherche de souvenirs au cours desquels il avait vu Bella s'esclaffer à ses blagues. Les exemples ne manquaient pas.

— Son physique doit m'agréer et refléter une personnalité aimable, poursuivit Meg.

L'amabilité était l'une de ses rares qualités.

— Et il importe enfin qu'il soit cultivé et qu'il s'exprime bien afin que je puisse aisément m'imaginer converser avec lui quotidiennement jusqu'à la fin de ma vie. Mais ce qui compte le plus, c'est qu'il doit me porter en haute estime et me traiter avec respect.

— C'est amusant. Vous venez de décrire tous les critères que j'estime indispensables à ma future épouse.

Meg pouffa.

— Je vous promets de choisir quelqu'un de bien.

« Quelqu'un de bien. » Meg ne méritait pas moins. Tout comme Bella.

Pourrait-il un jour se targuer de l'être ? Rhys était chanceux, populaire et riche, mais il n'était pas quelqu'un de bien.

Il pouvait s'imaginer le devenir, ou du moins s'y efforcer, oublier ses mauvaises habitudes, s'évertuer à ressembler au genre d'homme qu'il souhaitait être au fond de lui.

Mais il ne pouvait espérer que Bella patiente jusqu'à temps qu'il y parvienne. Elle méritait le meilleur, maintenant et à jamais.

Le problème, c'était qu'il la désirait plus qu'aucune autre femme au monde.

— Avez-vous l'intention d'en laisser certains ici ?

Bella récupéra deux autres livres sur l'étagère et les ajouta à la pile sur le bureau.

Son père la dévisagea par-dessus la monture de ses lunettes.

— Bien sûr, répondit-il. L'école possède probablement une grande collection d'ouvrages.

— J'imagine qu'il y a une bibliothèque dans l'établissement.

— C'est le cas. J'ai posé la question et l'on m'a assuré qu'elle était de taille respectable et que, par ailleurs, la direction serait ravie d'avoir mon avis sur les prochaines acquisitions à faire.

Il pointa du doigt un courrier au centre du buvard.

— Ils sont encore néophytes en la matière.

— Alors vos services seront les bienvenus, déclara Bella en s'approchant pour s'emparer des volumes qu'il tenait contre son torse. Et ceux de maman également. Ses compétences organisationnelles sont remarquables.

— Tout comme les vôtres, dit-il en désignant la pile sur le bureau. Vous les avez arrangés par sujet, auteur et date de publication.

— Évidemment, répliqua-t-elle en souriant. Existe-t-il une autre manière de procéder ?

Son père avait toujours aimé qu'elle l'aide dans son travail.

— Puis-je vous interrompre un instant ?

Louisa se tenait sur le seuil du bureau.

— Bien sûr. Plus on est de fous, plus on rit, répondit Lord Yardley.

— J'espérais pouvoir m'entretenir avec Bella. Je vous la ramène vite.

Bella lut de l'inquiétude dans les yeux de sa cousine.

— Continuez sans moi, dit-elle avant de suivre Louisa dans le couloir.

— Allons dans votre salon, suggéra cette dernière.

Bella se retint de la questionner. La jeune fille, habituellement très calme, était visiblement anxieuse. Une fois dans son boudoir, Bella referma la porte derrière elles.

— Que se passe-t-il ? Vous avez une mine horrible.

— Je vais bien, éluda Louisa. Ne vous en faites pas pour moi. C'est juste un défi que je me dois de relever.

— C'est-à-dire ?

Comme elle s'apprêtait à lui tirer les vers du nez, Bella remarqua que sa cousine triturait entre ses doigts une enveloppe à son nom.

— J'ai deux nouvelles, déclara Louisa, une bonne et une mauvaise. Laquelle préférez-vous en premier ?

— La bonne.

La logique voulait qu'elle entende d'abord la mauvaise, pour que la seconde lui remonte le moral, mais elle n'avait pas la tête à se montrer cohérente.

Louisa esquissa un petit sourire malicieux et lui tendit la missive comme s'il s'agissait d'un document secret qu'il faudrait brûler après l'avoir lu.

— C'est une lettre en provenance d'un éditeur londonien du nom de Mr Peabody.

Bella fronça les sourcils et s'empara de l'enveloppe avec précaution.

— Je l'ai déjà rencontré. Il a rejeté mon projet.

— Qu'écrit-il ?

Louisa s'assit sur une chaise près de la fenêtre et se pencha en avant, visiblement impatiente d'entendre la réponse. L'homme avait été sec et sans équivoque, le jour où Bella s'était rendue dans ses locaux. De fait, il lui avait presque fait comprendre qu'elle perdait son temps.

— Peut-être est-ce simplement un refus officiel ?

Elle ouvrit le courrier et en sortit une feuille de papier qu'elle se mit à lire, avant de pousser une petite exclamation.

— Qu'y a-t-il ? s'enquit Louise d'une voix excitée en tentant d'apercevoir les mots par-dessus son épaule.

— Il dit qu'il aimerait de nouveau jeter un coup d'œil au manuscrit complet et m'invite à lui rendre visite la semaine prochaine.

Bella n'en croyait pas ses yeux.

— Cela n'a aucun sens, murmura-t-elle.

— Il arrive que les gens se trompent, Bella. Lui aviez-vous laissé un extrait ? Peut-être a-t-il décidé de reconsidérer votre ouvrage après l'avoir examiné de plus près ?

— Ce n'est pas le cas. Il a parcouru quelques pages et m'a aussitôt dit non, de manière ferme et définitive.

— Alors c'est une excellente nouvelle, s'exclama Louisa en rayonnant de joie. C'est une deuxième chance qu'il vous offre là. Vous méritez qu'il s'attarde sur votre travail.

Bella avait bien une petite idée de ce qui avait pu le faire changer d'avis. Hormis Meg, personne d'autre que Rhys n'était au courant de son rendez-vous avec l'éditeur, et il était le seul à connaître son nom et son adresse exacte.

Bella soupira, partagée entre un sentiment de gratitude face aux efforts que Rhys avait déployés pour l'aider et la frustration qu'il n'ait pas pris en compte son désir de réussir par ses propres moyens.

— Voulez-vous entendre le reste ? poursuivit Louisa.

— Bien sûr.

Elle avait oublié que sa cousine avait également une mauvaise nouvelle à lui annoncer.

— J'ai aidé tante Gwendoline à trier les tenues qu'elle a l'intention d'emporter en Grèce et j'ai demandé à l'un des valets de lui monter une malle de voyage.

— Parfait, j'ai promis de lui donner un coup de main, cet après-midi.

— Cela dit, elle refuse d'empaqueter ses affaires. Je crois qu'elle va essayer de vous convaincre de célébrer le mariage avant leur départ.

Bella secoua la tête.

— Ce n'est pas ce qui était convenu. Nous leur avons bien expliqué que nous souhaitions attendre l'année prochaine.

Seigneur, voilà qu'elle s'exprimait comme si ce mariage allait réellement avoir lieu !

— S'ils partent maintenant, je suis persuadée qu'ils se plairont en Grèce et qu'ils décideront d'y rester, même après avoir appris que nous avons mis fin à nos fiançailles.

— Et si elle insiste pour que la cérémonie ait lieu avant leur départ ?

— Les préparatifs prendraient trop de temps. L'année scolaire commence le mois prochain. Ils doivent prendre la route sans attendre.

Louisa lui décocha un regard inquiet.

— Qu'allez-vous faire ?

Nerveuse, Bella lista mentalement les options qui s'offraient à elle. Une seule lui semblait à la fois simple et efficace.

— Il faut que je négocie avec maman et la convainque d'accepter ce délai d'un an.

Louisa croisa les bras sur sa poitrine, les sourcils froncés.

— Je ne suis pas certaine que cela fonctionne. Elle est très contrariée à l'idée de patienter et estime que cet arrangement vous laisse dans une situation non résolue.

— Alors je vais devoir lui donner ce qu'elle veut.

— Comment cela ?

Portant une main à sa poitrine, Bella toucha du bout des doigts le pendentif caché sous le tissu de sa robe à col haut. La forme familière de la fleur en métal eut sur elle un effet apaisant.

— J'aurai besoin de l'aide de Rhys. Espérons qu'il entrera dans mon jeu.

— Je vous en prie, Votre Grâce.

La voix de Mrs Chalmers, devina Bella alors qu'elle se dirigeait vers la salle de bal d'Edgecombe où la bonne lui avait affirmé qu'elle trouverait le duc. Le désespoir dans la voix de la gouvernante lui fit presser le pas. Que pouvait-il bien faire subir à la pauvre femme ?

Une fois sur le seuil, elle découvrit Rhys, Mrs Chalmers et Meg au milieu de la pièce. Ainsi qu'un jeune valet.

— Miss Prescott ! Dieu soit loué ! J'espère que vous êtes venue me sauver, s'exclama la gouvernante en s'épongeant le front et les joues de son mouchoir en tissu. Je ne connais peut-être pas les mouvements, mais je suis certaine que mon corps a passé l'âge de ce genre de cabrioles.

Bella les dévisagea tous les quatre, ébahie.

— Nous étions en train de donner un cours de danse à Meg, expliqua Rhys.

— Je n'ai pas besoin de leçons, protesta l'intéressée en jetant un coup d'œil embarrassé en direction du jeune valet. C'est exactement ce que l'on nous apprenait à l'école, mais le quadrille n'a jamais été mon fort.

— Je n'en peux plus. C'est beaucoup trop remuant à mon goût. Puis-je m'en retourner à mes autres tâches, Votre Grâce ? demanda Mrs Chalmers, le souffle court. Miss Prescott fera certainement une meilleure partenaire que moi, n'est-ce pas, mademoiselle ?

— J'ai eu l'occasion de danser le quadrille à maintes occasions, la rassura-t-elle.

Aucune d'entre elles n'avait été particulièrement agréable,

mais Bella n'estima pas nécessaire de le mentionner. Après tout, la plupart de ses soirées passées dans une salle de bal avaient été déplaisantes.

— À vrai dire, nous étions sur le point de changer de genre, dit Meg avec un grand sourire. Il n'y en a qu'un seul que nous n'avons jamais appris à l'école. Nos formatrices le considéraient comme trop inconvenant.

— La valse, précisa Rhys. Et je sais d'expérience que Miss Prescott est douée en la matière.

Rhys ne l'avait pas quittée des yeux depuis qu'elle était entrée dans la salle et elle se rendit soudain compte qu'elle ne l'avait même pas salué.

— Voulez-vous bien me montrer les pas ? demanda Meg d'un ton innocent légèrement suspicieux. Je suis sûre que si vous dansez doucement, je serai capable de mémoriser les mouvements.

— Il n'y a pas de musique, objecta Bella.

C'était la première excuse qui lui était venue à l'esprit.

— Je peux en fredonner une, affirma Meg avec un petit sourire en coin. J'en ai récemment apprise une au piano et je me souviens parfaitement du rythme.

— Merveilleux, répondit Bella d'un ton faussement enjoué.

Elle désirait plus que tout se retrouver dans les bras de Rhys, mais l'idée d'être aussi proche de lui devant Meg la terrifiait. Ses émotions pourraient se lire sur son visage.

Visiblement, à en juger par l'expression de Rhys, ce dernier comprenait parfaitement ce qu'elle ressentait, car il s'approcha d'elle en souriant, une étincelle malicieuse dans le regard.

— L'exercice ne devrait pas générer de scandale, étant donné que nous sommes fiancés.

Elle haussa les épaules.

— Nous avons valsé ensemble alors que ce n'était pas encore le cas, lui rappela-t-elle.

Rhys pouffa et lui prit la main.

— Alors notre performance n'en sera que meilleure.

Bella vint se placer devant lui, une paume au creux de la sienne, et son corps se mit à vibrer quand il posa une main sur sa taille.

— Meg, musique, ordonna-t-il.

La jeune femme se mit à chantonner tout en tapant du pied en rythme sur le plancher.

Rhys guida les premiers pas. Il la tenait bien trop près ; leurs poitrines se frôlaient et leurs hanches se touchaient lorsqu'ils pivotaient. Aucune douairière n'aurait autorisé un tel comportement dans une salle de bal londonienne.

— C'est curieux, dit-il à voix basse.

— Quoi donc ? s'enquit Bella en serrant un peu plus fort ses doigts.

S'il voulait la distraire en lui faisant la conversation, il risquait de se prendre un coup de botte dans le tibia.

— Comme quelques jours peuvent sembler durer des semaines, précisa-t-il d'une voix grave.

Bella en perdit le fil, de sorte que, lorsqu'il fit un pas en avant, elle oublia de reculer et trébucha. Rhys la serra fermement dans ses bras pour l'aider à garder l'équilibre.

— Je vous tiens, murmura-t-il à son oreille.

Meg avait cessé de fredonner, et un silence pesant s'installa dans la pièce.

— Tout va bien ? Voulez-vous que je reprenne au début ?

— Non merci, répondit Bella avant que Rhys ait eu le temps d'ouvrir la bouche. Je dois m'entretenir avec votre frère. En privé.

— Nous reprendrons la leçon plus tard, Meg.

Rhys jeta un coup d'œil à sa sœur qui hocha la tête en signe d'assentiment.

L'instant d'après, Meg quittait la pièce et Bella se libérait de l'étreinte de Rhys.

— Avez-vous des mauvaises nouvelles à m'annoncer ? s'enquit-il d'une voix basse où pointait l'inquiétude. Vos parents vont-ils bien ?

— Oui, merci. Papa est occupé à empaqueter ses livres, mais je ne peux en dire autant de maman.

Bella s'interrompit, à la recherche des mots justes pour transmettre sa requête. Ne trouvant pas, elle alla droit au but.

— Nous devons choisir une date pour le mariage.

Plusieurs émotions se succédèrent sur le visage de Rhys : d'abord le choc, puis la confusion et enfin autre chose, de plus subtil, qu'elle ne parvint pas à identifier, semblable à une pointe d'intérêt.

Il prit une petite inspiration.

— Vous n'êtes pas en train de suggérer que…

— Oh ! non. Pas du tout. Je ne vous demande pas de changer les termes de notre arrangement. Et cela n'a rien à voir avec ce qu'il s'est passé au pavillon, s'empressa-t-elle d'ajouter. Non, il suffira de lui donner une date pour qu'elle se décide à partir. Elle a besoin d'une confirmation.

— Que proposez-vous, dans ce cas ? demanda-t-il d'une voix glaciale qui semblait cacher autre chose.

— J'ai pensé au printemps ou à l'été prochain.

— Un jour en particulier ?

Il haussa les épaules, comme si la date lui importait peu et qu'il la laissait la choisir. Le fait qu'il accepte cette condition supplémentaire était un soulagement. Pourtant, il semblait en colère et elle ne pouvait pas lui en vouloir. Ils avaient déjà posé les conditions de ce marché et voilà qu'elle voulait les modifier une fois de plus. Rhys était certainement agacé de ne jamais savoir sur quel pied danser.

— J'ai conscience que cette duperie supplémentaire est incommode mais, sur le fond, il n'y a rien de changé, tout cela n'est que temporaire.

— Voulez-vous que je vous accompagne pour annoncer la nouvelle à vos parents ?

— Ce ne sera pas nécessaire. Je m'en chargerai. Maman sera heureuse, j'en suis sûre. Mais je vous sais gré de l'avoir proposé.

Elle aurait voulu ajouter quelque chose, mais n'était pas très sûre d'elle, ni même de ce qu'elle ressentait. Rhys et elle ne s'étaient pas reparlé depuis leur escapade en bord de mer.

— Inutile de me remercier, répondit-il avec un sourire peu convaincant. Ferons-nous le voyage à Londres ensemble, la semaine prochaine ? Meg m'a dit que vous étiez également invitée à dîner chez les Tremayne. Vous allez sans doute bientôt recevoir leur invitation.

— Je l'ai reçue.

La missive était arrivée, mais elle n'avait pas encore décidé si elle allait accepter l'invitation. Néanmoins, maintenant que Mr Peabody avait décidé de lui donner une seconde chance, elle avait une bonne raison de se rendre à Londres.

— Il faut qu'on nous aperçoive ensemble en société, ajouta Rhys.

Il s'approcha d'elle jusqu'à ce qu'ils soient presque nez à nez. La chaleur qui se dégageait de son corps était une pure tentation.

— N'est-ce pas ce qui était convenu au début de cet arrangement ?

Cet arrangement. Ce n'était rien de plus qu'un marché, une ruse qui prendrait bientôt fin, se rappela Bella.

Ces derniers jours avaient été difficiles. Se concentrer sur quoi que ce soit, hormis le souvenir de leurs ébats, s'était révélé impossible. Voilà pourquoi toute cette histoire devait se terminer au plus vite. Elle ne pouvait se permettre de redevenir cette adolescente obnubilée par Rhys Forester. Elle avait passé l'âge de se languir d'amour.

— Bella, j'espère que vous ne vous sentez pas coupable de…

— Non. Je vous l'ai dit : j'ai choisi le plaisir et je ne regrette rien.

Rhys grimaça et Bella se mordit la lèvre d'avoir utilisé sa devise. Pourtant, à Margate, elle avait suivi ces mots à la lettre.

— Ce qu'il s'est passé au pavillon n'a rien à voir avec notre subterfuge. Je sais faire la part des choses.

Face au silence de Rhys, elle s'apprêta à partir pour aller annoncer la nouvelle à sa mère, mais s'arrêta sur le seuil en entendant la voix de Rhys dans son dos, très basse, comme s'il se parlait à lui-même :

— Je ne suis pas certain d'en être capable.

Chapitre 19

— Je ne vois pas pourquoi je devrais être étonné, dit Nick en faisant tourner le liquide ambré dans son verre.

— Cela ne vous ferait pourtant pas de mal que quelqu'un réussisse à vous laisser bouche bée de temps à autre, rétorqua Rhys d'un ton taquin.

— Est-ce pour cela que vous avez décidé de vous fiancer, une semaine à peine après avoir quitté Londres ? Pour me surprendre ?

— Oserais-je espérer que cela a fonctionné ?

Rhys feignit difficilement un petit éclat de rire.

— Peut-être vous ai-je sous-estimé, dit le duc de Tremayne.

— Vous ne seriez pas le premier.

— Comment est-ce arrivé ? Miss Prescott est une beauté, je vous l'accorde, mais elle me semble bien trop intelligente pour se montrer aussi impulsive que vous.

— Elle l'est, mais je connais Bella depuis mon enfance.

— Et alors ? Vous aurait-elle attendu à la campagne pendant toutes ces années ?

— Pas à proprement parler.

« Haï » aurait été plus proche de la réalité.

— Elle a participé à quatre saisons, poursuivit Rhys,

et connaît la société londonienne mieux que quiconque. Ce qui lui importe en ce moment, c'est son recueil de casse-tête et devinettes qu'elle a l'intention de publier.

Décrire le travail de Bella n'était pas une tâche aisée. S'il avait eu quelques pages sous la main, il les aurait volontiers montrées à Nick. Ce dernier en aurait très certainement apprécié la gymnastique mentale.

— Innovatrice et ambitieuse, en plus de cela.

— Tout à la fois, acquiesça Rhys en vidant d'une traite son minuscule verre de xérès.

Nick le dévisagea en silence pendant plusieurs minutes.

Mal à l'aise, Rhys se leva pour se servir une rasade de whisky, non sans sentir le regard insistant de son ami dans son dos.

— Ces épousailles sont fictives, finit-il par murmurer.

Un poids s'envola de ses épaules à cette confession.

Mais quand il se retourna vers Nick, ses épaules se firent de nouveau lourdes de culpabilité.

— Je vois, vous n'avez pas l'intention d'en faire votre femme, dit son ami d'une voix plate, son visage sombre reflétant un mélange de colère et de déception.

— Elle non plus, expliqua Rhys en sentant un vide se creuser en lui à ces mots. Il s'agit d'une ruse destinée à satisfaire ses parents car ils ne lui ont pas laissé le choix. Bella n'est pas du genre à se laisser manipuler lorsqu'elle en a décidé autrement.

Nick inclina la tête sur le côté. Son regard perçant s'était transformé en froncement de sourcils.

— Et elle a souhaité faire semblant d'être fiancée… à Rhys Forester ?

— Cela m'arrangeait et j'avais une dette envers elle.

Le duc de Tremayne se leva et se servit un autre verre.

— Vraiment ?

— Il ne s'agit pas d'argent. Je l'ai déçue, il y a des années de cela.

— Déçue ? répéta Nick d'un air sceptique. De toute évidence, elle vous a pardonné.

— Je l'espère.

Une image lui vint à l'esprit, si vive et si claire qu'elle lui coupa le souffle. Celle de Bella, allongée sous lui, le regard plongé dans le sien, remplissant ce vide qu'il avait en lui.

— Oui, je crois que c'est le cas.

— Et à quel moment votre ruse prend-elle fin ?

Bonne question. Il se l'était souvent posée et la réponse le terrifiait.

— Quand ses parents seront satisfaits, je suppose.

— Vous pourrez alors reprendre votre vie de fêtes et de plaisirs, lança Nick d'un ton léger, presque amusé, avant de lever son verre pour porter un toast. J'imagine que ce sera un soulagement.

Rhys sentit ses lèvres esquisser un faible sourire.

— Je suis né pour cela.

— Pourquoi ai-je du mal à vous croire ? demanda Nick en calant une hanche contre son bureau. Vous ne voulez pas que le subterfuge s'arrête, n'est-ce pas ?

— Ne soyez pas ridicule. Plus vite cette farce sera derrière moi, plus vite je pourrai reprendre mes quartiers à la résidence Claremont et être libre de mes actes et de mes mouvements.

— Vous êtes tombé amoureux d'elle, dit le duc en inclinant la tête sur le côté, comme s'il pouvait lire en lui comme dans un livre ouvert. Peut-être l'avez-vous même toujours été.

— Cessez de rêver, Tremayne. Ce n'est pas parce que vous avez été ensorcelé par votre fiancée que tout le monde succombe aussi facilement que vous.

Rhys lui tourna le dos et avala une grande gorgée de whisky. Le liquide lui brûla la gorge, mais c'était toujours mieux que de sentir le regard insistant de Nick le transpercer.

— Et vous dites qu'elle n'est toujours pas mariée depuis tout ce temps ? reprit son ami. J'aurais cru qu'une telle beauté ferait l'objet de toutes les convoitises.

— Bella est le désir incarné, rétorqua Rhys sur la défensive en faisant volte-face. Il faudrait être fou pour ne pas l'aimer.

— Je vois, commenta Nick avant de baisser les yeux sur le tapis. Une femme d'une telle intelligence et en âge de fonder un foyer est une perle rare. Comment se fait-il qu'elle soit toujours célibataire ?

Rhys haussa les épaules.

— Elle a reçu cinq propositions et les a toutes refusées.

— Jusqu'à maintenant.

L'irritation que Rhys avait ressentie se transforma en amusement.

— Je ne lui ai pas demandé sa main, si c'est ce que vous cherchez à savoir.

— Peut-être le devriez-vous.

— Arrêtez !

Son cri se réverbéra sur les murs de la pièce.

Après deux grandes inspirations, Rhys reposa son verre et s'approcha de Nick.

— Cessez de jouer aux entremetteuses, Tremayne. Bella se mariera quand elle l'aura décidé et ce sera avec quelqu'un de bien plus respectable que moi.

Nick s'écarta du bureau, le forçant à faire un pas en arrière. Le duc sembla hésiter un instant, puis posa une main sur son épaule.

— Vous êtes un homme bien, Claremont.

Quand Rhys ouvrit la bouche pour protester, Nick l'interrompit.

— Nous ferions mieux de rejoindre ces dames avant qu'elles ne se rendent compte qu'elles s'amusent mieux sans nous.

— Nick, ne parlez de cela à personne. Pas même à Mina.

Son ami hocha la tête.

— Vous avez ma parole.

Ils se dirigèrent vers la porte du bureau, mais Nick s'arrêta sur le seuil.

— Une dernière question.

Quelque chose lui disait qu'elle n'allait pas lui plaire.

— L'aimez-vous ?

— Bien sûr, dit-il aussitôt sans réfléchir.

Nick secoua la main, comme pour balayer sa réponse d'un geste.

— Je ne parle pas de la petite fille que vous connaissiez étant enfant, mais de la femme d'aujourd'hui. Êtes-vous tombé sous son charme ?

Cette fois, Rhys resta coi. Dernièrement, il ne pensait à rien d'autre qu'aux moments qu'il avait partagés avec Bella. Cela faisait-il de lui un homme amoureux ?

— Oubliez cela, reprit Nick en souriant. Je n'ai pas besoin de confirmation. Il suffit de vous entendre parler d'elle.

— Je n'ai pas joué aux cartes depuis longtemps,

marmonna-t-il. J'ai perdu l'habitude de cacher mes émotions.

— L'amour a le don de transpercer toutes les défenses.

Rhys ajusta sa cravate. La dernière chose dont il avait besoin, c'était bien une leçon de romantisme.

— Si vous me permettez, j'aimerais vous donner un conseil, tout comme vous l'avez fait lorsque j'étais dans une situation similaire à la vôtre, reprit le duc. Vous rappelez-vous ?

— Vaguement.

— Dites-lui ce que vous ressentez pour elle.

— Non.

Rhys secoua la tête. Il ne fléchirait pas sur ce point.

— J'ai été suffisamment égoïste pendant toutes ces années, mais je sais quelles limites je ne dois pas franchir. Bella mérite mieux.

Nick plissa les yeux, puis sembla capituler.

— Très bien. Comme vous voudrez. Mais souvenez-vous d'une chose.

— Laquelle ?

— Les femmes finissent toujours par découvrir la vérité.

Nick ouvrit la porte et sortit dans le couloir avant de se retourner vers Rhys.

— Surtout celles qui sont intelligentes.

— Le chat du pasteur est adorable, beau, charmant, drôle, élégant, fougueux, gros et héroïque, récita Meg avec un sourire triomphant, visiblement fière d'avoir réussi à mémoriser tous les adjectifs.

Le jeu consistait à se souvenir des qualificatifs énoncés depuis le début de la partie. Quand venait le tour d'un joueur, ce dernier devait en ajouter un nouveau commençant par la lettre de l'alphabet suivante. L'idée était simple, mais en la modifiant légèrement, elle pouvait constituer un casse-tête intéressant pour son livre, songea Bella. Elle pourrait même ajouter des astuces mnémotechniques en bas de page.

— À vous, Miss Prescott, annonça la duchesse de Tremayne.

Mince. Perdue dans ses pensées, Bella n'avait pas entendu le dernier mot commençant par un *i*.

Face à elle, Meg porta ses mains de part et d'autre de sa bouche et articula « inapprivoisé » en silence.

Bella se redressa sur le canapé et récita la liste sans oublier le moindre élément tout en réfléchissant à la suite.

— Joli, prononça-t-elle finalement à l'instant où Rhys pénétrait dans le salon.

L'atmosphère sembla soudain chargée d'énergie.

— Le chat, s'empressa-t-elle de préciser.

Rhys lui adressa un sourire charmeur qui fit battre son cœur.

— À quoi jouez-vous ? Est-il trop tard pour nous joindre à vous ? demanda le duc de Tremayne.

— Au chat du pasteur, répondit son épouse en tendant le bras pour tirer sur la clochette. L'exercice commence à devenir difficile. Maintenant que vous êtes arrivés, je suggère que nous fassions venir des rafraîchissements.

Rhys jeta un coup d'œil à la place vide à côté de Bella et elle se décala légèrement vers le bord du canapé pour l'inviter à s'asseoir. Les coussins s'affaissèrent quand il s'installa et elle se retrouva collée contre lui. Leurs bras se frôlèrent, leurs cuisses se touchèrent, mais il ne s'écarta pas. Et elle non plus.

— Vous vous amusez bien ? lui demanda-t-il à voix basse.

— Beaucoup. La duchesse est une femme chaleureuse et très intelligente.

— Alors vous avez beaucoup en commun.

Bella lui décocha un regard en biais. La température de la pièce semblait avoir augmenté de quelques degrés depuis son arrivée. Son corps si près du sien était aussi chaud que la braise. Le souvenir de ce qu'il s'était passé au pavillon lui revint en mémoire et accentua la sensation qu'elle avait d'avoir les joues en feu. Hormis pendant la leçon de danse de Meg, ils n'avaient pas été aussi proches l'un de l'autre depuis leur escapade à Margate.

Visiblement, Rhys semblait partager ses pensées, car son souffle se fit plus rapide et il se passa la langue sur les lèvres.

— Bella, je…

— Voulez-vous commencer ? Vous avez toujours été doué en charades. Aussi, je vous ai désigné comme premier joueur.

Meg était apparue devant eux comme par magie, et Bella n'avait aucune idée du tour qu'avait pris la conversation dans le salon de ses hôtes.

— Voyons, Meg, vous avez toujours eu plus de talent que moi, protesta Rhys avant de se tourner vers la duchesse. Je cède ma place à ma sœur, si vous n'y voyez pas d'inconvénient.

Meg pouffa et s'empara du premier morceau de papier que la duchesse lui tendit. Il s'agissait, d'après ce que Bella comprit, de trouver des titres d'œuvre.

— Seigneur ! s'exclama Lady Margaret après avoir lu ce qui était inscrit sur le papier.

Elle alla ensuite se placer au centre de la pièce et leva trois doigts pour indiquer le nombre de mots de la bonne réponse.

— Il faut que nous parlions, chuchota Rhys à son oreille en s'avançant sur le bord du canapé, comme s'il éprouvait soudain un vif intérêt pour les gesticulations de Meg. Vous m'évitez et je n'aime pas cela.

— Ce n'est pas vrai, murmura Bella, les yeux fixés sur la scène qui se déroulait devant elle. Du moins, pas vraiment. Cela dit, vous avez raison. Une discussion s'impose.

— Ce soir. Seule.

— Impossible. Vous savez bien que je loge chez les Tremayne, répondit Bella tout bas en riant aux facéties de Meg qui mimait un cœur avec les mains. Est-ce l'amour ? ajouta-t-elle à voix haute.

Lady Margaret hocha la tête avec véhémence. Bella reprit sa conversation en aparté avec Rhys :

— Je pourrais faire semblant d'être malade, suggéra-t-elle.

Rhys sourit.

— La duperie serait-elle devenue votre seconde nature, Miss Prescott ? la taquina-t-il. Nul besoin de mentir. Je leur dirai simplement que je dois m'entretenir avec vous à la résidence Claremont et que je vous ramènerai avant la nuit. Nous sommes fiancés, après tout. Notre statut nous donne droit à certaines libertés.

— La peine, s'exclama le duc de Tremayne.

— *Peines d'amour perdues*, renchérit Rhys avant que Bella ait eu le temps de se pencher sur le troisième mot.

— Gagné ! annonça Meg en jetant un coup d'œil à la ronde. Ne vous avais-je pas dit que mon frère est doué en charades ?

— C'en est presque injuste pour mes adversaires, rétorqua Rhys avec sa bravade habituelle. Si vous me permettez, plutôt que de ruiner votre jeu en continuant à vous battre à plate couture, je vais vous emprunter ma fiancée pendant quelque temps.

— Fuguer en compagnie de mes invités est interdit, Votre Grâce, dit la duchesse d'un ton mi-sérieux mi-amusé. Où comptez-vous l'emmener ?

Rhys se leva et Bella le vit lui tendre la main.

— Chez moi.

Il prononça ces mots au moment où elle glissait les doigts dans sa paume et Bella sentit un frisson lui remonter le long du bras.

— Une fois que nous serons mariés, Miss Prescott sera amenée à passer une partie de l'année dans la résidence Claremont. Je pense donc qu'une visite est de rigueur.

Rhys l'attira vers lui et elle se leva à son tour.

— Je vous prie d'excuser mon départ précipité, Votre Grâce, dit-elle à l'intention de son hôtesse.

— Si le duc de Claremont promet de vous ramener rapidement, alors je vous y autorise, déclara Lady Mina en lui adressant un clin d'œil avant de plonger les lèvres dans son verre de xérès.

Rhys l'escorta jusqu'à la sortie.

— Je crains que nous n'ayons été indélicats, dit-elle sans pour autant ralentir le pas.

— Honnêtement, Bella, si je ne parviens pas à vous avoir pour moi tout seul dans les minutes qui viennent, je serai contraint de me montrer encore plus impoli.

Ils grimpèrent à bord d'une calèche et Rhys prit place sur la banquette en face d'elle.

Elle aurait préféré qu'il s'asseye à côté d'elle. Dans l'obscurité de l'habitacle, son expression était indéchiffrable. Il ne prononça pas un mot, ce qui était très inhabituel. Était-il en colère contre elle ? Avait-il l'intention de mettre fin à leur accord avant le départ de ses parents ?

Il n'avait pas entièrement tort. Elle l'avait effectivement évité, mais ce n'était pas par manque d'envie de le voir. Au contraire, c'était précisément parce qu'elle le désirait beaucoup trop.

Du bout des doigts, elle joua nerveusement avec son pendentif. Peut-être était-il fâché parce que la nouvelle de leur engagement était arrivée à Londres et qu'il devait prétendre être fiancé à elle devant ses connaissances ?

— Je suis navrée que vous soyez obligé de tromper vos amis.

Rhys détourna brusquement le regard de la fenêtre.

— Nous étions d'accord sur ce point. Et je n'ai pas menti à Nick, je lui ai dit la vérité. Mais vous n'avez aucune inquiétude à vous faire, le duc de Tremayne est un homme de parole. Il sait garder les secrets.

— Vous lui avez parlé de notre ruse ? s'exclama-t-elle, incrédule.

Rhys savait que Bella avait mis Louisa dans la confidence, mais ils s'étaient entendus pour ne se confier à personne d'autre.

— Nick me connaît mieux que quiconque, lui expliqua-t-il en se penchant vers elle. Je n'ai pas réussi à lui cacher la vérité, mais je lui ai fait promettre de ne rien révéler, pas même à la duchesse. Nous pouvons lui faire confiance.

Bella n'eut pas le temps d'exprimer ses inquiétudes. Le court trajet jusqu'à la résidence Claremont venait de toucher à sa fin et la calèche s'arrêta. Rhys sortit du véhicule en premier et l'aida à descendre. Sans un mot, il l'escorta à l'intérieur et congédia la jeune bonne qui leur avait ouvert.

— Jurez-moi que vous ne divulguerez notre subterfuge à personne d'autre, dit-elle à voix basse au cas où un membre du personnel se serait trouvé dans les parages.

Rhys fit volte-face et la plaqua contre la porte tout en l'embrassant.

C'était tout à fait contraire aux règles qu'ils avaient établies… Et Bella s'était fait la promesse de ne plus se perdre dans ce genre de sensations.

Pourtant, ces émotions étaient là, présentes, avec une force indescriptible.

Tout ce qu'elle ressentait était lié à lui. Le corps chaud de Rhys contre le sien. Le désir qui enflait en elle et lui donnait envie de crier son nom chaque fois qu'il posait les mains sur elle. La manière dont la bouche et la langue de Rhys attisaient le feu qui brûlait en elle.

Elle ne put réprimer un gémissement d'assentiment quand il s'empara de ses lèvres. Elle disait oui à ses envies et à l'amour, et non aux règles et aux convenances. Après tout, elle ne pensait plus qu'à cela, ces derniers jours.

Avec une déférence presque religieuse, Rhys prit son visage entre ses mains. Sans attendre, elle déboutonna son veston pour venir plaquer une main contre son torse, et leur baiser se fit plus intense, plus fougueux, différent de ceux qu'elle avait connus jusqu'à présent.

Rhys la dévora et elle s'ouvrit à lui. Elle avait envie

de lui, depuis toujours, et se délectait du désir qu'il ressentait pour elle.

— Bella, murmura-t-il en lui effleurant les lèvres du bout de la langue. Savez-vous à quel point il est impossible de vous résister ?

— Rhys, souffla-t-elle quand il lui lécha l'oreille.

— Je sais. Ce n'est pas bien.

— Montons dans la chambre, murmura-t-elle tout en dénouant sa cravate.

Rhys s'immobilisa, une main sur sa hanche, l'autre dans son chignon défait.

— Qu'y a-t-il ? demanda-t-elle, légèrement inquiète.

— Quand vous dites ce genre de chose, je ne peux m'empêcher de me demander si je ne suis pas en train de rêver.

Bella se hissa sur la pointe des pieds et déposa un baiser à la base de son cou.

— Je ne suis probablement pas la première femme à vous demander de la conduire dans votre lit, le taquina-t-elle.

L'espace d'un instant, une flamme sembla briller dans les pupilles de Rhys et il lui prit la main. Défaisant deux boutons en haut de sa chemise, il amena sa paume contre son torse. Bella sentit son cœur qui battait la chamade. Rapide et sauvage.

— Vous le percevez, n'est-ce pas ? Vous êtes la seule à déclencher une telle réaction en moi. Il ne s'agit pas d'un simple besoin charnel, Bella. C'est cela, le désir.

— Si vous ne voulez pas m'emmener à l'étage…, commença-t-elle d'un ton malicieux en caressant les muscles de son abdomen.

Rhys se figea un instant.

— Vous n'imaginez pas à quel point j'en ai envie, dit-il enfin. Le premier arrivé en haut ?

Sans prendre la peine de répondre, Bella se pencha en avant pour passer sous son bras, souleva sa jupe et se précipita vers l'escalier.

Chapitre 20

Rhys la laissa gagner. Arrivée sur le palier, elle se retourna pour lui faire face, le souffle court, les yeux brillants, et repoussa une mèche de cheveux derrière son oreille.

— Laquelle est la vôtre ?

L'espace d'un instant, Rhys envisagea de l'emmener dans l'une des chambres d'amis. Il avait décoré la sienne sans la moindre réserve et chaque recoin de la pièce respirait la décadence. Pour la première fois de sa vie, ce que quelqu'un pouvait penser de ses préférences en matière de décoration intérieure importait à ses yeux.

Mais il ne voulait rien cacher à Bella. Elle le connaissait mieux que quiconque. Nul besoin de prétendre. Elle savait des choses qu'il n'avait confiées à personne.

— La première sur la gauche.

Bella ne se fit pas prier. Elle pivota sans attendre et tira le loquet, puis poussa la porte et ne put retenir un petit hoquet de surprise une fois sur le seuil.

Peut-être avait-il été un peu trop ostentatoire, en fin de compte.

Bella pénétra dans la pièce et Rhys l'observa, debout dans l'encadrement. Elle avança avec lenteur, laissant courir ses doigts sur la statue de la déesse égyptienne Hathor, inclina la tête face à la tapisserie médiévale et s'arrêta devant le vase en porcelaine qui trônait sur un guéridon en bois de cerisier, une main tendue sans oser s'approcher de l'objet.

— Vous pouvez toucher autant qu'il vous plaira, dit-il en sentant aussitôt son propre corps répondre à ces mots.

Il avait tellement hâte de sentir les doigts de Bella l'effleurer. Partout.

Elle se contenta de lui adresser un sourire en s'approchant du palmier en pot qui ornait un coin de la pièce.

— C'est très…

— Exagéré, conclut-il. Un vrai méli-mélo. Je n'ai jamais été très doué en décoration.

Jamais Bella n'aurait autorisé un étalage aussi éclectique et Rhys se rendit compte avec effroi qu'il aurait tout donné pour qu'elle devienne la maîtresse des lieux et se charge de leur agencement. Mais il savait qu'il n'y aurait ni mariage, ni foyer, ni vie commune à venir.

Bella fit le tour de la chambre puis revint se poster face à lui.

— J'adore. L'histoire prend vie dans tous les espaces de la pièce. Vous avez très bon goût.

Avant même qu'il ait pu répondre, elle pivota et lui offrit son dos.

— Me feriez-vous l'honneur de déboutonner ma robe ? demanda-t-elle en repoussant sa chevelure sur le côté pour lui laisser le champ libre, tout en posant une main contre sa cuisse.

Rhys s'empressa d'obéir à sa requête et fit bientôt glisser son corsage le long de ses bras.

Elle laissa échapper un petit soupir de plaisir tout en

remontant les doigts vers son entrejambe d'un geste à la fois délicat et aguichant.

Rhys se pencha pour lui embrasser l'épaule, mais elle fit un pas en avant en direction du lit, tout en défaisant les crochets de ses jupons d'une main habile.

Quand elle atteignit la couche, elle s'en était débarrassée et tirait sur le ruban retenant sa chemise. Cette dernière pièce d'habillement rejoignit les autres sur le plancher.

À la vue de son corps nu, Rhys sentit une vague de désir s'emparer de lui, similaire à celle qu'il avait ressentie la première fois, au pavillon de Margate. Mais il ne s'agissait pas uniquement de luxure. Avec Bella, il y avait aussi de la tendresse. De l'affection.

De… l'amour.

Ce constat lui emplit le cœur d'effroi.

Il la rejoignit sur le matelas et l'embrassa passionnément, une main sur sa nuque, l'autre englobant son sein. Bella frémit et plongea les doigts dans ses cheveux pour l'empêcher de reculer.

— Vous êtes magnifique, dit-il dans un souffle en remontant une main le long de sa cuisse, jusqu'au creux de son intimité.

Bella rejeta la tête en arrière en gémissant quand il introduisit un doigt en elle.

Relevant la tête, il la dévisagea et sut quand elle fut sur le point de jouir.

— Oui, laissez-vous aller, murmura-t-il en sentant tout son corps vibrer.

— Encore, laissa-t-elle échapper quand elle eut recouvré ses esprits.

Rhys vint se positionner entre ses cuisses et elle enfonça

les ongles dans la chair de ses épaules en arquant le dos quand il la pénétra.

Il s'était promis d'y aller avec douceur, mais c'était sans compter sur Bella, qui colla les hanches contre les siennes en soulevant la tête pour lui mordiller la lèvre inférieure.

Il la désirait plus qu'il n'avait jamais voulu aucune autre femme. Elle avait abaissé ses défenses, tourné le dos aux convenances et laissé de côté ces règles qu'elle estimait devoir suivre à la lettre.

Alors qu'il était sur le point de s'abandonner au plaisir de l'extase, elle releva la tête et approcha les lèvres de son oreille.

— Cela a toujours été vous, murmura-t-elle.

Rhys lui scella la bouche d'un baiser.

— Je vous aime, Arry.

Les mots lui avaient échappé, libres et affranchis de toute restriction.

Elle lui caressa les cheveux en retour et se pelotonna contre lui.

C'était déjà tout à fait satisfaisant de la tenir dans ses bras et de sentir son corps allongé contre le sien, songea-t-il. Mais que n'aurait-il donné pour l'entendre prononcer ces mots en retour.

Bella se réveilla en sursaut et plissa les yeux dans le noir. Elle n'était pas dans sa chambre. La réalité lui revint doucement en mémoire. Rhys. La résidence Claremont.

D'une main, elle explora les draps à côté d'elle et sentit la masse ferme et chaude du corps de Rhys. À sa respiration lente et régulière, elle devina qu'il était encore endormi. Quand sa vue se fut habituée à l'obscurité, elle se tourna vers lui pour l'observer.

Seigneur, qu'il était bel homme. Même de profil, elle avait envie de le toucher, de l'embrasser. L'espace d'un instant, elle fut tentée de se rallonger contre lui et de se rendormir à son côté. Comme s'ils étaient mari et femme… Non, impossible, se réprimanda-t-elle.

Ne voulant pas le réveiller, elle effleura simplement son épaule du bout des lèvres et se leva. Sur le chemin conduisant à la porte, elle ramassa sa chemise et sa robe, et les enfila avant de sortir dans le couloir.

Ses pensées se bousculaient dans son esprit, ses émotions étaient sens dessus dessous. Elle avait besoin de réfléchir.

« Je vous aime. »

Combien de fois n'avait-elle pas rêvé d'entendre ces mots dans la bouche de Rhys ? Il les avait prononcés à l'apogée de la passion, alors que leurs deux corps ne faisaient plus qu'un.

Était-il sincère ou bien s'était-il simplement exprimé dans le feu de l'action ?

Bella descendit l'escalier et se mit en quête d'une pièce ou d'une véranda avec une fenêtre pour prendre l'air. Emprunter la porte d'entrée semblait l'option la plus logique, mais, maladroite comme elle l'était, elle risquerait de se retrouver dehors dans les rues sombres de Belgravia, avec rien de plus sur le dos qu'une chemise froissée et une robe mal boutonnée.

Des bruits de pas se firent entendre. Deux serviteurs approchaient, l'un à côté de l'autre, plongés dans leur conversation. Bella paniqua. Elle poussa la première porte sur son chemin et se réfugia à l'intérieur de ce qui ressemblait à une bibliothèque – ou peut-être était-ce un bureau – aux étagères aussi remplies que celles de Hillcrest.

Les domestiques passèrent dans le couloir sans la voir, aussi s'attarda-t-elle dans cette pièce. Si les goûts de Rhys en matière de décoration étaient plutôt éclectiques, la décoration ici ressemblait davantage au style de son père : sévère, inhospitalière et un peu trop encombrée. La présence et la chaleur de Rhys y manquaient indéniablement.

Une chose était certaine néanmoins : feu le duc de Claremont et Lord Yardley partageaient un goût indéniable pour les cartes de géographie. Il y en avait partout sur les murs. Bella en reconnut une du comté d'Essex, avec un plan détaillé d'Edgecombe, une autre regroupant l'Irlande et les îles Britanniques, et plusieurs représentations de Londres.

Elle s'approcha de l'une d'entre elles. Le dessin représentait la ville dans ses moindres détails, avec le nom des voies, des places et des monuments. Du bout de l'index, Bella pointa Belgravia, Buckingham Palace, Hyde Park et, en y regardant de plus près, elle trouva même Bishopsgate.

Se souvenant du morceau de papier déniché parmi les cendres de la cheminée du pavillon à Margate, elle se mit en quête d'une autre rue commençant par un *b*. Elle finit par mettre le doigt sur Bury Street. Mr Radley s'y trouvait certainement. À moins, bien sûr, que Rhys n'ait raison en supposant que le scélérat avait mis les voiles pour la France.

— Je me demandais où vous étiez passée.

Bella fit volte-face et se retrouva devant Rhys, debout

dans l'encadrement de la porte, vêtu uniquement de son pantalon et d'une chemise déboutonnée.

— Je ne voulais pas vous réveiller, alors je suis partie en exploration.

— Et qu'avez-vous trouvé ? demanda-t-il d'un ton méfiant sans franchir le seuil de la bibliothèque.

— L'éventuel lieu de résidence de Mr Radley. Vous rappelez-vous le morceau de papier brûlé ? Je crois que j'ai trouvé le nom de la rue en question, dit-elle en désignant l'endroit sur la carte. Bury Street. Ajouté au chiffre qui se trouvait à côté de ces mots, cela nous donne une adresse.

Rhys vint se porter à sa hauteur et fixa le point sur la carte.

— Bury Street, répéta-t-il d'un air penseur. J'enverrai une note à l'inspecteur Macadams.

— Non ! s'écria Bella sans le vouloir.

Elle se mordit la lèvre.

— Nous avons commencé nos recherches tous les deux, expliqua-t-elle. C'est ensemble que nous avons trouvé le pavillon à Margate. Contactez Macadams si vous le souhaitez, mais je pense que nous devrions terminer cette enquête par nos propres moyens.

— Vous semblez déterminée.

— Je le suis.

— Alors nous nous rendrons à Bury Street, déclara-t-il en lui prenant le bras. Mais d'abord, je dois vous ramener chez les Tremayne. Ils vont finir par s'inquiéter.

Bella se lova contre lui.

— Ils n'ont pas de souci à se faire. Je suis entre de bonnes mains.

Une incertitude était visible dans les yeux de Rhys,

mais elle ne put se résoudre à prononcer les mots qu'il voulait entendre. Ce n'était pas comme si elle ne les ressentait pas. Au contraire, aussi longtemps qu'elle s'en souvienne, cela avait toujours été le cas. Seulement, maintenant, ils la terrifiaient.

— Bella…

Il fronça les sourcils en la dévisageant, signe qu'il voyait en elle des émotions qu'elle n'avait pas voulu dévoiler. Au fil des ans, elle était devenue persuadée qu'il pouvait lire dans ses pensées.

— Demain ? suggéra-t-elle pour éviter le sujet brûlant qui le préoccupait et auquel elle se sentait incapable de répondre.

— Entendu. Je demanderai à un valet de porter un courrier à Scotland Yard.

— Parfait.

Elle sourit et se hissa sur la pointe des pieds pour l'embrasser.

— Nous allons enfin découvrir le fin mot de l'histoire.

Son cœur se mit à cogner plus fort, mais pas uniquement parce que Rhys lui rendit son baiser. Non, le sang qui battait dans ses veines était dû à la peur.

Dans moins de vingt-quatre heures, ils auraient probablement mis la main sur Radley. Le mystère des finances d'Edgecombe serait alors résolu. Meg était prête à faire ses débuts et la duchesse de Tremayne pourrait l'assister tout au long de la saison. Enfin, si tout se déroulait comme prévu, ses parents prendraient prochainement la route pour la Grèce.

Et ensuite… ?

Bientôt, leur petit subterfuge ne serait plus d'aucune utilité. Ils n'auraient plus aucun motif de s'afficher ensemble ni d'alibi pour venir se cacher à la résidence Claremont pour y faire l'amour.

Rhys reprendrait le cours de son existence et elle en ferait de même.

Pourtant, elle ne pouvait plus imaginer se contenter de cette indépendance qu'elle avait désirée pendant si longtemps. D'un côté, elle refusait de se faire à l'idée d'un avenir sans la présence de Rhys et, de l'autre, céder à cette envie la terrifiait.

Chapitre 21

Rhys n'avait jamais vu Bella dans un tel état d'anxiété. Assise en face de lui dans la calèche, elle ne lui avait pas adressé un seul regard au cours du dernier quart d'heure et avait gardé les yeux fixés sur la maison au bout de la rue.

— Macadams sait-il à quelle heure nous avions l'intention de venir ? demanda-t-elle d'une voix une octave plus aiguë que d'ordinaire trahissant son irritation.

— Il va venir, Bella. J'en suis certain. Nous sommes arrivés plus tôt que prévu.

— N'est-il pas primordial d'avoir un temps d'avance, pour attraper un voleur ?

— Je ne saurais vous dire. Il s'agit de ma première chasse à l'homme.

Le trait d'humour sembla détendre l'atmosphère. Bella soupira et se tourna enfin vers lui.

— Vous avez raison. Je ne suis pas détective et encore moins employée des services de police de Scotland Yard.

— Pas encore.

La réplique la fit sourire et Rhys se sentit soudain plus léger qu'il ne l'avait été depuis le début de cette journée. Mais ce soulagement s'effaça aussitôt que Bella reporta son attention de l'autre côté de la fenêtre en se mordillant nerveusement la lèvre inférieure.

— Peut-être devrais-je toquer à la porte pour voir s'il est là.

— Hors de question.

— Je n'ai pas peur de lui.

— Je ne vous laisserai pas y aller seule.

Bella soupira une fois de plus.

— C'est pourtant ce que nous avons fait chez Mrs Turner. Radley vous connaît. S'il vous voit, il saura que son heure a sonné.

Rhys s'esclaffa.

— Que son heure a sonné ? répéta-t-il, amusé. Auriez-vous passé trop de temps en compagnie de Macadams ?

— Non, j'ai lu l'expression dans un livre policier.

Elle lui décocha un regard curieux avant de poursuivre :

— J'y vais.

Rhys n'eut pas le temps d'enregistrer ces paroles qu'elle avait déjà ouvert la porte de la calèche et sauté sur le trottoir.

— Bella, arrêtez !

Mais elle ne l'écouta pas.

Rhys bondit hors du véhicule à sa suite, mais des bruits de sabots dans son dos, puis celui d'une calèche qui s'arrête mirent fin à son projet de rattraper Bella.

— Votre Grâce ? Je ne m'attendais pas à vous voir ici, commenta Macadams à bout de souffle quand il fut arrivé à sa hauteur.

La note qu'il avait envoyée à l'inspecteur avait été courte, comme l'étaient toutes ses missives, indiquant seulement leur découverte sans mentionner leur intention de se trouver sur les lieux.

— Ma fiancée est quelqu'un de très déterminé, se borna-t-il à préciser.

Le regard fixé sur Bella, Macadams eut soudain l'air horrifié.

— Seigneur, est-ce elle que j'aperçois là-bas ? Elle ne peut pas se présenter chez cet homme comme si de rien n'était. A-t-elle perdu l'esprit ?

Rhys lui décocha un regard glacial.

— Surveillez votre langage quand vous parlez de ma future épouse, inspecteur, grommela-t-il. Miss Prescott n'est pas folle. Simplement têtue et curieuse.

— Et la laissez-vous souvent se mettre en danger de la sorte, Votre Grâce ?

Ignorant la remarque de Macadams, Rhys rejoignit Bella.

— Nous devrions laisser l'inspecteur se charger de cette affaire, lui murmura-t-il.

— Ce n'est pas lui qui a trouvé cette adresse, chuchota-t-elle en retour en adressant un simple hochement de tête au détective en guise de salut.

— Et si Radley était armé ?

— Vous devriez écouter le duc, Miss Prescott, intervint Macadams en examinant la façade de la bâtisse avec attention.

— Je…

La porte vert foncé du numéro 32 s'entrouvrit et un homme passa la tête par l'entrebâillement. L'instant d'après, le battant de bois claquait. Dans sa vision périphérique, Rhys aperçut une forme noire.

— Sortez ! s'écria Macadams en secouant vigoureusement le heurtoir. Je sais que vous êtes là.

Bella soupira et s'approcha.

— Permettez, détective ?

L'intéressé haussa un sourcil réprobateur et recula à contrecœur tout en grommelant dans sa barbe.

— Excusez-moi, monsieur, reprit Bella en toquant à la porte. Pourrions-nous échanger quelques mots ?

Sa voix était plaisante mais ferme, tout l'opposé du ton bourru de Macadams.

Allaient-ils devoir entrer par effraction ? Radley était-il en train de s'échapper par-derrière pendant qu'ils se trouvaient sur le seuil ? Rhys n'était pas très optimiste quant à l'issue de cette entreprise.

À sa grande surprise, la porte s'ouvrit de nouveau et un homme se présenta sur le seuil.

Rhys étudia son profil tandis que ce dernier dévisageait Bella. Il s'agissait bien de Radley. L'homme avait ôté ses lunettes et ses cheveux étaient plus longs que dans son souvenir, mais son identité ne faisait aucun doute.

— C'est lui, déclara-t-il en se tournant vers l'inspecteur.

Macadams leva les mains devant lui.

— Très bien, Radley. Vous allez venir avec moi.

Ce dernier esquissa un sourire mauvais et Rhys sentit son sang bouillir. Il fit un pas en avant, mais Radley, agrippant le bras de Bella, la tira à l'intérieur et referma derrière lui.

Rhys se mit à cogner si fort sur le pan de bois que les vitres du rez-de-chaussée tremblèrent.

— Radley ! Ouvrez !

— Votre Grâce, permettez.

Macadams sortit deux instruments de la poche de son manteau et se pencha vers la serrure pour la crocheter. Il inséra une aiguille, puis une deuxième. Avec une lenteur exaspérante.

— Dépêchez, voyons, le tança Rhys.

Aucune voix ne lui parvenait de l'intérieur de la maison. Son cœur battait si fort à ses oreilles que Rhys n'était pas certain que son ouïe fonctionne encore. L'idée de savoir Bella seule avec cet homme lui retournait l'estomac.

— C'est bon, déclara Macadams.

Rhys tendit un bras par-dessus la tête de l'inspecteur et poussa la porte. Le vestibule était plongé dans l'obscurité et il plissa les yeux.

— Bella ? cria-t-il en pénétrant dans toutes les pièces qui se trouvaient sur son chemin. Bella !

La panique le gagna et il l'appela de plus belle. Peu importait Radley désormais. Tout ce qui comptait, c'était Bella.

Il l'entendit crier et son sang se glaça dans ses veines. D'un coup de pied, il pénétra dans le salon suivant et trouva Radley, en son centre, les doigts serrés sur le bras de Bella visiblement effrayée.

Les poings serrés, Rhys s'avança, prêt à frapper, mais Bella leva une main pour l'arrêter.

— Je vais bien, dit-elle. Il dit qu'il peut tout expliquer.

Mais Radley ne semblait pas disposé à se confesser. Le visage tordu de colère, il fusilla Rhys du regard.

— Le voilà, le fameux duc de Claremont ! vocifèra-t-il.

— Lâchez-la tout de suite.

— Restez où vous êtes ! ordonna Radley en resserrant sa prise sur le bras de Bella qui grimaça de douleur.

Furieux, Rhys se jeta sur lui et lui envoya son poing dans la figure. Le misérable lâcha aussitôt Bella pour porter une main à son nez sanglant.

— Voyez ce qu'il vient de faire, monsieur l'agent ! gémit-il. Je suis agressé dans ma propre maison !

Macadams se tenait sur le seuil de la pièce avec l'air d'un maître sur le point de sermonner ses élèves.

— Cela suffit, messieurs. Mr Radley, vous allez me suivre.

Rhys s'apprêtait à partir, laissant à Macadams le soin de passer les fers à Radley, mais Bella l'arrêta.

— Attendez, dit-elle. Ne souhaitez-vous pas savoir pourquoi il a volé l'argent de la famille Claremont ?

Rhys secoua la tête.

— Macadams va l'emmener à Scotland Yard pour l'interroger, dit-il. J'aurai toutes les informations en temps voulu.

Radley le fusilla du regard.

— Je ne partirai pas d'ici tant que vous ne m'aurez pas écouté ! cria-t-il.

Rhys soupira avec impatience. Les singeries de l'intendant ne lui feraient pas éviter la prison.

— Allez-y, dans ce cas. Je suis tout ouïe.

— J'ai volé dans les coffres de Claremont, je l'admets, commença l'intendant en ricanant.

— Où est l'argent ? glapit MacAdams. Et celui que vous avez subtilisé à vos employeurs précédents ? Si vous voulez échapper à la corde, il va falloir rendre ce que vous avez dérobé.

Ignorant l'intervention de l'inspecteur, Radley poursuivit sans quitter Rhys des yeux :

— Je regrette mes agissements envers mes anciens patrons, mais pas envers Claremont. Cet homme était une crapule sans cœur.

La colère de Radley était presque palpable, mais Rhys se rendit soudain compte que ce n'était pas contre lui qu'elle était dirigée, mais contre son père.

— Le duc était un personnage odieux, qui se servait de ses proches sans la moindre considération pour leurs sentiments. Je n'aurais jamais agi ainsi s'il ne s'en était pas pris à quelqu'un de mon entourage.

Radley jeta un coup d'œil en direction de Bella, qui sembla comprendre de quoi il retournait.

— Ma sœur, précisa l'intendant.

Rhys sentit Bella lui donner un petit coup de coude.

— Mrs Turner, murmura-t-elle.

La femme que son père avait abandonnée à Gordon Square !

— Belinda venait à peine de perdre son mari quand Claremont a jeté son dévolu sur elle, cracha Radley. Elle s'est crue chanceuse d'avoir attiré l'œil d'un duc. Elle parlait d'amour.

La culpabilité et le dégoût que Rhys avait ressentis face à Mrs Turner refirent surface.

— Je regrette la souffrance que mon père a causée à votre sœur, dit-il.

Une minuscule pointe de sympathie pour Radley naquit en lui mais, ce qu'il souhaitait avant tout, c'était éloigner Bella de cet homme et laisser la justice lui appliquer le châtiment mérité. Aussi lui tourna-t-il le dos pour tendre la main à Bella.

— Vous n'êtes pas mieux que lui, Claremont, sous vos airs de prétentieux. Les chiens ne font pas des chats.

Ignorant la paume que Rhys lui offrait, Bella se contenta de fixer Radley sans ciller.

— Quels qu'aient été les agissements de feu le duc de Claremont, rien ne justifie vos actes, monsieur, déclara-t-elle d'un ton à la fois brutal et compréhensif.

— Lui, son père et les gens de leur espèce ne s'intéressent qu'à l'argent. Ils en ont tellement qu'ils ne savent plus qu'en faire, fulmina Radley. Ce fichu club n'existe que pour satisfaire leur cupidité.

Bella protesta de plus belle.

— Vous vous trompez, le duc et ses amis investissent dans des idées.

— Bella, commença Rhys, ce n'est pas nécessaire. Je…

— Merci pour votre aide, Votre Grâce, intervint Macadams pour couper court à la dispute. Je me charge de Mr Radley, à présent.

Rhys acquiesça d'un hochement de tête et prit Bella par la main. Il fut soulagé de sentir les doigts de cette dernière se resserrer sur les siens.

— Ce n'est pas moi qu'il faut remercier, Macadams.

— Pardon ?

— Votre reconnaissance doit revenir à ma fiancée. C'est elle qui a découvert l'indice qui nous a conduits jusqu'ici et c'est elle qui a insisté pour que nous nous lancions à la recherche de cet homme.

Macadams serra la mâchoire sans rien dire, puis se tourna vers Bella.

— Je vous dois une fière chandelle, Miss Prescott. Beau travail, déclara-t-il du bout des lèvres.

— Tout le plaisir a été pour moi, répondit-elle en souriant malgré le ton bourru de l'inspecteur.

Ce ne fut qu'une fois à l'extérieur de la maison, loin de l'ire de Radley et du danger qu'il représentait, que Rhys put souffler.

— Je suis entièrement d'accord avec Macadams, Bella. Vous avez fait du beau travail.

Dès qu'ils mirent le pied sur le trottoir, elle lâcha sa main et s'éloigna de lui.

— Est-ce que tout va bien ? s'inquiéta Rhys. Êtes-vous blessée ?

Bella poussa un petit soupir tremblant et se tourna vers lui.

— Encore un volet de notre marché qui se trouve réglé, dit-elle.

— C'est vrai.

— Tout rentre dans l'ordre. Nous avons attrapé Radley, Meg est sur le point de faire ses débuts et papa et maman partiront bientôt pour la Grèce.

Elle fit un pas vers lui, une expression indéchiffrable sur le visage.

— Ne voyez-vous pas que nous pourrons bientôt mettre fin à notre subterfuge ?

— Vous savez très bien qu'il s'agit de bien plus que cela, se récria-t-il. Notre promesse de mariage était peut-être fictive au début, mais ce que je ressens pour vous est tout ce qu'il y a de plus réel.

Ignorant son cœur qui battait la chamade, il prit une grande inspiration.

— Peut-être qu'il devrait en être de même pour ces fiançailles.

— Non.

Bella répondit avec une telle véhémence que Rhys se demanda si elle n'avait pas mal interprété ses paroles. Il s'était contenté de sous-entendre les mots qu'il avait à l'esprit, car elle semblait terrifiée à l'idée qu'il les prononce à voix haute.

— Non, s'il vous plaît, murmura-t-elle. Pas maintenant. Pas comme ça.

Rhys se passa une main dans les cheveux. Bella était

la femme la plus intelligente qu'il connaisse et la plus désirable. Elle avait aussi le don de le rendre fou.

— Cinq autres gentilshommes avant moi vous ont posé la question. Accordez-moi au moins la possibilité d'en faire autant.

N'était-ce pas ce qu'elle désirait ? Leurs sentiments étaient réciproques. Il le voyait clairement dans ses yeux, il le sentait dans la façon dont le corps de Bella répondait au sien. Il n'était pas encore certain de la mériter, mais il était prêt à tout faire pour essayer de se montrer à la hauteur.

Bella se mit à faire des allers-retours le long du trottoir pendant qu'il patientait en silence. Puis elle vint se planter devant lui, presque nez à nez. Il n'avait pas l'habitude de la voir ainsi faire les cent pas, elle qui d'ordinaire restait calme en toutes circonstances.

Quelque part en chemin, les rôles avaient été inversés.

— Nous devrions retourner chez les Tremayne, dit-elle enfin de ce ton détaché qu'il aimait d'ordinaire chez elle, mais qui lui serra le cœur en cet instant précis. Ils nous attendent pour déjeuner.

— Très bien.

Rhys aurait voulu insister, percer cette façade froide et imperturbable qu'elle affichait avec autant de talent que lui lorsqu'il feignait un air jovial. Mais Bella était têtue et il n'avait pas envie de se battre.

Il l'escorta jusqu'à la calèche et l'aida à grimper. Une fois à bord, il prit place en face d'elle et détourna le regard vers la fenêtre pendant qu'elle adoptait la même position, de l'autre côté de la banquette.

Durant le court trajet qui les ramena chez le duc et la duchesse, ils ne dirent pas un mot.

Rhys avait l'impression que ces derniers jours n'étaient rien de plus qu'un rêve délicieux dont ils venaient de se réveiller. Ils étaient de retour à la case départ, face à face dans la salle de billard de Hillcrest.

Rhys n'avait jamais fait la cour à une femme ni séduit quiconque dans un but autre que charnel, mais Bella méritait qu'il s'y essaye.

Le problème, c'était qu'il n'avait aucune idée de par où commencer.

Chapitre 22

Bella avait parfaitement conscience de s'être montrée impolie.

Plutôt que de rejoindre ses hôtes dans la salle à manger, elle avait demandé à un domestique de présenter ses excuses au duc et à la duchesse de Tremayne et s'était réfugiée dans la chambre qui lui avait été attribuée pour travailler sur les pages de son manuscrit.

Hélas, les énigmes et charades de son livre n'arrivaient pas à retenir son attention et la raison de son manque de concentration était évidente. Tout son esprit était occupé par un casse-tête bien plus difficile à résoudre concernant un homme qui lui coupait le souffle dès qu'il l'effleurait.

Chaque fois qu'elle pensait à lui et à l'avenir, son cœur se mettait à battre la chamade. D'un côté, elle ne pouvait imaginer une vie avec Rhys et, de l'autre, elle n'arrivait pas à se faire à l'idée d'une existence loin de lui. C'était insoluble, et effrayant…

Voilà pourquoi elle avait décidé d'éviter le repas. Elle ne voulait pas les croiser, lui et son regard bleu perçant, tant elle craignait que Rhys, ne lui pose cette question qu'elle avait autrefois si désespérément désiré entendre.

Mais le passé était derrière elle, désormais, et ce qu'elle ressentait n'était plus un entichement déraisonné de jeunesse. Son cœur était partagé et sa raison s'évertuait à la ramener sans cesse vers des pensées angoissantes. S'il prononçait cette fameuse phrase, elle ignorait quelle serait sa réponse.

Bella s'étira pour faire disparaître la tension qui s'était accumulée dans son dos. Un coup d'œil à l'horloge sur le mur lui apprit qu'il n'était pas encore trop tard pour se joindre au repas.

Des rires lui parvenaient par intermittence depuis l'étage inférieur. Le déjeuner s'était révélé être un événement bien plus important qu'elle ne l'avait initialement cru. Depuis la fenêtre de sa chambre qui donnait sur l'entrée de la résidence Tremayne, elle avait compté l'arrivée d'au moins une douzaine d'invités.

La réception avait commencé depuis plus d'un quart d'heure. Pourquoi Rhys n'était-il pas monté la voir pour lui demander la raison de son absence ?

Une main sur le ventre, elle prit une grande inspiration, puis se tourna vers le miroir posé au-dessus du manteau de la cheminée et replaça quelques mèches qui s'étaient échappées de sa coiffure.

Après tout, elle pouvait bien faire une petite apparition, décida-t-elle.

Elle se dirigeait vers la porte quand quelqu'un frappa.

— Rhys ? murmura-t-elle en ouvrant.

Mais c'est la duchesse de Tremayne qui se trouvait sur le seuil, un sourire chaleureux sur le visage.

— Je voulais m'assurer que vous n'étiez pas souffrante, expliqua-t-elle en pénétrant dans la pièce avant de se tourner vers les feuilles éparpillées sur la table. Oh ! comme c'est intéressant.

— Je travaille à la compilation d'un livre pour lequel j'espère trouver un éditeur.

La duchesse était le genre de femme à apprécier les casse-tête. Si elle parvenait à le faire imprimer un jour, elle lui en offrirait un exemplaire.

— Nous avons un auteur parmi nos invités ce midi, annonça Lady Mina d'un air cajoleur. Je pourrais vous présenter.

Bella sourit.

— J'étais justement sur le point de descendre.

— Excellent, s'exclama la duchesse en frappant gentiment des mains en signe de victoire. Nous n'avons pas encore commencé à manger. Je vous ai gardé une place à côté de votre fiancé.

— Parfait, répondit Bella en priant pour que son angoisse ne se lise pas sur son visage.

Alors qu'elles descendaient l'escalier, son hôtesse en tête, Bella aperçut Meg en bas des marches.

— Je suis ravie que vous ayez décidé de vous joindre à nous, dit la jeune femme en balayant le gigantesque salon du regard. Je ne connais presque personne et Rhys a disparu.

— Disparu ? répéta Bella.

— Il connaît tellement de monde à Londres. Il doit être en train de discuter avec quelqu'un dans un coin, expliqua Meg en sirotant son cocktail fruité.

Bella franchit le seuil du salon et observa l'assemblée. Meg avait raison, Rhys n'était nulle part en vue.

— La fête s'est-elle étendue à d'autres pièces de la maison ?

Meg haussa les épaules sans répondre.

— Je vais voir si je le trouve, poursuivit Bella en adressant un regard appuyé à Meg dans l'espoir que cette dernière se propose de l'aider dans ses recherches.

— Je ferais mieux de rester ici. La duchesse m'a conseillé de faire connaissance avec les invités.

Bella sourit.

— Bonne idée.

La résidence Tremayne était une bâtisse étonnamment caverneuse à l'architecture inhabituelle, avec plusieurs couloirs reliés au vestibule central et de nombreuses portes nichées dans des coins inattendus. La plupart étaient closes, mais quelques-unes entrouvertes laissaient passer des rires et des voix étouffées.

Dans une pièce, deux hommes débattaient de politique. Dans une autre, des dames murmuraient à voix basse en pouffant, s'échangeant probablement les derniers ragots du moment. Et au bout du corridor, Bella entendit un petit gloussement féminin, suivi d'un nom qui lui serra le cœur.

— Claremont, comment osez-vous ?

Hésitante, Bella s'arrêta, l'oreille tendue. Ses pires frayeurs refirent surface. Tellement d'eau avait coulé sous les ponts depuis ce sinistre jour qui l'avait longuement hantée. Pour rien au monde elle ne voulait revivre la même douleur.

Mais il fallait qu'elle sache.

— Rhys ?

Prenant son courage à deux mains, Bella pénétra dans le petit salon plongé dans l'obscurité. Elle plissa les yeux pour tenter de distinguer les deux silhouettes qui se trouvaient devant elle, faiblement éclairées par un chandelier accroché au mur. Rhys se tenait adossé à une étagère, une femme en robe bleu saphir debout à côté de lui.

Il sourit en apercevant Bella.

— Je croyais que vous aviez décidé de rester à l'étage.

Il fit un pas en avant, le bras tendu vers elle.

— J'ai changé d'avis, dit-elle sèchement.

Incertaine de la scène qu'elle venait d'interrompre, elle ne saisit pas la paume qu'il lui tendait et Rhys fronça les sourcils.

— Vous m'en voyez ravi.

— Vraiment ? fit-elle en se tournant vers la jeune femme qui n'avait pas bougé.

Cette dernière l'observait, visiblement intéressée par la scène qui se déroulait sous ses yeux.

— J'imagine qu'il s'agit de votre fiancée, Claremont. N'avez-vous point l'intention de faire les présentations ?

— Miss Jane Harrington, annonça Rhys en désignant la demoiselle d'un geste de la main sans quitter Bella des yeux. Miss Arabella Prescott, ma promise.

— J'ai beaucoup entendu parler de vous, Miss Prescott.

— Ah oui ?

Bella ne se souvenait pas de l'avoir jamais rencontrée, mais peu importe. Sa seule préoccupation, en ce moment précis, c'était d'avoir une conversation avec Rhys, pas de faire la connaissance de cette… femme.

— Vous avez rejeté beaucoup de prétendants, expliqua cette dernière.

Elle tapota l'avant-bras de Rhys du bout de son éventail plié.

— Elle vous a attendu longtemps, Claremont. J'espère que vous serez à la hauteur.

— Voulez-vous bien nous excuser, Jane ? demanda Rhys sans cesser de fixer Bella d'un air circonspect.

Quand Miss Harrington prit congé, Bella ne sut par où commencer. Que pouvait-elle dire dans une telle situation ?

Rhys finit par briser le silence.

— Je connais ma réputation et je comprends vos doutes, mais quoi que vous soupçonniez, je vous assure qu'il ne s'agit pas de cela. Miss Harrington est la sœur d'un camarade que j'ai connu à l'université.

Bella sentit les émotions se bousculer dans sa poitrine et elle les haïssait toutes. La jalousie, l'incertitude, la peur…

— Est-ce votre amie ?

— Pas vraiment, répondit-il en faisant un pas vers elle pour la rassurer. Je la connais par le biais de son frère et elle a exprimé de la surprise face au fait qu'un homme de ma… réputation avait décidé de se fiancer.

Rhys soupira en se passant une main dans les cheveux comme Bella avait laissé échapper un petit rire sans joie.

— Bella, je sais que je ne peux exiger de vous que vous me fassiez confiance. C'est quelque chose que je dois regagner avec le temps.

— C'était le cas, ces derniers jours.

Rhys déglutit, probablement submergé par les mêmes souvenirs que ceux qui se présentaient à elle : leurs corps entremêlés, leurs rires, leurs joutes verbales, ce sentiment de proximité qui s'était installé entre eux depuis le retour de Rhys à Edgecombe et qui n'avait cessé d'enfler depuis lors.

— Mais vous avez des doutes, ajouta-t-il d'un air triste qui lui fendit le cœur. Ils s'insinuent dans votre tête quand vous aimeriez les chasser. Comment pourrais-je vous en vouloir, alors que vous venez de me trouver seul en compagnie d'une inconnue ?

Les mots résonnèrent en elle avec une véracité indéniable. Rhys avait raison. Elle avait encore des moments d'appréhension, même lorsqu'elle se trouvait dans ses bras, heureuse et épanouie. Surprendre Rhys avec une femme au détour d'un sentier bordé de haies de buis, comme cela avait été le cas des années plus tôt, ne l'angoissait plus. Non, ce qui l'effrayait, aujourd'hui, c'étaient ses propres sentiments. Elle avait peur de se laisser submerger, une fois de plus.

Rhys se détourna et s'approcha de la fenêtre. Les mains dans les poches, il sembla se perdre dans la contemplation des calèches qui passaient dans la rue.

— Peut-être devrions-nous mettre fin à notre arrangement pendant que nous en sommes encore capables, l'entendit-elle murmurer.

— Est-ce là ce que vous souhaitez ?

Il pivota brusquement la tête et elle retint son souffle.

— Vous savez très bien ce que je veux.

Il avait fait allusion à l'idée de rendre ces fiançailles réelles et, au fond de son cœur, Bella voulait lui répondre par l'affirmative.

— Dites-le-moi, Rhys.

Elle était enfin prête à l'entendre prononcer ces paroles mais, plutôt que de lui poser la question, Rhys s'approcha en quelques enjambées, lui prit le visage entre les mains et l'embrassa.

Elle agrippa le revers de son veston et se colla contre lui. Le corps de Rhys, sa chaleur et son odeur caractéristique lui avaient manqué.

Rhys releva la tête pour reprendre son souffle.

— J'ai pensé qu'une démonstration valait mieux que toutes les déclarations du monde, mais je suis prêt à vous l'annoncer à haute voix, déclara-t-il en la regardant droit dans les yeux. Je veux devenir vôtre et vous faire mienne, Arry. Épousez-moi.

Deux mots qu'elle avait désiré entendre pendant si longtemps.

— C'est une bonne chose que vous soyez fiancés.

La duchesse de Tremayne se tenait dans l'encadrement de la porte.

— Je venais simplement vous dire que le repas sera servi dans dix minutes. Nous sommes tous réunis dans la salle à manger.

— Merci, dit Rhys en étouffant un petit soupir frustré.

L'interruption de Lady Mina avait brisé l'atmosphère romantique. Bella se tordit les mains.

— Vous n'êtes pas obligée de me répondre tout de suite, dit Rhys à voix basse en constatant son embarras.

— J'ai longtemps imaginé cet instant. Pendant des années, je n'ai rien désiré avec une telle force.

Ravalant la boule qui lui montait à la gorge, elle prit une profonde inspiration avant de poursuivre :

— Le jour de mes dix-huit ans, ces mots, je rêvais de les entendre.

— Je sais.

— Pardon ?

Bella se tourna vers lui, interloquée.

— Je m'en doutais, nuança-t-il. Vous m'avez toujours idéalisé plus que je ne le mérite.

Bella se mordit la lèvre pour refouler ses souvenirs.

— Quand vous n'avez pas demandé ma main… j'ai été blessée en profondeur.

— Je suis désolé.

Il y avait une telle tendresse dans son regard, un tel regret, que Bella ne douta pas un instant de la sincérité de ses excuses. Rhys fit un pas vers elle, mais elle l'arrêta d'un geste de la main.

— Je vous crois, Rhys. Mais les choses n'en sont pas restées là, voyez-vous. Pendant des mois, je n'ai pensé à rien d'autre qu'à vous. Je n'arrivais plus à me concentrer, ni à éprouver de l'intérêt pour quelque activité que ce soit. Personne ne pouvait gagner mon cœur car je vous l'avais déjà offert et aucun prétendant ne vous arrivait à la cheville.

Bella ne put empêcher un sourire se dessiner sur ses lèvres à ce souvenir.

Les pupilles de Rhys brillaient d'espoir.

— Est-ce votre manière d'accepter ma demande ?

Le « oui » lui démangeait la langue. C'était ce que son cœur désirait, mais sa raison lui intimait de se montrer prudente. Elle était entrée dans cette pièce avec des doutes plein la tête, craignant de surprendre Rhys en compagnie d'une autre, mais il lui avait prouvé que ses peurs étaient infondées.

Elle lui referait certainement entièrement confiance, avec le temps. C'était sur elle-même maintenant qu'elle devait s'attacher à travailler : elle ne pouvait pas épouser Rhys si la peur qu'il lui brise le cœur ne la quittait jamais réellement.

Un gong retentit dans le couloir.

— Nous devons rejoindre nos hôtes, dit-elle en quittant la pièce.

— J'ai besoin de savoir, Bella. Vous connaissez mes sentiments et mes désirs. Je vous ai posé la question.

Son regard se fit triste.

— Je n'ai pas encore de réponse à vous donner, balbutia-t-elle en retenant ses larmes.

Elle ne voulait pas lui dire « non », mais le « oui » la terrifiait.

— Vous valez la peine que j'attende, Bella, répondit-il d'une voix rauque, mais je ne pourrai pas patienter indéfiniment.

Chapitre 23

Trois semaines plus tard

Après plusieurs années de bals et de réceptions en tous genres, Bella avait mis au point trois stratégies.

La première consistait à se réfugier dans un recoin à l'écart de la foule. La deuxième, à toujours apporter un livre à lire ou un carnet pour prendre des notes. La troisième, à éviter de danser autant que faire se pouvait.

Suite à l'échec de sa quatrième saison, elle avait cru ne plus jamais se retrouver obligée d'employer ces tactiques. Et pourtant, elle se trouvait au beau milieu d'une salle bondée, en qualité de chaperon pour sa cousine débutante.

Elle avait déjà commencé à rédiger un brouillon de la lettre informant ses parents de l'annulation de ses fiançailles avec Rhys. Elle ne lui avait parlé qu'une seule fois au cours des trois dernières semaines. Depuis qu'il lui avait demandé sa main chez les Tremayne, ils avaient seulement échangé brièvement par notes interposées.

Elle déployait désormais toute son énergie à ne pas penser à cette décision difficile qu'elle avait prise, mais Rhys lui manquait terriblement.

Ses parents étaient arrivés en Grèce et semblaient s'y plaire, mais elle allait devoir leur dire la vérité, surtout si le subterfuge prenait fin prochainement.

Et ensuite ? Elle frissonna à l'idée de subir une nouvelle saison ou de voir sa mère rentrer à Hillcrest, bien décidée à jouer les entremetteuses.

— Ce n'est pas si terrible, si ? demanda Louisa qui s'était approchée. En tant que chaperon, vous n'êtes même pas tenue de danser.

Bella esquissa un faible sourire.

— Dieu merci.

Louisa avait raison. Jusqu'à présent, le bal s'était déroulé sans incident notoire. Grâce à l'emploi de ses tactiques, se félicita Bella.

Quand son regard s'attardait sur le kaléidoscope tourbillonnant de femmes en robes somptueuses et de gentilshommes en tenues d'ébène, elle ne pouvait s'empêcher de repenser au casse-tête visuel qu'elle avait inscrit dans son carnet. Il s'agirait d'un jeu d'appariement faisant appel à la mémoire et à la logique.

À la suite de son rendez-vous avec Mr Peabody, ce dernier lui avait offert un contrat pour son premier manuscrit et avait insisté pour qu'elle commence à en rédiger un deuxième, en évoquant l'idée de publier une série de livres sur le thème des énigmes.

— Je vais me préparer pour la prochaine danse, annonça Louisa avant de s'éloigner en quête du prochain partenaire sur son programme.

Le coin dans lequel s'était réfugiée Bella était bien caché, mais mal éclairé. Elle inclina son petit cahier vers le chandelier accroché au mur pour prendre quelques notes avant que son idée ne disparaisse.

Son crayon était encore sur le papier quand le pianiste se mit à jouer une valse, et les souvenirs l'assaillirent avec une telle force qu'elle eut l'impression de sentir les bras de Rhys se refermer sur elle et son odeur caractéristique lui chatouiller les narines.

Quelques minutes plus tard, Louisa revint, les joues rouges et le regard brillant.

— Tout compte fait, ce bal comporte un problème non négligeable, murmura sa cousine.

— Lequel ?

— Savez-vous à qui appartient la maison de l'autre côté de la place ?

Bella appuya si fort sur la feuille que sa mine de plomb se brisa. Elle s'était efforcée, depuis le début de la soirée, de ne pas regarder par la fenêtre ni de repenser à ce qu'il s'était passé dans la chambre joliment meublée de la résidence Claremont.

— Oui, je le sais, balbutia-t-elle.

Rhys était-il chez lui en cet instant ? Pensait-il à elle aussi souvent qu'elle songeait à lui ?

— Il faut que vous voyiez cela.

Bella inclina la tête sur le côté avec curiosité.

— De quoi parlez-vous ?

Il faisait déjà sombre lorsque la calèche de son oncle et de sa tante les avait déposées, Louisa et elle, devant l'entrée de chez les Wainright, et Bella n'avait jeté qu'un bref coup d'œil en direction du domicile de Rhys.

— Suivez-moi, dit Louisa en faisant demi-tour.

Intriguée, Bella sortit de la salle de bal à la suite de sa cousine, traversa le vestibule et pénétra dans un petit salon vide dont elle referma immédiatement la porte tandis que Louisa se dirigeait vers les fenêtres pour ouvrir les rideaux.

En face d'elle, la façade de la maison Claremont était illuminée. Les voiles transparents accrochés aux vitres laissaient entrevoir quelques couples au rez-de-chaussée ainsi qu'une douzaine de personnes au premier étage.

— L'une de ses fameuses soirées, murmura Louisa.

Bella ravala douloureusement la boule qui s'était formée dans sa gorge.

— Il n'a pas attendu longtemps, dit-elle.

— Attendu quoi ? demanda Louisa en s'approchant pour obtenir un meilleur angle de vue.

Elle semblait tellement fatiguée que Bella n'eut pas le cœur à la sermonner pour avoir froissé sa robe.

— Moi.

Bella n'avait divulgué à personne ce qu'il s'était passé chez les Tremayne, pas même à Louisa.

— Il m'avait dit qu'il patienterait.

Mais pas « indéfiniment », ajouta-t-elle en son for intérieur.

Louisa fronça les sourcils.

— Dans quel but ?

— Le temps que je lui donne ma réponse.

Bella vint se placer près de sa cousine et plissa les yeux pour tenter d'apercevoir Rhys de l'autre côté de la rue.

— Je ne comprends pas.

Louisa s'était tournée vers elle et la dévisageait avec curiosité.

— Moi non plus, soupira Bella en s'asseyant sur le bras rembourré du canapé dans son dos. Il m'a demandé en mariage et j'ai…

— Refusé ?

— J'ai… je ne lui ai pas encore rendu réponse, avoua-t-elle avant de désigner la fenêtre de la main. Comme vous le voyez, il a repris ses bonnes vieilles habitudes.

— Pourquoi diable n'avez-vous pas dit oui immédiatement ?

Bella planta les poings sur ses hanches.

— Il ne me semble pas être un mari idéal. N'êtes-vous pas d'accord ?

Elle accompagna ces mots d'un geste du menton en direction de la fenêtre.

Malheureusement, Louisa était bien trop perspicace pour se laisser berner par une telle excuse. Aussi Bella ajouta-t-elle :

— J'admets qu'il fut un temps où je désirais l'épouser.

— Plus maintenant ?

Bella se redressa et se mit à faire les cent pas sur le tapis devant la cheminée éteinte.

— Je crois que je n'ai pas suffisamment confiance en lui, expliqua-t-elle au bout d'un moment. Il m'a tellement blessée.

— Je me rappelle combien vous avez été triste pendant les mois qui ont suivi votre dix-huitième anniversaire, mais c'était il y a des années. Vous a-t-il donné une raison de vous méfier de lui après cela ?

— Non, pas depuis qu'il est réapparu dans ma vie.

Hormis une tendance à trop la protéger et à la distraire de ses obligations, elle ne pouvait rien lui reprocher.

— Est-ce en Rhys que vous n'avez pas confiance ou bien en vous-même ?

Louisa avait toujours lu en elle comme dans un livre ouvert. Et sa cousine avait parfaitement raison en supposant que le problème venait d'elle, de l'amour qu'elle éprouvait pour Rhys et de sa peur de ne pas être capable de contrôler ses sentiments ni d'en assumer les conséquences si jamais elle le perdait une fois de plus.

— Je ne veux pas redevenir cette jeune fille que j'étais autrefois. Je refuse de me laisser de nouveau emportée par ce genre de pensées à son égard et de prendre le risque de me languir de lui s'il disparaît une fois de plus.

Louisa s'approcha si près d'elle que leurs jupes se frôlèrent.

— Comment le pourriez-vous ? Vous êtes tellement plus forte et raisonnable que vous ne l'étiez par le passé.

— C'est la nouvelle Bella.

Louisa inclina la tête sur le côté en souriant.

— Cette Bella-là me plaît. Je pense que vous devriez l'écouter. Elle sait certainement ce que son cœur désire.

Bella poussa un petit soupir en pressant une main sur sa poitrine pour sentir le cercle de métal sous le tissu de sa robe. Ôtant ses gants, elle plongea deux doigts dans son corsage pour s'emparer du pendentif. Les souvenirs la submergèrent au contact de la marguerite de métal.

Rhys lui manquait tellement que c'en était douloureux.

— Vous avez raison. Il est temps que je cesse de refouler mes émotions.

Oubliée, la débutante froide et impassible ; terminés, les refus.

Elle avait tenté de se persuader qu'une séparation était préférable, que c'était le choix le plus sensé, mais rester loin de Rhys ne lui apportait que de la tristesse. Ces dernières semaines, sa vie avait été morne et sans joie. Elle avait rarement souri, ri encore moins, et n'avait pu se défaire d'un sentiment de malaise constant.

Carrant les épaules, elle releva le menton. Il fallait qu'elle se reprenne. Elle en était capable.

— Je ferais mieux d'aller lui parler.

Louisa hocha la tête avec véhémence.

— Faites.

— Je n'ai qu'à traverser la rue pour me retrouver devant sa porte.

— Allez-y.

Peu importait qu'elle ne l'ait pas revu depuis des jours et qu'il ait peut-être décidé de ne pas l'attendre.

— Merci, ma très chère cousine, dit-elle en serrant Louisa dans ses bras. Retournez au bal à présent.

Chaque pas en avant était plus facile que le précédent. Une fois lancée, Bella fut incapable de s'arrêter. Le temps des peurs était terminé. Plus jamais elle ne laisserait ses sentiments l'effrayer. L'idée de vivre toute une existence loin de Rhys était bien plus terrifiante.

Elle dépassa les deux valets qui montaient la garde devant la porte des Wainright et lui décochèrent un regard surpris. La soirée était fraîche à l'extérieur, mais elle ne ralentit pas pour autant et poursuivit son chemin avec détermination. Son plan n'avait rien de stratégique. Elle se laissait principalement guider par son instinct et son impulsivité. Cela ne lui ressemblait pas.

Ou peut-être était-ce exactement ce qu'elle était et avait toujours été au fond d'elle.

Chapitre 24

Les exclamations et encouragements frénétiques des invités étaient tellement assourdissants que Rhys n'entendait plus le son de sa propre voix.

— Encore ! criaient-ils à tout rompre.

Debout sur la vieille table en bois de cerisier au milieu de la salle à manger, un verre d'un yard de long au bord des lèvres, Rhys s'efforçait de faire plaisir à la foule.

Il n'avait invité qu'une dizaine de personnes à cette soirée, mais la fête avait pris des proportions inattendues, ce qui n'était pas inhabituel. Depuis son retour d'Edgecombe, il s'était pourtant juré de ne plus jamais organiser de festivités de ce genre. Il voulait devenir un homme bien, qui respecte ses devoirs et prend ses responsabilités au sérieux. Mais ces réjouissances étaient prévues depuis plusieurs mois déjà, pour célébrer l'anniversaire de deux anciens camarades d'école, des jumeaux.

Pour cette fois, il avait donc renoué avec son ancienne vie et, s'il devait en tirer une seule leçon, c'était qu'il n'en avait plus rien à faire d'être le meilleur hôte de la ville.

Friands de frivolités, les convives avaient réclamé de l'amusement et Rhys avait accepté de participer à un jeu impliquant de l'alcool. C'était toujours mieux que de relever des défis et cela lui éviterait de terminer pendu à un chandelier ou de servir de cible ambulante à une saltimbanque.

— Allez, Claremont. Le verre n'est pas fini, s'exclama une voix parmi l'assemblée.

Rhys ne pouvait en vouloir à ses amis. Après tout, ils avaient l'habitude que les soirées du duc de Claremont tournent à la débauche.

Demain, il reviendrait à cette vie qu'il appréciait désormais, quelque chose de moins bruyant et d'éreintant. Quelques dames l'avaient déjà taquiné à ce sujet, insinuant qu'il s'était assagi.

Peut-être avaient-elles raison. Si seulement Bella pouvait partager leur avis. C'était grâce à elle qu'il avait changé. Elle était l'étincelle qui avait allumé cette flamme en lui.

Flûte. Voilà qu'il s'était remis à penser à elle, alors qu'il s'était juré de la chasser de son esprit pour la nuit, le temps d'endosser à nouveau le rôle du noble bouffon de la haute société dont le travail était d'amuser tous ceux qui avaient eu la chance de recevoir une invitation.

— Il est vide, cria-t-il au cercle de convives qui s'était formé autour de lui en s'essuyant les lèvres de la manche de son habit en velours noir, avant de lever son long verre en signe de triomphe.

— Un autre ! fut la réponse qui lui parvint sans attendre.

Lord Somersby – qu'il aille au diable – lui tendit un deuxième yard de la bière la plus infecte que Rhys ait jamais eu l'occasion de goûter.

Balayant la foule du regard, Rhys remarqua ses amis, ses connaissances, quelques concurrents en affaires et adversaires aux cartes, et s'efforça d'afficher un air de fausse bravade.

Tenant le goulot du verre à deux mains, il porta la boisson à ses lèvres en renversant le plus de liquide possible en chemin. Il fallait une grande quantité d'alcool pour le rendre soûl, mais il sentait que le point de non-retour approchait. La deuxième tournée lui avait paru interminable. Comment allait-il réussir à terminer la troisième sans se noyer ?

Les convives s'avancèrent vers lui. Les esprits s'échauffaient. Quelques invités se mirent à frapper des mains sur la table. Un autre trébucha contre la table sur laquelle il était perché, ce qui le fit chanceler et renverser une partie de sa bière sur son veston aux coutures d'or.

Prenant son grand courage, il avala une rasade supplémentaire. Le liquide chaud descendit le long de sa gorge. Il en avait tellement bu ce soir qu'il n'en reconnaissait plus le goût, ce qui n'était pas une mauvaise chose en soi. En revanche, les odeurs lui montaient au nez avec force : la sueur des corps agglutinés, les parfums entêtants, la fumée des cigares et la cire fondue des bougies qui se consumaient dans la salle à manger.

La gorgée suivante lui occasionna un vertige. Des points noirs dansèrent dans son champ de vision. Fermant les paupières, Rhys s'imagina allongé dans son lit à l'étage. Ce soir, peut-être que le sommeil cesserait enfin de lui échapper. Ces derniers jours, il avait mal dormi, perturbé par des songes ininterrompus à propos d'une beauté inaccessible à la chevelure auburn.

La fin de son yard d'alcool lui donna un hoquet. Une bile mousseuse remonta dans sa gorge. La nausée vint s'ajouter aux autres sensations, et il tituba sur la surface polie de la table en bois, lâchant le verre qui atterrit sur le tapis sans se briser. Les quelques millilitres de liquide qui s'y trouvaient encore éclaboussèrent les chaussures des invités.

Rhys mit quelques secondes à recouvrer l'équilibre.

— Faites attention, mon beau, lui lança une brune plantureuse.

Sylvia ? Sophia ? Son nom lui échappait. Ils avaient été proches, par le passé. Leur aventure galante n'avait pas duré longtemps, mais il aurait dû se souvenir de son prénom, se sermonna-t-il intérieurement, mécontent d'être devenu un homme qui se servait des femmes pour son seul plaisir sans se soucier de connaître leurs noms.

— Je crois que la fête est finie, lui répondit-il en aparté.

Elle lui sourit tout en le dévisageant avec une avidité évidente. Malheureusement pour elle, se dit Rhys, retrouver son lit pour songer à Bella était bien plus attirant à ses yeux que la distraction que cette femme ou n'importe quelle autre pouvait lui offrir.

— J'ai bien peur que vous ne soyez obligé de vous diriger vers le balcon, mon vieux.

Somersby avait repris la parole, avec ce petit air fier qu'il avait perfectionné au cours de leurs années universitaires.

— N'est-ce pas votre tour, mon ami ?

Somersby et Rhys avaient passé leur scolarité à rivaliser. Somersby gagnait tous les paris requérant une agilité mentale, tandis que Rhys remportait ceux faisant appel à la vitesse ou la force physique. Si Rhys acceptait volontiers ses faiblesses, Somersby ne supportait pas d'arriver à la seconde place. Au fond de lui, Rhys était persuadé que le fourbe prétendait l'apprécier dans le seul but de lui lancer des défis ridicules destinés à lui rendre la vie difficile.

— Non, Claremont. Notre accord spécifiait bien que si vous ne finissiez pas vos trois yards, vous deviez marcher le long de la rambarde.

Somersby pointa du doigt le long verre renversé sur le tapis à fleurs.

— Je vous assure qu'il ne restait que quelques gouttes.

— Taratata !

— Le balcon ! Le balcon ! scanda une voix masculine au fond de la pièce que Rhys ne reconnut pas.

Il plissa les yeux pour tenter d'apercevoir l'auteur de cette exhortation, mais sa vision floue l'empêchait d'y voir clair. Il remarqua néanmoins les regards insistants des invités sur lui, comme si tout le monde s'attendait à ce qu'il se lance dans un acte aussi audacieux que risqué. Visiblement, ils étaient venus pour le spectacle.

— Si c'est là ce que vous voulez, prononça-t-il avec difficulté, la bouche soudain sèche et empâtée.

Ses jambes semblaient aussi solides que de la confiture de fraises, mais il ne pouvait se dérober à ce ridicule pari.

— Laissez passer ! déclara-t-il à ceux qui se tenaient autour de la table avant de sauter au sol.

L'atterrissage brutal lui éclaircit légèrement les idées, mais ne fit pas disparaître sa nausée.

Sur le chemin le conduisant à sa destination, il ôta son habit et le tendit à la première main qui passait par là, puis dénoua sa cravate et la lança par-dessus son épaule. Il faisait bien trop chaud dans cette pièce remplie de corps en état d'ébriété. Imaginant l'air frais qui l'attendait sur le balcon, il pressa le pas, quelques invités dans son sillage, et pénétra dans le petit salon.

La brune plantureuse le dépassa pour lui ouvrir la porte-fenêtre. Sonya, se souvint-il enfin.

— Allez-vous m'intimer de faire attention, cette fois-ci ? lui lança-t-il d'un ton taquin.

— Vous êtes un homme chanceux, Votre Grâce. J'ai foi en votre bonne fortune, ce soir.

Rhys tenta d'esquisser un sourire qui se transforma en grimace. S'il était aussi veinard qu'elle le prétendait, il se serait présentement trouvé au lit avec Bella dans ses bras. Tout en elle lui manquait : sa chaleur, son odeur, son goût.

— Un tour autour de la maison et je considérerai notre marché comme conclu, déclara Somersby.

Décidément, ce type était tenace. Rhys lui décocha un regard glacial par-dessus son épaule et sortit dans la nuit noire. Agrippant la rambarde à deux mains, il se hissa dessus et écarta les bras pour trouver l'équilibre, ce qui s'avéra étrangement facile du moment qu'il ne regardait pas en bas. Ce n'était pas très haut. Un étage seulement le séparait du sol. Une chute accidentelle ne le tuerait pas. Au pire, il se casserait un os ou deux.

Lentement, il se mit à longer le balcon en se concentrant sur sa respiration. Les invités qui s'étaient amassés devant les portes de la terrasse étaient soudain devenus très silencieux, ce qui n'était pas pour lui déplaire. Tous retenaient leur souffle, mais Rhys n'était pas dupe : la moitié d'entre eux espérait le voir tomber de son perchoir, ne serait-ce que pour le spectacle.

Un pas après l'autre, il avança avec prudence. Encore quelques secondes, et ce pari idiot prendrait fin.

Des rires lui parvinrent depuis la résidence qui se dressait de l'autre côté de la place et il risqua un coup d'œil dans cette direction. Les fenêtres étaient illuminées et de nombreux convives semblaient présents. Au deuxième étage, des couples dansaient dans une gigantesque salle de bal. Visiblement, personne chez ses voisins n'avait eu la stupide idée de jouer au funambule, mais peut-être n'étaient-ils pas aussi soûls que lui.

Son pied glissa sur le bord de la rambarde et plusieurs voix féminines poussèrent un petit hoquet de frayeur dans son dos.

— Tout va bien, lança-t-il.

Il écarta les bras un peu plus pour garder l'équilibre et fixa un point devant lui.

Un mouvement à la périphérie de son champ visuel attira soudain son attention de l'autre côté de la rue. Il baissa les yeux vers l'entrée de la résidence des Wainright, près de laquelle s'étaient regroupés plusieurs invités.

Très mauvaise idée, songea-t-il comme ce geste lui occasionnait un violent vertige. Mais après tout, quand avait-il pris une bonne décision dans sa vie ?

Ce fut alors qu'il l'aperçut. Elle était parfaite. L'incarnation de tout ce dont il rêvait. Et la seule femme de la ville qui ne le désirait pas.

Rhys eut un moment de doute. Il était soûl et la logique n'avait jamais été son fort, mais son esprit embrumé ne parvenait pas à comprendre pourquoi elle se dirigeait droit sur lui étant donné qu'elle ne voulait pas de lui.

Sa jupe rassemblée dans une main, Bella posa le pied sur la rue pavée et releva la tête pour examiner la résidence Claremont qui se dressait devant elle.

Il n'y avait ni domestiques postés devant l'entrée ni

chandeliers accrochés sur la façade, mais la porte était entrouverte, comme une invitation.

Elle n'était plus qu'à deux pas du seuil quand le cri d'une femme lui fit lever les yeux. Et elle manqua de s'étouffer.

Rhys était debout sur le balcon. Mais pas en sécurité de l'autre côté du garde-fou comme le serait n'importe quel Londonien sain d'esprit. Non, Rhys se tenait en équilibre sur la rambarde, tel un funambule.

Bella serra les poings et retint son souffle tandis qu'il glissait un pied devant l'autre le long de la rampe qui ne devait pas être bien plus large que sa botte. Les bras écartés, les manches de sa chemise volant au vent, il s'efforçait de rester droit.

Des années plus tôt, Bella l'avait vu réaliser un exploit similaire sur la branche d'un arbre. Elle l'avait aussi vu tomber et se casser le bras.

Visiblement, l'âge ne l'avait pas rendu plus prudent.

Soudain, il s'arrêta et tourna la tête vers elle, comme s'il avait senti sa présence.

— Bella ?

La lumière chaude provenant de la maison des Wainright lui éclaira le visage et révéla chacun de ses traits : sa mâchoire bien taillée, son menton carré, ses pommettes hautes, sans oublier ses lèvres, étirées en un demi-sourire. Ses cheveux semblaient plus sombres que d'ordinaire, dans la nuit, mais la lueur de la lune se reflétait sur quelques-unes de ses mèches anormalement longues et en bataille.

Elle l'observa un instant et sentit qu'il la détaillait avec la même attention. Le regard de Rhys avait toujours possédé un pouvoir unique, une intensité inouïe, capable de vous donner l'impression que personne d'autre au monde ne comptait plus que vous.

— Est-ce vraiment vous ? cria-t-il depuis son perchoir.

— Évidemment. Je suis ravie de voir que vous me reconnaissez même de cette hauteur.

Le désir de se quereller avec lui était là, sous la surface, prêt à resurgir.

Pendant des semaines, elle avait réfléchi à ce qu'elle lui dirait quand elle le reverrait, hésitant entre lui présenter des excuses sincères et lui demander s'il avait changé d'avis. Elle avait imaginé ne recevoir en retour que sa bravade habituelle et se retrouver face à un mur d'impassibilité infranchissable.

— Miss Prescott ! s'exclama-t-il avec un léger cheveu sur la langue, comme s'il avait du mal à s'exprimer.

Génial ! Il était soûl et en équilibre à plusieurs mètres du sol.

— Voulez-vous bien descendre, Votre Grâce ? Nous avons une affaire à régler.

Il se contenta de lui sourire en retour. Bella frémit. Peut-être que son idée de vouloir lui parler ce soir était très mauvaise, après tout.

— Quel genre d'affaire, milady ?

— Je vous expliquerai lorsque vous m'aurez rejointe sur la terre ferme.

— Non. Dites-le-moi maintenant.

Seigneur, était-il devenu encore plus têtu depuis la dernière fois qu'ils s'étaient parlé ?

Bella se mordit la lèvre, indécise.

— Le mariage, finit-elle par répondre.

Rhys inclina la tête, comme s'il n'avait pas bien entendu. Elle réessaya, d'une voix plus forte :

— Il me semble que vous avez mentionné le mariage, lors de notre dernier échange.

— Vous marier ? Avec moi ? demanda-t-il en faisant un grand geste du bras pour venir pointer son torse du doigt.

Ce faisant, il tituba et Bella sentit son cœur manquer un battement.

— Évidemment, dit-elle d'une voix légèrement tremblante quand il eut recouvré l'équilibre.

— Très bien.

Il hocha la tête en guise d'assentiment puis, contre toute attente, lui tourna le dos et s'accroupit sur la balustrade pour venir s'emparer de la rambarde à deux mains.

— Que faites-vous ?

Bella s'avança, mais une barrière en fer forgé l'empêchait de s'approcher davantage et elle dut se contenter de lever les yeux, impuissante, vers le postérieur de Rhys.

— Je descends, déclara-t-il.

— Pas comme cela, voyons ! cria-t-elle. Votre maison est certainement équipée d'escaliers.

Il jeta un coup d'œil en dessous de lui. À sa gauche se trouvait un escalier réservé au personnel, à sa droite une haie taillée en carré, nota Bella. La distance le séparant du sol n'était pas très grande, mais les deux options n'étaient pas sans risque.

— C'est plus rapide, souffla-t-il en se décalant vers le buisson rectangulaire.

— Et plus dangereux, contra-t-elle.

— Auriez-vous oublié qui je suis ?

— Non, murmura-t-elle d'une voix douce.

Rhys l'observa un moment avant de se redresser.

— Dégagez la voie ! cria-t-il.

— N'allez pas vous casser un bras.

Il eut un petit rire amusé, puis sauta et atterrit dans l'obscurité avec un bruit sourd.

Des pas retentirent au premier étage et une douzaine de têtes émergèrent du balcon. Quelques voix appelèrent Rhys, mais il ne répondit pas.

Penchée sur la barrière en fer forgé, Bella le vit se relever. Ils n'étaient plus qu'à quelques centimètres l'un de l'autre, après plusieurs semaines sans se voir, et pourtant il lui adressa un sourire semblable en tout point à celui qu'il lui avait offert des milliers de fois étant enfant. Il l'observait avec intensité, comme s'il attendait quelque chose.

— Êtes-vous blessé ? demanda-t-elle du ton le plus neutre qu'elle put feindre.

— L'espériez-vous ?

Le ton était taquin mais, quand il releva les yeux vers elle, elle vit qu'il était… sérieux ? Son expression était plutôt indiscernable.

Il haussa les sourcils, visiblement prêt à ce qu'elle le réprimande.

— Ne soyez pas ridicule, voyons, répondit-elle avec la même légèreté que lui. Si vous vous étiez cassé la cheville, comment m'auriez-vous escortée jusqu'à l'autel ?

— Êtes-vous vraiment ici pour parler de mariage ?

Rhys afficha un grand sourire rayonnant et, soudain, Bella eut une révélation. Elle n'avait jamais peur quand elle se trouvait en sa compagnie. Lorsqu'elle était avec Rhys, tout ce qu'elle ressentait était du soulagement et le sentiment que tout était à sa place, comme s'ils étaient faits pour être ensemble.

Rhys se mordit la lèvre et la détailla de haut en bas, des épingles de son chignon aux souliers sur ses pieds.

— Dois-je vous reposer la question ?

Il carra les épaules, leva le menton et tendit une main vers elle.

— Vous êtes soûl, dit-elle en glissant les doigts dans la paume qu'il lui offrait. Je suis sobre. Peut-être est-ce préférable que je prenne la parole, cette fois-ci.

Rhys sourit et s'approcha si près que leurs joues se frôlèrent.

— C'est parce que vous êtes enivrante, murmura-t-il à son oreille.

Bella éclata de rire pour la première fois depuis trois semaines.

— Ne ferions-nous pas mieux de discuter à l'intérieur ?

Il releva la tête vers le balcon en grimaçant.

— Il y a des douzaines de personnes chez moi et vous n'en connaissez pas une seule, dit-il avant de se tourner vers la résidence des Wainright. Que faisiez-vous en face ?

— Je chaperonnais Louisa à l'occasion d'un bal, dit-elle en baissant les yeux sur la montre accrochée à son corsage. Je vais devoir y retourner, d'ailleurs.

— Sommes-nous forcés de faire cela ici, au milieu de la rue ?

Bella lui serra les doigts.

— Je retourne à Hillcrest demain. Venez me rendre visite.

— Je ne suis pas un homme patient, dit-il en lui prenant l'autre main pour porter les deux à ses lèvres et y déposer un doux baiser. Dommage que nous n'ayons pas de pâquerette sous la main. Nous aurions pu en décider maintenant, une bonne fois pour toutes.

Bella s'esclaffa de nouveau et toutes les inquiétudes qui l'avaient rongée ces derniers jours s'envolèrent.

— Demandez-le-moi. Je suis prête.

— Arry, voulez-vous m'épouser ? dit Rhys après avoir marqué un temps d'arrêt.

Pendant un instant, elle se délecta de ces mots qu'elle avait rêvé d'entendre pendant des années. Cette fois, la situation était différente. Le moment était parfait. Elle ne souhaitait pas uniquement que Rhys la remarque et la désire, elle voulait lui offrir son amour. Ils étaient faits l'un pour l'autre. Ils l'avaient toujours été.

Face à son silence, la joie sur le visage de Rhys commença à s'effacer.

— Oui, je le veux, s'empressa-t-elle de répondre.

— Vraiment ?

Il baissa la tête, comme s'il n'était pas certain d'avoir bien entendu et Bella sourit.

— Absolument, sans le moindre doute.

Rhys l'observait avec une avidité évidente dans le regard et elle comprit qu'il s'était langui d'elle autant qu'il lui avait manqué, ces dernières semaines.

— Quand avez-vous pris votre décision ?

Bella était incapable de mettre le doigt sur un moment précis. L'amour qu'elle lui vouait était si ancien qu'elle ne savait plus quand ni comment les sentiments étaient nés.

— Je vous aime, Rhys. Cela a toujours été vous.

Il la prit dans ses bras et l'embrassa. Tendrement. Révérencieusement. Puis le baiser se fit plus fougueux, plus désireux, plus intense. Il se recula, lui caressa la joue et posa les lèvres sur son cou.

Quand elle finit par se rendre compte qu'ils se donnaient en spectacle au beau milieu de Belgrave Square, Rhys se pencha pour lui murmurer à l'oreille :

— Cela a toujours été nous.

Épilogue

Sept mois plus tard

— Faut-il lui demander de descendre ? chuchota Meg.

Rhys porta un index à ses lèvres pour lui intimer de rester silencieuse. Son épouse avait l'ouïe aussi fine qu'une chouette et, maintenant que le cadeau était arrivé, il voulait que la surprise soit entière.

— Peut-être serait-il préférable de le lui offrir dans le salon, suggéra Meg en tenant la boîte à deux mains avec autant de précautions que s'il s'agissait des joyaux de la Couronne.

— Je pense qu'il vaut mieux le déposer dans son bureau.

Rhys jeta un coup d'œil le long du couloir, en direction du petit salon que Bella avait transformé en un lieu propice à l'avancement de son prochain livre de casse-tête.

— L'endroit où elle travaille ? Ce ne sera pas vraiment surprenant, si ?

Meg se dirigeait déjà à reculons vers le salon.

— Je vais préparer le terrain, dit-elle.

— Qu'y a-t-il à préparer ?

L'excitation sur le visage de Bella quand elle verrait la boîte ne suffisait-elle pas ?

Meg étouffa un petit rire.

— Faites-moi confiance. Allez la chercher.

Rhys obéit avec joie.

Une fois devant la porte du bureau de Bella, il tendit l'oreille. Ils déjeunaient habituellement vers midi et il était convenu que Rhys ne devait pas la déranger avant l'heure du repas, mais il succombait souvent à la tentation de l'interrompre avant cela.

Personne ne l'avait prévenu que l'un des inconvénients majeurs de la vie maritale était de se trouver constamment à proximité de sa femme et de la désirer à longueur de journée. Toutes ces émotions étaient nouvelles pour lui. Ils n'étaient mariés que depuis un mois.

Si cela n'avait tenu qu'à lui, ils n'auraient pas quitté leur chambre pendant les semaines qui avaient suivi la noce.

Surtout qu'ils n'étaient pas partis en lune de miel pour célébrer leur union. Au lieu d'organiser un voyage en amoureux, ils étaient allés rendre visite au vicomte et à la vicomtesse en Grèce. Chaque fois qu'il pensait aux Yardley, Rhys devait se rappeler qu'ils faisaient partie de sa famille désormais.

À travers le pan de bois, il entendit des pas. Les méthodes créatives de Bella avaient toujours été mouvementées : arpenter la pièce, griffonner sur une feuille, tapoter ses lèvres pulpeuses du bout de son crayon – une habitude ô combien tentante…

Il frappa très légèrement en espérant ne pas la déranger au milieu d'une idée importante. Et se délecta de la manière dont ses joues s'empourprèrent et dont ses yeux s'illuminèrent quand elle lui ouvrit quelques instants plus tard.

— Grand Dieu, est-il déjà l'heure de manger ?

— Non.

— Vous languissiez-vous de moi ?

Elle glissa une main sous son veston, et Rhys sentit son cœur se mettre à battre plus vite.

— Oui, mais j'ai aussi quelque chose à vous montrer.

— Vraiment ?

Elle le détailla de la tête aux pieds, puis se mit à tâtonner les poches de son veston et de son pantalon.

— Si vous continuez comme cela, je vais être obligé de vous porter jusqu'à notre lit plutôt que de vous offrir votre présent.

Bella étouffa un petit rire entendu qu'il adorait.

— Je ne suis pas contre.

— Tant mieux mais, avant, me feriez-vous le plaisir de m'accompagner au salon ?

Elle jeta un regard par-dessus son épaule à la table sur laquelle elle avait étalé ses notes et ses croquis, puis se tourna vers lui en souriant.

— Avec plaisir.

Rhys se pencha pour l'embrasser sur la joue et replaça une mèche derrière son oreille.

— Si la duchesse veut bien me suivre, murmura-t-il.

— Vous avez réussi à attiser ma curiosité.

Il lui offrit son coude et Bella y glissa un bras. Son excitation était palpable quand ils approchèrent du salon. Quand elle eut franchi le seuil de la pièce, elle laissa échapper une exclamation de surprise.

— Meg ? Vous êtes dans la confidence ?

— Oui, répondit Meg, le visage rayonnant, en

écartant les bras pour désigner l'arrangement qu'elle avait préparé.

Rhys ne put retenir une moue admirative. Au cours des quelques minutes pendant lesquelles il était allé chercher Bella, sa sœur avait rassemblé toutes les bougies de la salle, les avait allumées et disposées en demi-cercle devant la boîte comme s'il s'agissait d'une offrande. Elle avait même déniché un ruban qu'elle avait noué autour du paquet.

— Est-ce pour moi ?

Meg recula d'un pas, les mains jointes devant elle, et Rhys fit signe à Bella d'ouvrir son présent.

Cette dernière s'exécuta et tira sur la bande de satin avec un sourire excité sur le visage, puis se tourna vers Rhys d'un air étonné.

— Ce n'est même pas mon anniversaire.

— Cela l'est, en quelque sorte.

Cette réponse arracha un froncement de sourcils à Bella et elle reporta son attention sur le carton dont elle souleva le couvercle.

Rhys sentit son pouls s'accélérer. Il savait à quel point ce qu'il y avait à l'intérieur comptait pour Bella et il était impatient de voir sa réaction.

Elle sortit le cadeau de sa boîte et ôta l'emballage vert qui l'entourait avec précaution.

L'exclamation de surprise qu'elle poussa était exactement ce à quoi Rhys s'était attendu. En revanche, il n'avait pas anticipé les larmes.

— Il est magnifique, sanglota-t-elle.

— C'est le fruit de votre travail, dit-il en posant une main sur son épaule.

— Félicitations, Bella, dit Meg en déposant un baiser sur sa joue. C'est une grande réussite.

Les exemplaires du premier recueil de casse-tête de Bella ne sortiraient que dans une semaine, mais Rhys s'était arrangé avec l'éditeur pour obtenir, en avant-première, un tirage spécial à la couverture en cuir rouge et aux lettres d'or.

Bella s'essuya les yeux d'un revers de la main.

— Merci, Meg. Voulez-vous bien nous excuser un moment ? J'aimerais toucher deux mots à votre frère.

— Bien sûr.

Meg quitta la pièce, non sans leur décocher un regard étonné.

Le sourire sur le visage de Bella était magnifique et ses yeux resplendissaient de bonheur. Toutefois, Rhys la connaissait suffisamment pour savoir qu'il ne s'agissait pas uniquement d'appréciation et de gratitude. Elle avait quelque chose derrière la tête.

— Qu'y a-t-il ? s'enquit-il avec prudence.

— Je n'ai pas vraiment réussi cet exploit toute seule, n'est-ce pas ?

Rhys se raidit.

— Mr Peabody a accepté d'envoyer le manuscrit chez un imprimeur pour cette édition spéciale, dit-il en désignant l'ouvrage qu'elle tenait dans ses mains, mais le contenu de ces pages est le fruit de votre travail, Bella. Je suis à peine capable de résoudre la plupart de ces énigmes. Jamais je n'aurais été en mesure d'en créer une seule.

Bella secoua la tête en souriant.

— Vous sous-estimez vos capacités et j'apprécie vos compliments, mais…

— Vous en méritez tellement plus.

— À quel point connaissez-vous Mr Peabody ? reprit-elle.

Rhys sentit l'incertitude poindre.

— J'ai eu l'occasion de correspondre avec lui.

— Notamment pour exiger qu'il publie mon livre, n'est-ce pas ?

Rhys rentra la tête dans les épaules. Comment avait-elle découvert le pot aux roses ?

— Je n'ai rien exigé de sa part. Je lui ai simplement suggéré d'accorder à votre travail toute l'attention qu'il méritait. N'aviez-vous pas trouvé qu'il l'avait refusé un peu trop vite ?

— C'est vrai. Mais je vous avais dit aussi que je voulais y parvenir toute seule. Doutiez-vous de moi ?

— De toute ma vie, je n'ai jamais remis en cause vos capacités, s'écria-t-il en glissant un bras autour de sa taille. J'ai seulement voulu vous aider.

— Merci.

Elle reposa l'ouvrage sur le dessus de la boîte et, venant vers lui, frappa son torse du bout de l'index.

— Mais plus d'interférence sans ma permission. Plus de secrets derrière mon dos, avec Mr Peabody ou qui que ce soit.

— D'accord.

— Juré ?

Il lui aurait promis la lune, s'il avait pu, et il serait toujours là pour l'aider quand ce serait nécessaire, mais il comprenait. Réussir à gagner sa vie sans l'influence de son père avait été une étape essentielle de son propre cheminement. Bella souhaitait simplement jouir de la même indépendance et réussir sans se reposer sur la notoriété de ses parents ni le soutien de quiconque.

— Je m'engage à deux choses, déclara-t-il. Je vous assisterai dans tout ce que vous entreprendrez et, à l'avenir, je vous demanderai votre avis avant de le faire.

Elle enroula les bras derrière sa nuque.

— Merci.

Hissée sur la pointe des pieds, elle l'embrassa passionnément et, pendant de longues minutes, Rhys oublia le monde qui les entourait. Plus rien d'autre ne comptait que la chaleur de son corps contre le sien et le goût de ses lèvres sur sa bouche.

— Je suis affamé, dit-il en pressant les mains dans le creux de ses reins pour l'attirer à lui.

— Il n'est pas tout à fait l'heure de déjeuner, murmura-t-elle.

Pendant un instant, il se demanda si elle avait saisi le sous-entendu. Elle avait l'esprit affûté, mais aussi une fâcheuse tendance à tout prendre au pied de la lettre.

— Je ne parle pas de…

Elle l'interrompit d'un baiser doux et chaud.

— Je sais, dit-elle en posant une main sur sa joue. Je suis affamée, moi aussi.

Rhys lui prit le poignet et la conduisit vers l'escalier.

La fortune lui avait toujours souri, mais il n'avait aucune idée de ce qu'il avait pu faire pour mériter une épouse comme Bella. Ce dont il était certain, en revanche, c'était qu'il savourerait chaque moment passé en sa compagnie sans jamais considérer comme acquis le fait qu'il était un homme chanceux.

Remerciements

Merci du fond du cœur à mon éditrice, Elle Keck, pour sa sagesse, sa patience et ses observations qui ne cessent de m'aider à améliorer mes livres.

Retrouvez en février,
dans votre collection

Victoria

Julia London
Une valse avec le scandale
Série : Royales alliances

Londres, XIXe siècle

Finalement, tous les hommes étaient prêts à ployer devant elle. Même cet effronté de prince Leopold d'Alucia, le seul à oser l'affronter elle, Lady Caroline Hawke ! Mais, alors qu'il lui faisait face, la suppliant de mettre à profit son influence dans la presse pour reconstruire une réputation ternie dans le Londres d'importance, Caroline se prit à hésiter. Si jamais le séduisant Leopold venait à découvrir son implication dans sa situation actuelle, il se détournerait d'elle à tout jamais…

Lynsay Sands
Seigneur et époux

Angleterre, 1173

Épouser Lord Hethe Holden – surnommé le Marteau de Holden en raison de ses redoutables aptitudes belliqueuses –, Lady Helen ne peut y consentir. Cette décision n'est certainement qu'une douteuse plaisanterie du souverain Henry II, à qui elle n'a de cesse de se plaindre de cet encombrant voisin. Pourtant, il serait risqué de désobéir au souverain Henry qui a acté cette alliance. Du moins, pas ouvertement. Si elle parvenait plus sournoisement à devenir repoussante pour Lord Holden, ne se détournerait-il pas naturellement d'elle ?

La romance historique n'a jamais été aussi moderne.

HARLEQUIN
www.harlequin.fr

Retrouvez en février,
dans votre collection

Victoria

Penny Watson Webb
Le feu des forges

Norvège et France, 909

Jodelle a toujours tenu à son indépendance. Mère, amante hors des sacrements du mariage et forgeronne à Lisieux, elle possède un caractère aussi volcanique que son activité. Aussi, face aux hommes de Rollon, le terrible Viking venu occuper les terres cédées par le roi Charles, elle est bien déterminée à résister en fabriquant des armes pour tous les villageois. Jusqu'à ce qu'on lui amène un guerrier du Nord blessé, un homme aussi vulnérable que troublant, qu'elle ne peut se résoudre à condamner…

Kasey Michaels
Un gentleman à son goût
Série : Ashurst Hall

Londres, 1815

Depuis qu'elle a appris la mort de son fiancé, Lydia pense qu'elle ne pourra plus jamais aimer. Son grand amour est tombé au champ d'honneur, et tous ses espoirs avec lui. Recluse dans la demeure familiale d'Ashurst Hall, elle mène depuis ce drame une existence paisible, égayée par le prévenant Tanner, le meilleur ami de son défunt fiancé, qui a juré de veiller sur elle. Mais contre toute attente – et surtout contre toute morale – elle sent monter en elle un trouble de plus en plus fort pour ce confident si attentif, et si séduisant. Se pourrait-il qu'elle nourrisse des sentiments à l'égard d'un homme qui est, de surcroît, promis à une autre ?

La romance historique n'a jamais été aussi moderne.

HARLEQUIN
www.harlequin.fr

Aliénor

Authentique. Exquise. Intrépide.

Portée par des auteurs français,
Aliénor vous propose de vous glisser
dans les pas d'héroïnes
de caractère, le temps d'une
excursion dans les régions françaises
qui ont forgé notre Histoire !

**2 romances inédites à découvrir
tous les deux mois.**

DIVERTIR • INSPIRER • ÉMOUVOIR

HARLEQUIN
www.harlequin.fr

OFFRE DE BIENVENUE !

Vous êtes fan de la collection Victoria ?
Pour prolonger le plaisir, recevez

1 livre *Victoria* gratuit et 2 cadeaux surprises !

Une fois votre colis de bienvenue reçu, si vous souhaitez continuer à recevoir nos livres Victoria, cela se fera automatiquement. Vous recevrez alors tous les 2 mois 3 livres inédits de cette collection. Le prix du colis s'élèvera à 26,19€ (Frais de port inclus).

➡ LES BONNES RAISONS DE S'ABONNER :

Aucun engagement de durée ni de minimum d'achat.
◆
Aucune adhésion à un club.
◆
Vos romans en avant-première.
◆
La livraison à domicile.

➡ ET AUSSI DES AVANTAGES EXCLUSIFS :

Des cadeaux tout au long de l'année.
◆
Des réductions sur vos romans par le biais de nombreuses promotions.
◆
Des romans exclusivement réédités notamment des sagas à succès.
◆
Des points fidélité échangeables contre des livres ou des cadeaux.

➡ REJOIGNEZ-NOUS VITE EN COMPLÉTANT ET EN NOUS RENVOYANT LE BULLETIN !

N° d'abonnée (si vous en avez un) ☐☐☐☐☐☐☐☐ V1ZEA3

Mme ☐ Mlle ☐ Nom : .... Prénom : ....

Adresse : ....

CP : ☐☐☐☐☐ Ville : ....

Pays : .... Téléphone : ☐☐☐☐☐☐☐☐☐☐

E-mail : ....

Date de naissance : ☐☐ ☐☐ ☐☐☐☐

☐ Oui, je souhaite être tenue informée par e-mail de l'actualité d'Harlequin.

☐ Oui, je souhaite bénéficier par e-mail des offres promotionnelles des partenaires d'Harlequin.

Renvoyez cette page à : Service Lectrices Harlequin – CS 20008 – 59718 Lille Cedex 9 - France

Date limite : **31 décembre 2021**. Vous recevrez votre colis environ 20 jours après réception de ce bon. Offre soumise à acceptation et réservée aux personnes majeures, résidant en France métropolitaine. Prix susceptibles de modification en cours d'année. Vous pouvez demander à accéder à vos données personnelles, à les rectifier ou à les effacer. Il vous suffit de nous écrire en nous indiquant vos nom, prénom et adresse à : Service Lectrices Harlequin - CS 20008 - 59718 LILLE Cedex 9. Harlequin® est une marque déposée du groupe HarperCollins France – 83/85, Bd Vincent Auriol – 75646 Paris cedex 13. Tél : 01 45 82 47 47. SA au capital de 3 120 000€ - R.C. Paris. Siret 31867159100069/APE5811Z.

RESTEZ CONNECTÉ AVEC HARLEQUIN

Harlequin vous offre un large choix de littérature sentimentale !

Sélectionnez votre style parmi toutes les idées de lecture proposées !

www.harlequin.fr

- **Découvrez** toutes nos actualités, exclusivités, promotions, parutions à venir...
- **Partagez** vos avis sur vos dernières lectures...
- **Lisez** gratuitement en ligne
- **Retrouvez** vos abonnements, vos romans dédicacés, vos livres et vos ebooks en précommande...

L'application Harlequin

- Des **ebooks gratuits** inclus dans l'application
- **50 nouveautés tous les mois** et + de 7 000 ebooks en téléchargement
- Des **petits prix** toute l'année
- Une **facilité de lecture** en un clic hors connexion
- Et plein d'autres avantages...

Téléchargez notre application gratuitement

Télécharger dans l'App Store

DISPONIBLE SUR Google Play

SUIVEZ-NOUS !

facebook.com/HarlequinFrance
twitter.com/harlequinfrance

Composé et édité par HarperCollins France.

Achevé d'imprimer en novembre 2020.

CPi
BLACK PRINT

Barcelone

Dépôt légal : décembre 2020.

MIXTE
Papier issu de sources responsables
FSC® C108412

Pour limiter l'empreinte environnementale de ses livres, HarperCollins France s'engage à n'utiliser que du papier fabriqué à partir de bois provenant de forêts gérées durablement et de manière responsable.

Imprimé en Espagne.

OFFRE DÉCOUVERTE !

Vous souhaitez découvrir nos collections ? Recevez **votre 1er colis gratuit*** **ave** **2 cadeaux surprises !** Une fois votre colis de bienvenue reçu, si vous souhaite continuer à recevoir nos livres, cela se fera automatiquement. Vous recevrez alor vos livres inédits** en avant-première.

Vous n'avez aucune obligation d'achat et cette offre est sans engagement de durée

*1 livre offert + 2 cadeaux / 2 livres offerts pour la collection Azur + 2 cadeaux. La collection Harmony démarre avec un premier colis payant à 20,16€ (frais d'envoi inclus). **Les livres Ispahan, Sagas, Gentlemer et Hors-Série sont des réédités.

☛ COCHEZ la collection choisie et renvoyez cette page au
Service Lectrices Harlequin – CS 20008 – 59718 Lille Cedex 9 – France

Collections	Références	Prix colis*
❑ **AZUR**	Z1ZFA6	6 livres par mois 29,39€
❑ **BLANCHE**	B1ZFA3	3 livres par mois 24,15€
❑ **LES HISTORIQUES**	H1ZFA2	2 livres par mois 16,89€
❑ **ISPAHAN**	Y1ZFA3	3 livres tous les 2 mois 23,85€
❑ **PASSIONS**	R1ZFA3	3 livres par mois 25,59€
❑ **SAGAS**	N1ZFA3	3 livres tous les 2 mois 28,26€
❑ **BLACK ROSE**	I1ZFA3	3 livres par mois 25,59€
❑ **VICTORIA**	V1ZFA3	3 livres tous les 2 mois 26,19€
❑ **GENTLEMEN**	G1ZFA2	2 livres tous les 2 mois 17,35€
❑ **HARMONY**	O1ZFA3	3 livres tous les mois 20,16€
❑ **ALIÉNOR**	A1ZFA2	2 livres tous les 2 mois 17,35€
❑ **HORS-SÉRIE**	C1ZFA2	2 livres tous les 2 mois 17,85€

N° d'abonnée Harlequin (si vous en avez un) ___

Mme ❒ Mlle ❒ Nom : ___

Prénom : ___ Adresse : ___

___

Code Postal : ___ Ville : ___

Pays : ___ Tél. : ___

E-mail : ___

Date de naissance : ___

❒ Oui, je souhaite recevoir par e-mail les offres promotionnelles des éditions Harlequin.
❒ Oui, je souhaite recevoir par e-mail les offres promotionnelles des partenaires des éditions Harlequin.

Date limite : 31 décembre 2021. Vous recevrez votre colis environ 20 jours après réception de ce bon. Offre soumise à acceptation et réservée aux personnes majeures, résidant en France métropolitaine, dans la limite des stocks disponibles. Prix susceptibles de modification en cours d'année. Vous pouvez demander à accéder à vos données personnelles, à les rectifier ou à les effacer. Il vous suffit de nous écrire en nous indiquant vos nom, prénom et adresse à : Service Lectrices Harlequin CS 20008 59718 LILLE Cedex 9. Service Lectrices disponible du lundi au vendredi de 8h à 18h : 01 45 82 47 47.

Harlequin® est une marque déposée du groupe HarperCollins France – 83/85, Bd Vincent Auriol – 75646 Paris cedex 13. SA au capital de 3 120 000€ – R.C. Paris. Siret 31867159100069/APE5811Z.